34

林行止作品集粹

雞鳴日升

林行止

著

www.cosmosbooks.com.hk

書　　名　雞鳴日升

作　　者　林行止

編　　校　駱友梅

封面設計　郭志民

出　　版　天地圖書有限公司

　　　　　香港皇后大道東109-115號

　　　　　智群商業中心15字樓（總寫字樓）

　　　　　電話：2528 3671　傳真：2865 2609

　　　　　香港灣仔莊士敦道30號地庫／1樓（門市部）

　　　　　電話：2865 0708　傳真：2861 1541

印　　刷　亨泰印刷有限公司

　　　　　柴灣利眾街德景工業大廈10字樓

　　　　　電話：2896 3687　傳真：2558 1902

發　　行　香港聯合書刊物流有限公司

　　　　　香港新界大埔汀麗路36號中華商務印刷大廈3字樓

　　　　　電話：2150 2100　傳真：2407 3062

出版日期　2018年12月／初版

雞鳴日升

目　錄

006　◎　溫馴易養營養高　靈肉德備殺無赦

017　◎　貴己為我番邦楊朱　通商四海軍威先行

022　◎　另類事實非事實？　物有貴賤價高低！

028　◎　文學情懷竟用世　另類大業保安全

034　◎　少數不該服從多數？　阿羅推舉認受公權！

040　◎　指數基金不費事　集腋成裘披在身

046　◎　雞年旺股自「古」已然　日本國歌「番人」譜曲

052　◎　美國重啟文宣攻勢　銀彈亂飛香港小心

056　◎　大搞價值觀抗衡！　香港將成是非地？

061　◎　美國銀彈化育東風　走難文人洋資金路

066　◎　解毒換藥份應為　弄虛作假不為功

072　◎　渾忘經濟學家忠言　聯航扔客後患無窮

078　◎　財富高度集中　核戰機率下降

083　◎　政局亂政客胡謅　投資難又說黃金

088　◎　經濟實惠唐餐館　遍地開花不賣錢

095　◎　買藝術品如買彩票　凱恩斯大賺有來由

102　◎　尋英國人的開心　倫敦紙貴食與性

109　◎　折衷理想與現實　精神食糧加飲食

4

117 ◎ 「壹傳媒」化整為零　散工經濟遍地開花

122 ◎ 不是本來無一物　何妨到處惹塵埃

128 ◎ 土地供應極度不足　貨櫃碼頭頂上開花

133 ◎ 學歷文憑顯實學　榮譽學位宜珍藏

138 ◎ 欲粟務時欲治因勢　追求理想審時度勢

142 ◎ 資格平反猶在次　法律傳統要關情

147 ◎ 借襪傳情有錯着　為女改姓不歸宗

153 ◎ 愛國教材多的是　後台倒了被除名

159 ◎ 政治死局病灶　早已寫在牆上

165 ◎ 強詞奪理不可重用　官逼民反代價沉重

170 ◎ 極度自信稱專家　自嘲娛眾頂呱呱

175 ◎ 國民教育事在必行　身份認同反映成敗

180 ◎ 大灑金錢當維穩費　政經分流民心難收

185 ◎ 專家問題好解頤　諗極唔明一點通

191 ◎ 體制理念南轅北轍　熱戰商戰迴避甚難

197 ◎ 消費模式起革命　補習業一枝獨秀

203 ◎ 用法律觀點法鬥法　欠政治考慮難和解

208 ◎ 機會成本日重　法家重刑治港

213 ◎ 風雨如晦　笑聲不已

219 ◎ 發明時少人問津　走勢圖懾服全球

226 ◎ 聶耳作歌俄人譜曲　弱敵環伺高歌壯膽

232 ◎ 唱遍世界有外力　安不忘危定國歌

5

雞鳴
日升

238 ◎ 政治倫理變！　年少不知險？

243 ◎ 英導演破釜「尋」舟　還中國海員以清白

248 ◎ 消息來源不可靠　報道文學失實多

254 ◎ 整合華人慈善事業　強化軟實力顯國威

260 ◎ 市場不由大行指揮　人民幣強內航優勢

266 ◎ 擁槍派不無道理　豬欄效應平民憤

272 ◎ 自私基因無形手　定價竅妙出人龍

278 ◎ 施政指標政治正確　一帶一路文字簡體

283 ◎ 迦藍不是橄欖　歷史就是賓周

288 ◎ 教育國人亂放馬屁　擁護領導拍手起繭

294 ◎ 軍火工業越亂越好　避險投資基金式微

300 ◎ 莫名其妙大不妙　香港求變變不通

306 ◎ 審判德國戰犯　催生同步傳譯

311 ◎ 治港強橫禍延國歌　條文抽象隨意拉人

316 ◎ 不學有術説通事　依康老密是偽學

323 ◎ 有償愛國美國第一！　多派糖國歌噓聲無？

328 ◎ 氣候多變土地有限　貨櫃屋村適宜香港

332 ◎ 塔外語言精準貼地　北韓雕塑面臨寒冬

339 ◎ 國歌起句似曾相識　三民主義未被消失

345 ◎ 成文不文無關宏旨　一帶一路「殺手」先行

351 ◎ 反性騷擾全球發酵　政治化劍指特朗普

355 ◎ 揭露性侵有錢途　忍辱控訴皆理性

溫馴易養營養高
靈肉德備殺無赦

一、

　　2004年初，泰國爆發港人在早一年便飽受其苦的禽流感，筆者有「感」而發，寫了三四篇文章（收錄在台北遠景出版社的《政災禽禍》），過程中蒐集不少相關文獻的資料，對足以成為「禍源」的雞隻，留有深刻的印象，翌年乙酉是雞年，續以「雞年與雞」為總題，又寫了兩天的〈猴嘯隨愁去　雞鳴喚福來〉（收《蕩魄驚魂》）——標題是留法學人游順釗博士當時傳來賀歲的揮春。

　　自那乙酉年後，筆者每逢春節便寫應時生肖，轉眼至今，已是「一紀」（《辭源》：歲星〔木星〕繞太陽一周約十二年，古人稱為「一紀」），十二生肖都寫了一遍，每篇長達萬言甚且過之，往往須分三四天刊出，而有關雞的種切，寫得最多。2015年7月間拜讀美國作家羅拉《為何環球處處雞？》，見其內容充實、史料豐富，而且涉及香港，不能不寫，遂以「東雞西漸雜記」

雞鳴日升

為總題，又一連寫了三天（收《避之大吉》）。這兩篇長文，廣納有關雞（野雞和家雞）的前世今生。今為丁酉，雞年又至，為了「應景」，頗有寫得不少而無從下筆的躊躇，再看2月號《信報月刊》（總四七九期）雞年「特別報告」的六篇鴻文，作者均有學養見識且「不離地」，說之成理、持之有故的內容，讀畢不知從何寫起的煩惱更深！不過開卷總是有益，東翻西覓，再經整理，自忖可從「靈與肉」的角度寫雞。「靈」指靈性而「肉」卻非「慾」，而是雞的肉！

二、

先說「肉」。雞有文武勇仁信「五德」之說（《韓詩外傳》說「首戴冠者，文也；足搏距者，武也；敵在前敢鬥，勇者；得食相告，仁也；守夜不失時，信也」），且「風雨如晦，雞鳴不已」、「司晨守夜、風雨晦黑，不失其職」，遂有「常世之鳥」的尊稱。還有，在古人心目中，雞為陽物，白晝是陽世人們活動的世界，黑夜是陰間鬼魂橫行的地獄。雞鳴天明，太陽東升，陰魂鬼魅退避三舍，雞遂成為驅邪逐鬼的靈禽，所謂「雞主以禦死辟惡也。」雞亦是「喚起」太陽的神鳥，晉王嘉的《拾遺記》云：「沉鳴石雞，色如丹，大如燕，常在地上，應時而鳴。聲能遠徹，國聞其鳴。」可見雞鳴有時辰轉換、驅魔辟邪之力。功能如此神奇，且終年不變，唐人因之稱雞為「燭夜」及「翰音」。由

於還是蜈蚣與蠍子的天敵，因此又有「除暴安良」的美譽……。

形象益世的雞，何以在洪荒時期、便讓迷信透頂的先民以之為「蓆」上珍？萬多年前（據名家Hofreiter教授2014年12月29日在《美國國家科學院》院刊（PNAS）發表的論文〈中國北方的家雞〉（Early Holocene chicken domestication in Northern China），經出土文物證實飼養家雞的歷史，「最早可追溯至一萬多年前的黃河流域……」），一窮二白的前人便以之為祭祀六牲之一（祭祀完畢便大快朵頤），而在物質氾濫的現代，今人則發展出二、三十種食制，各有特色，食客叫好，雞遂成為最大眾化的肉食。古人少食甚且不食牛肉和狗肉，皆因牛、犬有耕田載物及吠聲退賊的守夜之功，稍露慈悲之心而不忍食其肉，看來自然，但是對同樣有功於人類的雞則「食無赦」，此中道理，足見人類有「假道學」的一面，說甚麼「雞以功較牛、犬為稍殺；天之曉也，報亦明，不報亦明」（李漁《閒情偶寄》引古人之言），意謂雞啼的功能，即使在未有漏斗和時鐘的年代，亦可有可無，因此宰而食之，不違天理、不必手軟。這種「決定食雞」的先民想法，作事後孔明式推斷，竟不失科學根據，絕對正確，以國人吃雞一萬數千年後，科學家才發現雞和雞蛋含有豐富的、米麥所缺的蛋白質，營養價值高且肉味鮮美可口，食雞於滿足口腹之慾的同時，還可補充營養，增強體力，何樂

雞鳴日升

不食;還有,殺雞不必用牛刀,輕而易舉,一般體力已可應付,因此遂「不免於鼎俎」,人人殺而食之。

上述對於雞的「觀感」,不僅僅限於我國,而是舉世皆然,加以雞隻易於飼養且「好生養」,母雞能長期下蛋(「晚年」仍能間歇生蛋),大增雞的「經濟價值」,人們便把雞的種種「德行」拋諸腦後,義無反顧地宰之食之。市場需求隨人口膨脹而愈來愈殷切,國國養雞、家家養雞,遂成「環球處處雞」的景象。

三、

除了梵蒂岡和冰島,世上無處無雞(據謝家樹的《聖經中的食物》,上古時期的以色列一帶已有飼養雞隻為家禽的史蹟;《聖經》多處提及「雞的功用和性能」,惟未見「食雞」的記載),經年累月的需求有增無減,各地雞農受利益誘因驅使,致力培育投消費者所好的雞種,成績斐然,維基百科所列各有特色的雞品種,何止十種八種?香港大學嘉道理農業研究所培育出來的嘉美雞,大有來頭,「嘉美」之名原是加拿大和美國的縮寫,以此雞具備兩國最佳雞種的基因,因名(按:以上幾行錄自維基百科資料的「嘉美」名稱有誤,見輯錄於3月16日之後文更正)。

日本是港人近年外遊的熱門地點,無雞不歡的香港旅客,很多視福岡博多土雞為上佳菜餚,其實比起國內不同地區培育出來的品種,卻未必特別優勝。博多土雞

指的是開放式飼養的「走地」雞,可是當地的雞料理並沒有甚麼特別令人垂涎的美味,不過日本確是吃雞的大行家,除了雞毛和「搏距」(爪甲)未有入饌,其餘部份包括雞冠(國人多不食,但知把公雞與雞冠花相配,稱為「官上加官」)在內,日廚都會細緻地拆開各個部份,燒烤奉客,如此炮製所彰顯的,是日本廚師珍惜食材、重視切割刀工的專業性,與烹調的美味與否,關連不大;香港吃雞的專門店Yardbird的「件頭菜式」很相近。今人飲食,不少傾向「健康掛帥」,「自然成長」的「博多土雞」便成熱賣,若從「美味」角度審視,這些近似野生雞的肉味是遠遜於圍籠飼養的家雞。李漁《閒情偶寄》的〈肉食第三·野獸·禽獸〉云:「野味之遜於家味者,以其不能盡肥;家味之遜於野味者,以其不能有香也。家味之肥,肥於不自覓食而安享其成;野味之香,香於草木為家而行止自若。」確是的評。今人豢養家禽,大都飼以「無機」口糧,成雞雞肉沒有「草木」之香又不夠肥美,是走地家禽無法取代籠養家雞的原因。

說有「風土特色」的雞,當然不能不說台灣嘉義東石鄉十甲農場的凱馨桂丁雞(凱馨為培育此雞的公司名稱),這種在2015年才推出市場的雞種,據說食用「三餐有機雜糧」(包括黃豆、小麥、玉米、番薯及馬鈴薯等),因此「皮薄、少油、肉甜」。全台現在大約有百多萬隻,尚未全面普及。由於台灣雞肉的每年營業額達

到二百五十億新台幣，是成行成市的大生意，培育七年始有所成的桂丁雞，因為是蔡英文總統就職禮上的「主肉食」而一夕成名。

四、

　　1842年，冒險家、自然科學家、航海家和海戰英雄——同時也被人形容為一名性情暴戾的浪子——卑路乍船長（Captain Edward Belcher, 1799-1877）完成長達六年的皇家海軍環球勘測工作回英，帶回七隻出生地不詳（可能是越南、馬來、南粵甚至香港，總之是遠東地區）的雞隻，五雌二雄，送贈維多利亞女皇；當時大英帝國如日方中，剛剛降服滿清政府，從「鴉片戰爭」得到割地賠款，舉國騰歡，其家臣環球搜刮，加上海外臣民進貢奇禽異獸，令「倫敦動物園」成為世上收養品種最豐的動物園，突顯大英繁榮富強四海來朝的盛世。卑路乍送去的雞，無論體型、重量（成雞六七磅，為英國土雞的二三倍）、羽毛和眼睛的色澤以至啼聲，均較英國土雞優異。女皇捨不得把牠們送進動物園，而是構思「治雞坊」，由國會撥款五百二十鎊建造豪華雞籠，置於佔地六百五十五頃的溫莎堡「私人花園」中。

　　翻此舊賬，旨在說明中國是養雞先進國，英國雞的品種得以改良，多少有點得益於鴉片戰爭。自從引進遠東雞隻，英國人知道「雞外有雞」，致力培育，英國品種的雞隻，現在已可用作為「家鄉雞」，但是僑居英倫

華人，除非飢不擇食，沒人會當英國雞為美味好食材。

歐洲雞情相差不遠，當中似乎是以法國東部布雷斯（Bresse）飼養的同名白毛雞最著名。不僅已在美、加大量繁殖，香港人亦能於超市購有Poulet de Bresse招紙的冰鮮雞⋯⋯。

不少「美食家」對布雷斯雞讚口不絕，受他們的影響，筆者與近十友人數年前專程到布雷斯地區的雞鎮旺納（Vonnas），造訪那家米芝蓮名店、以東主大號為名的佐治・布隆餐館（Restaurant Georges Blanc）飽嘗雞餐，吃後讚之者肯定未及半數；筆者是「過半數」之一，那是何以多次寫歐洲食遊（不是因遊而食，而是為食順遊）從不提此雞的原因。旺納為人口二千餘的小鎮，與歐陸的怡人鄉間無異，而佐治・布隆為此小鎮的「領主」，以他（的公司）擁有小鎮的大部份土地、物業、旅舍、商店（包括「專賣靚酒」的酒莊），當然還有大規模的養雞農場⋯⋯。布雷斯雞被文學加工為「白毛紅冠藍趾抓」，是寫實之作，此雞形態「壯觀」、「可愛」，啼聲嘹亮，肉味不錯，但哪裏及得上新界土雞的鮮治肥美！筆者偏愛新界「本地雞」，就像鍾情本地燒豬，認為那是遠勝西班牙燒豬而葱油餅又非意大利薄餅所能及的⋯⋯。不少「食（評）家」對西洋食材有偏好，有人且視布雷斯雞為「雞王」，筆者沒有評說他人「口味」的來頭，只想指出「食家」們往外國覓食，莫不選擇名店，食店所以成「名」，主要是廚人烹調技

雞鳴
日升

巧好,火候拿捏以至配料選擇,都是素有研究,甚至發展為一套又一套的「理論(成功的廚人如『肥鴨』老闆因此獲雷丁大學授予名譽博士學位)與實踐」,因此出來的菜式很「和味」。台灣作家兼名食評家李昂嘗「桂丁雞」(《明報月刊》2017年1月號),讚不絕口,說有「特殊美妙滋味」,卻原來她吃的是「金盞雞仔豬肚鱉」,將鱉放入雞肚再放入豬肚長時間慢火炖煮,雞肉吸盡「界外美味」,哪會不鮮?她又曾食以桂丁雞做成的「油皮封雞」、「雞油葱釀麵線」等,覺得有「鮮嫩的口感,且有嚼勁。」那頓飯由兩位名廚「主理」掌勺把握火候,其鮮嫩可口,當非過甚形容。

排除媚外(絕非崇外這樣簡單)成份,也許有更多人會認為本地食材及道地土法烹調之術,以上舉數款食物,無論在質感及味道以至價錢上,都是土勝於洋!

五、

現在説「靈」。學術期刊《動物認知》(*Animal Cognition*)1月號羅莉·馬蓮諾博士的長文〈論家雞的認知、情緒和行為〉(Lori Marino: Thinking Chickens: A Review of Cognition, Emotion and Behavior in the Domestic Chicken),顧題思義,那位撇開人類的「動物權益」(Nonhuman Rights)鼓吹者、神經科學及行為生物學家、Emory大學高級講師兼「金梅拉動物權利維護中心」(The Kimmela Center For Animal

Advocacy）的創辦人及執董，他在梳理相關學術著作後的「評論」，對家雞的研究特別深入，讀來令人眼界大開。

禽獸有「靈」（認知能力）早有所聞，惟此前只知多屬哺乳動物，尤其是靈長類動物、鯨魚海豚、大象獅虎和貓狗等固然、非哺乳類脊椎生物如鸚鵡、鴿子以至蜥蜴、蛇及魚類等也有很高的「認知」力，有誰想到雞隻亦有此功能？筆者以為很多人是故意「漠視」雞有智性，因為此物太常吃、也太多人喜吃，因此「視而不見」，以免敗壞食趣。事實上，曾在鄉間生活的人，都該看過母雞遇風雨即展翼保護小雞、見食物便一邊啄食一邊咯咯通知同類共食。這些「小動作」便是有認知能力的表徵。

以雞隻當白老鼠的「實證」研究，得出雞「有諗頭」（cognitive）且有處理複雜社交關係的「認知」力，雞具智性（Intelligance）、情緒控制（有個性）以至會搞雞際關係（Social Interaction），凡此種種與不少類人的哺乳動物「同級」，但是這些「類人」特徵，即使科學家提出確鑿證據，人們仍然將信將疑。據聯合國食物及農業組織的數據，當今世上任何時候都有家雞二百多億隻（平均全球每人有三四隻），如果大都認為雞有靈性而不忍食之，那麼不但雞會氾濫成災，同時也會摧毀以十萬計雞農和以百萬計雞商的生計，這種較易負擔得起的營養美味「常食」，令人們有選擇性不想知

雞鳴日升

道雞是有靈性的家禽，如此才能心安理得地大飽口福。

研究顯示，雞不但有「個性」，其對飢餓、痛苦和恐懼有「感知」外，還會感到無聊（boredom）、挫折和快樂。自古以來，人們以「蠢材」小看鳥類（Aves），那從英俚稱笨蛋為「鳥腦」（Birdbrain，即「冇（無）腦」）可見，而退化至不能飛的雞，早已成為這個英俚的同義詞。非常明顯，人對雞隻的成見大錯特錯。

馬蓮諾博士引述各項科學實驗顯示雞皮佈滿「感受接收」（Receptors），對溫度、壓力和痛苦十分敏感；被食家視為廢物的雞喙（連日本的吃雞專門店也從未見過有這菜式），是極度複雜的感覺神經集中點和「終點」（endings），雞喙不僅能「擇食」（grasp & manipulate foods）、啄食，還是「擇居」、飲水和梳理羽毛的「器具」；起攻防作用，卻敵防襲都憑這張「利嘴」。既有如此神效，雞隻全力保護免其受損傷——而「護喙」動作之一便是把喙嘴藏於羽翼之下。無牙缺唇的雞喙（嘴），用途不少；國人所說的「寧為雞口」，未必不是沒有意識的「撞口卦」。

雞的聽覺遠勝人類，牠聽到人類聽之無聲的極低音而對人類覺得非常刺耳的高音卻無動於衷。實驗還顯示雞有嗅覺（smell）、味覺（taste）、視覺和記憶力，而且均非常銳敏（惟保留記憶時間甚暫）……。所有種種，均仔細記錄於「研究方法」項下，只是這類「實

驗」太單調枯燥，大家只要知道科學家的結論都從「實驗」而來並非憑空揣測因此不由你不信已足。

2017年2月2日

雞鳴
日升

貴己為我番邦楊朱
通商四海軍威先行

一、

　　特朗普「登基」至今只有二十天，有數名內閣人選仍待議會批准才能上任，即是他的政府尚未全面正常運作，而他簽署的五六份「行政命令」，卻已足令美國內政外交紛紛亂亂。由於新政府不按常規辦事——不按習慣的牌理出牌——受影響的既得利益（有形的及無形的）團體，紛紛上街抗議；與之有緊密利益關係國家的領導人，與特朗普透過電話溝通之餘，有的還親赴白宮當面細談。英相文翠珊的訪問，確定兩國素來「友誼深厚」；明天拜會特朗普的日相安倍晉三，從美國國防部長、既有儒將之名復有「癲狗」別稱的馬蒂斯日前訪問日本的表現看來，美日將加強防務協作，無論在釣魚台（日稱尖閣諸島）和南中國海的領土紛爭上，美國繼續「偏幫」日本，應無懸念，那意味着美國藉前沿的外線防禦（Forward defence Perimeter）派駐亞洲的約十萬名軍隊將「長駐」南韓和日本，外加整師海軍

陸戰隊駐紮琉球，當然還有第七艦隊和數目可觀的各類飛機⋯⋯。有關遠東駐軍情況，當局會在本月內檢討（Reviewing），對中國在南海活動口出狂言的蒂勒森，其為國務卿的任命已獲國會通過，配合對中國不懷好意的馬蒂斯獨掌軍權，一文一武，強化圍堵中國，美國在遠東的軍力，在財政捉襟見肘的局限下，仍會增強而不會削弱！

打破近年世界新任領袖甫上台便與中國「打招呼」（或通電話或把中國作奉為首訪國）的常規，特朗普至今仍未和北京領導人有任何客套遑論實質的對話，反常的「沉默」，帶有「暴風雨前的寧靜」。這種「感覺」，早已反映在不少內地「軍事評論家」的言文上，不過，他們幾乎毫無例外地指出，中國的航母和核武雖有不足，但是近海攻防戰術、遠程導彈以至深海兵力，均有長足發展，令敵人不敢輕易來犯。這類「長自己志氣」的說詞，對外人是否有阻嚇力，只有北京當局才清楚。筆者想說的是，中國與戰意高揚的美國或其亞洲「盟友」（「幫兇」）動武，不是智者應為，即使雙方勢均力敵，因為在國境之東或近海開戰，炮火炎炎、導彈亂飛，吃虧的肯定不是在數千里外太平洋彼岸的美國⋯⋯。

特朗普政府將會對北京開出甚麼「價碼」，迄今為止，若看新政府及其主要幕僚和閣員的著述及言行，肯定不是北京所願見，因此不會輕易接受。和戰後歷屆

雞鳴
日升

美國政府均揚起「與人為善」的旗號不同，特朗普鼓吹
美國利益掛帥的「美國優先」，中國因此而要調整外交
謀略，以保太平，必要時還須「忍辱負重」、「相忍為
國」，自然還有「君子報復若干年未晚」等可為下台階
的門面說話！以筆者看來，當前情勢相當險惡，因為面
對方方面面的國內壓力，當權執政者在海外製造一些包
括開戰的「麻煩」以轉移反對者視線，是中外古今各國
朝臣慣技，如今特朗普席不暇暖便面臨重大內部挑戰，
在海外點燃新火頭的誘因甚大，是不能不慎加考慮的新
形勢。

二、

　　特朗普在競選中揭示的若干「政策」，雖未立法，
已招徠四方八面的反對，當中以經濟學家聯署反對的
貿易保護主義最為矚目。自由貿易特別是放任的自由
貿易對資本家有利，且能惠及普世，幾乎成了人所共
「識」，因自由貿易而衍生的貿易不平衡，遂被視為
「必要之惡」，未有深究。以美國自80年代以來長期出
現外貿赤字為例，竟然都被視為對美國有利而「甘之如
飴」了二三十年。諾獎得主、貨幣學派大宗師佛利民，
他在美國貿赤日趨嚴重的80年代末期，也說過美國印鈔
票購買外國貨，受益的正是美國（那與股市玩家印「公
仔紙」〔股票〕收購實物的道理相同），因而無懼，甚
至視貿赤愈高、美國受惠愈深……。

　　佛老理論，言之成理，筆者也是「信徒」之一，可是，歲月遷移，貿赤日甚，其消極副作用也潑辣展露。貿盈國累積大量出口多於進口所帶來的外匯，雖然是發行國開動印鈔機憑空印製，但是這些以極低經濟成本印製的「無錨紙幣」，貿盈國卻可用在世界各地包括鈔票發行國購買（投資）實物，那意味貿赤國便要為此付出沉重的經濟代價。另一方面，有貿盈國大量貨物供應，貿赤國僱用最多工人的行業如民生用品工廠成為「夕陽工業」，失業率上升固然增加福利開支，加重貿赤以外的財赤（所謂雙赤），成為社會動盪的根源……。是佛利民沒有提及的「遠慮」，那些受自由貿易對全民有利，因此未有深究實際情況的學者和政客，便「擇善固執」，擺出「大愛」架勢，繼續鼓吹、推動行之有素的自由貿易政策！可是，特朗普和他的團隊不作此想，他們看到長此下去，貿赤會掏空美國（所有貿赤國）的經濟根基，因此甘冒大不韙，放棄多邊自由貿易，改行雙邊的討價還價、達成所謂對彼此有利的貿協。一句話，這班信奉德蘭自利哲學的政客，在「美國優先」思想指導下，認為長期赤字對貿赤國只有眼前甜頭而長此以往便非常不利，於是要反自由貿易之道而行，他們認為這種轉變沒有不妥！

　　從另一視角看，自由貿易是「先進國」為打開國際市場不是光用堅船利炮轟出來的另一「武器」，「列強」以武力逼鎖國的滿清（和日本）開放市場（「開埠

雞鳴日升

通商」多麼動聽），便是大家「記憶猶新」的例子；如今百多年過去了，「列強」明白如不及時改弦更張，矛頭轉向，她們的財富便轉為貿盈國的囊中物，甚且會取代其在國際間的實力和地位，於是，深明美國處境而不惜撕破「偽善」的自由面紗的特朗普，便冒着千夫所指實行粉碎自二戰以還、美國硬軟兼施、各國奉行不渝的自由貿易傳統。

經濟後來居上的中國是自由貿易主義的餘緒，也是最大的受惠者，其力主自由貿易的延續，是利中國益世界的「應有之義」。習近平主席在去年9月杭州二十國峰會上以「弄潮兒向濤頭立」* 自況，以至1月下旬在瑞士達沃斯世界經濟論壇上，以自由貿易領導人身份自居，站在守護世界經濟繁榮的道德高地，竭力維護自由貿易……。可惜這種逆美國之勢的舉措，迄今看來，成功的機會不大，以中國雖已全方位崛興為大國，其在武力上卻未足以懾人服眾，因此未能主導世界貿易。

2017年2月9日

---

* 宋·潘閬〈酒泉子．長憶觀潮〉：「長憶觀潮，滿郭人爭江上望。來疑滄海盡成空，萬面鼓聲中。弄潮兒向濤頭立，手把紅旗旗不濕。別來幾向夢中看，夢覺尚心寒。」

另類事實非事實？
物有貴賤價高低！

■特朗普取勝之道，其「巧妙地運用網絡配合與眾不同的語言藝術」，屢見「畸」功（1月24日作者專欄），此「語言藝術」的具體説明是「假借事實」（alternative facts）當作憑據口實——此前筆者只知世有不同的假設alternative theory（hypothese）而不知有假設與事實並無分野alternative facts！

特朗普的競選經理、現任總統特別顧問康韋（Kellyanne Conway）週前接受電視訪問反駁總統就職的觀禮人數並不遠遜上屆時指出，那只是主流（反特朗普）媒體的數據，而她根據白宮新聞處蒐集的「另類事實」卻顯示，與觀禮相關的多項群眾活動，參與人數都破了過去紀錄。

「另類事實」出台，論者莫不把之與「新語」（Newspeak）等量齊觀。「新語」是奧威爾的政治諷刺小説《1984》中一黨專政的大洋國（Oceania）為了政治需要（愚化人民，令人民只有隱惡揚善的詞語可

雞鳴
日升

用）而創造的新語言。對於「另類事實」與「新語」的關係，《信報》「金針集」的作者金箴下了工夫，在〈特朗普的無敵alternative facts〉一文作出富啟發性的闡釋：「文豪歐威爾（George Orwell）名著《1984》很多人看過，主人翁Winston如何被洗腦的過程，實在非常富想像力又教人心寒，令讀者也禁不住代入角色，想像自己會在哪一個骨節眼撐不住，開始忘記謊言與事實真相的分際，全面接受『老大哥』的說法。當負責改造思想的人問『二加二』等於多少的時候，面對這『難題』，Winston起初一再堅持是四，還以此自勉，但經過不斷的疲勞轟炸及威嚇利誘後，Winston終於明白二加二有時等於五，有時等於三，有時等於四，一切都是老大哥說了算。

「原來《1984》的超現實情況不僅在所謂『極權國家』發生，連全球老牌的民主大國美利堅合眾國，也出現類似情況！剛搬入美國白宮開始執政的『狂人』特朗普，上任後第一大功績就是發明『另類事實』（alternative facts）這個亙古未有的東西，把語言偽術或語言政治發揚得淋漓盡致。」白宮提供那些與傳媒報道不符即「各自表述」的數據，按照常理，一經覆核便真相大白，不過，康威女士面不改容地說她所提供的不是「假消息」而是「另類事實」，電視主持人一時語塞……。

《信報》曾請著名學人劉紹銘教授翻譯《1984》，

於1984年6月起連載，大受歡迎（2010年由北京十月文藝出版社在內地出單行本，「不知何故」（明知故問？），編者把〈出版説明〉中提及筆者那部份刪掉），寫於1949年的名著（作者歐威爾因肺病去世，得年46歲）在當前的政治氣氛下，讀來仍具震撼性。如果失去言論自由，大家很快便會和該書主角「雲絲頓」一樣，以為二加二有時等於五、有時等於三──二加二是多少？北大人説了算數！

「另類事實」令《1984》再度「熱賣」，去月底突攀升至亞馬遜暢銷榜第六位（後勁似乎不繼）；剛從倫敦回來的友人，亦説書店將之擺放在顯眼位置……。不少奧威爾的書（小説和散文）長踞暢銷榜，數年前在緬甸，便見他於1934年出版的第一本小説《緬甸歲月》（*Burmese Days*）到處有售──幾乎仰光所有的書店和報攤都擺賣這本肯定是本地翻印本劃一售價三美元的小説！

■今天開始的第四十五屆香港藝術節，有不少令藝術愛好者着迷的演出，引起筆者注意的，是將於3月3日及4日上演的，是珍‧寶金（Jane Birkin, 1946-）獻給甘斯堡（Serge Gainsbourg, 1928-1991）的《交響情人》（*Gainsbourg Symphonic*）。長居法國的英裔著名藝人、曾在60年代電影《春光乍現》（Blow-up）中「大膽演出」，她和法國歌星兼流行曲作家甘斯堡是長

雞鳴日升

達二十五年的「人生和音樂」拍檔，在他去世後二十五年，珍‧寶金編了這首樂曲，這回是亞洲首演。

寫此短文，是在藝術節節目表上看到珍‧寶金的名字，想起去年8 / 9月號的《1843》裏，讀了一篇因她而起的文章：〈需求曲線〉（Demand Curve），寫的是寶金與愛馬仕（Hermes）寶金手袋的關係，着墨「閒話」，可以一寫。眾所周知，以售價昂貴「成名」的寶金手袋，是多金時髦女士趨之若鶩的「配件」，去年5月底，拍賣行Christie's在香港以三十萬一百六十八元（美元‧下同）賣出一個罕有的鱷魚皮寶金手袋，轟動「手袋界」（造手袋的工廠、賣手袋的商店和用手袋的女士）。這個手袋的原材料——Himalayan Nilo Crocodile-skin，是筆者無法理解的稀有皮革（只知有喜馬拉雅貓而不知有喜馬拉雅尼羅〔不是尼羅河Nile〕鱷），賣二百多萬港元，令人嘩然，但是對納入1%的富裕階層，那不過是零碎小錢而已。

愛馬仕手袋的「貴得有道理」，公司發言人的種種理由，暫且不說；借《1843》引述法國投資銀行百利保一位分析員的估計，寶金手袋的製造成本不過是在八百元水平，能以高價出售，筆者曾不厭其詳、連番推介的制度學派大師韋白龍（T. Veblen, 1857-1929；一般譯為韋〔凡〕勃朗或維布倫），說得最為透徹。

1899年初版的《有閒階級論》（*The Theory of the Leisure Class*），韋白龍首創如今識字分子莫不知之的

「炫耀性消費」一詞（Conspicuous Consumption），
形容那些藉消費烘托身份、炫耀財富的行為，這類用以
彰顯物件擁有者腰纏萬貫、地位顯赫的商品，輕鬆擺脫
了經濟學最基本的「供求理論」的羈絆，因為一般商品
價格高，需求便會相應萎縮，但是後人稱之為「韋白龍
物品」（Veblen goods）的商品，由於足以抬高用家身
價，於是要價愈高需求愈殷切（在自由市場消費的強國
人是此中翹楚）。在消費者主導的自由市場，那是絕對
正確，因為「一分錢一分貨」，昂貴的自然是好一點的
東西（商品及服務皆然）……。沿此思路，愛馬仕寶金
手袋定價的比天高，正好意味其為優質貨——不能説
「最優質」，因為難保日後沒有更大豪客出更高價錢在
拍賣場上投得其鍾情的手袋！

　　回説愛馬仕寶金手袋的「淵源」吧。話説1983年某
日，在巴黎飛往倫敦的航機上，當時已大紅大紫的珍‧
寶金，不慎把手袋雜物包括愛馬仕日誌簿掉落地上，身
旁男士義不容辭，馬上俯身代其執拾而寒暄起來，這位
男士是當時愛馬仕公司的行政總裁尚路易仲馬（Jean-
Louis Dumas）。故事發展略略帶過，只知他着工匠為
寶金小姐設計了一個可以不上鎖、不下扣、不拉鏈而袋
中物品不易滑出的手袋，他又徵得寶金同意，以其姓氏
命名那個因她而打造的手袋。

　　愛馬仕與寶金的外應裏合、相得益彰，前者因此獲
得厚利，後者則從炙手可熱的演藝界一躍而入了名媛圈

雞鳴
日升

子，聲名更噪，演出酬勞更高。知名度令這個巴黎手袋特別顯貴，一出廠便成了炫耀身份的象徵，造出愈賣愈貴愈貴愈難求的良性（對愛馬仕而言）循環，令市場出現寶金手袋長年斷市的現象。和所有韋白龍物品「貴得離譜」般，一個手袋動輒以萬元計，於是又成為「代你花費」（Vicarious expenditure）的最佳選擇──當女士手挽這樣的手袋（及所有罕見物品如佩戴罕見高價首飾等）並說是良人或情人所贈，便不僅足以反映其受寵愛（程度高低與物品貴賤成正比），還可彰顯她的丈夫或情人是慷慨多金兼多情。商品一旦與炫耀性同義，了不得時不得了！

　　寶金手袋的袋主快要來港登台，看她是否手挽此袋，問她對它的看法和感想，許有「吸睛」作用。

（閒讀偶拾）

2017年2月16日

文學情懷竟用世
另類大業保安全

一、

剛成過去（2月17日至19日）的慕尼黑安全會議（Munich Security Conference, MSC），始於1963年，今年是第五十三屆，是世界各國討論個別國家與世界安全達成協作的一個重要會議，由於不具法律效力，雖然年年開會而世界紛亂卻年比年甚，因此傳媒，起碼是香港傳媒鮮加報道、遑說評論。事實上，以這一屆為例，大會內容不僅傳達不少可安人心的信息，而且引進若干新元素，是一個值得關注的國際會議。

特朗普上台前後的「狂言」之一，是對北大西洋公約組織（NATO）的貶抑，除了直斥「北約」已經過時，美國不無退出此一「捍衛歐洲」（對抗俄羅斯）的軍事組織的考慮；另方面卻要求成員國攤分更大份額的組織開銷。美國防長馬蒂斯與北約成員國防長事前開會，這位「儒將」的措詞可圈可點：「如果你們的政府不希望見到美國放軟對北約的承諾（moderate its

雞鳴
日升

commitment），便得投進更多資金支持此一保障各國安全的組織」。不少成員國政府於是相繼宣佈在未來若干年間提升軍費與GDP的比例……。

　　雖然入不敷支早成美國的財政常態，但是特朗普政府的「美國優先」，顯然是把更多資源投放於本土，其對北約（以及其他國際組織）的財政承擔，便會以「公平原則、用者自付」為準繩。長時間以來，作為世上最富裕大國，美國穩坐「世界一哥」的地位，參與這類國際組織，向來是「不計工本」，以北約為例，成員國2016年的國防開支約為九千一百八十三億（美元‧下同），其中北美（主要是美國）承擔了六千七百九十五億、二十六個北約歐洲成員國的付出總數約為二千三百八十八億。這個數字不足以說明美國的負擔最重，但是一看佔國內生產毛值（GDP）的比例，便知美國在「維護他國安全」上盡了最大義務——以去年為例，美國的有關開支佔GDP 3.61%（已從2010年的4.81%逐年減低），其他國家平均在1.5%水平（加拿大只佔0.99%）……。美國前防長羅拔‧蓋茨2011年中卸任前，曾在北約總部演說，提示成員將要分攤更大份額的經費；他批評其他成員國家在軍事上過份依賴美國，而有更多資源用於社福發展，那等於說，北約國家以美國納稅人的錢（其實是憑空印出來罷了）派發「免費午餐」，對已窮根深種的美國不夠公平（美國政府對此早有微言，見2011年6月30日作者專欄〈無傷亡不算戰爭

美大兵成本百萬〉，收《禍根深植》）！特朗普撕下偽善的面紗，要求各國「共襄軍費」，公平攤分，並非不講道理。

在MSC會議上，面對各國政客，馬蒂斯「講心不講金」，他承諾美國會對北約盡其義務，「美國必須重申有保護北約各成員國的決心。」副總統彭斯和國務卿蒂勒森亦作出令盟友安心的發言！

二、

MSC創會至今五十三年，與會者向來是各國政要（外交及軍事為主），這屆破天荒請來微軟創辦人比爾‧蓋茨（Bill Gates）和三位著名文學作者（兩位是諾獎得主），令人耳目一新。究竟這位財主與三名文人與國際安全有甚麼關係？

大約二十年前，蓋茨已把行善目標瞄準「世界衛生（人類健康）」進發，這些年來，他到處宣揚健康與衛生的理念，但從未想到會被邀至國際安全會議這樣的場合發言。其受邀參加，是因為戰亂地區的瘟疫最多，蔓延的速度最快，相關國家忙於打仗，耗盡財力物力和人力，用於防疫治病的資源嚴重不足，「流行病」便一發難收。健康問題遂與國際軍事安全掛鈎……。明年的受邀對象，看來非「臉書」創辦人朱克伯格（M. E. Zuckerberg）莫屬，以他和太太成立的慈善基金，把「全副身家」用於「杜絕疾病」。其與國安牽上關係豈

雞鳴日升

不顯然！

MSC首次設立「文學討論小組」（Literature Panels），更為矚目，三位應邀的文學家，分別為尼日利亞詩人兼作家蘇英加（W. Soyinka，1986年諾獎得主）、羅馬尼亞作家慕拉女士（H. Müller，2009年諾獎得主）和以色列著名作家格羅思民（D. Grossman）。蘇英加一直是尼日利亞多名軍事獨裁者的嚴厲批判者；慕拉經歷過暴君壽西斯古殘害人民的歲月，長期主張「民間」抗暴政；格羅思民批評以色列的巴勒斯坦政策不遺餘力。他們的作品，引起廣泛的世界回響，令人更加關心那些國家的人民處境，對改善那些地方的施政，起了不容忽視的作用。

這三位名家在大會題為「卡桑德拉現象」（The Cassandra Phenomenon）的論壇上，發表其對未來世局的「預言」。卡桑德拉是傳說中特洛伊最後一位國王普里安（King Priam；「木馬屠城」的特洛伊戰爭發生於其任內）的女兒，太陽神阿波羅賜她以看透未來因此能作準確預言的「天眼」；可是她開罪天神以後，「神通」再不靈光，「預言」遂有準有不準，追隨者相繼四散……。在希臘神話裏，卡桑德拉一直是預測悲劇的高手。由於世界紛亂、特別是特朗普坐上美國總統的寶座後，天下大勢比起二戰後的任何時刻，都來得更為不穩，因為反自由主義（illiberalism）、後真相政治（Post-truth Politics）和大西洋兩岸的政經動盪

（transatlantic uncertainty）令國際關係糊塗混帳，彰彰在人耳目，這種令人六神無主的局面，令人傾向問道於高明的文學，觀照難以捉摸的世情。

文學家前瞻問題的目光較為遠大，他們以超然的視角，審時度勢，供人們磨礪思考。這次與會的三位作家，都是對其處身的政治環境和歷史文化具有敏銳的觸覺，並有深刻的體會，他們的成名作對現實世界有強烈的批判性。安全會議上的發言，讓政要們有機會聽取另類的聲音，許有新人耳目的奇效。

毫無疑問，應邀的作家在會場上可作滔滔之論，回應問題更是游刃有餘，可是他們的發言，能有多少實用的影響力？即使他們是準確預測未來的「預言者」，一個以「另類事實」主導國是的大國，其進入未來的種種，即使都被和盤托出，今天的人們，可會當真？也許那是MSC的文學論壇被冠以「卡桑德拉現象」的底因！

作家通過理性和感性交融的筆法，把複雜的想像化為入世可讀的感人和具啟發性的篇章，然而，在新聞二十四小時不停發佈播送、煽情主義和「偽術」主導的今時今日，其對促進社會進步的積極功能已不若過去。現在這個世界，人肉炸彈和充滿仇怨的槍手，已把人類的正覺和良知打得粉碎。在這樣的宏觀環境下，把作家引進應付當前與未來威脅人類安全、挑戰國際合作的對話，有人視之為無關痛癢和不切實際，有人感到是奇峰

雞鳴
日升

突出。

　　文學家在引入思考道德、倫理和感情問題上，功不可沒，當前西方社會民粹主義的風起雲湧，貧富兩極所形成的不平失公等，只是部份緣由，因為更大的暗湧，源自人世間的內心恐懼，是由強烈自保意識所衍生的驚恐。那意味經濟問題雖然不容忽視，而更真實的虛怯，是對未來的焦慮！

2017年2月22日

少數不該服從多數？
阿羅推舉認受公權！

一、

　　美國經濟學家阿羅（K. J. Arrow, 1921-2017）在美西時間週二（22日）逝世，這位1972年與牛津希克斯（J. R. Hicks, 1904-1989）分享諾貝爾經濟學獎的新古典學派代表人物，「資深」的《信報》讀者應該有點印象，以「數十年前」，好幾位為《信報》撰寫文章的經濟學者（和筆者），都曾扼要評介他的學說。阿羅為羅馬尼亞猶太人，早歲移民美國，先習數學，惟於哥倫比亞大學攻讀博士學位時，受「博導」賀德鄰（H. Hotelling）教授的「感化」，轉修計量經濟學，成了一代大師！

　　被經濟學巨人森穆遜（P. A. Samuelson）稱為「20世紀最重要經濟學家」的阿羅，其對經濟學的貢獻，淺學的筆者說不來，只可作粗略的介紹，他在社會選擇理論、資源在靜態與動態條件下的最適配置以至競爭經濟中均衡存在的問題等，均有令同行折服甚且可說是具決

雞鳴
日升

定性影響的論說。對筆者而言，阿羅是莫測高深的數理經濟學家，但他研究的題材幾乎都與經濟學的基本原理有關，比如競爭中一般均衡與福利經濟學，他以清晰的觀念和嚴謹的數理程式，作出明確的解釋並提出答案。與其他社會科學無異，受現實主義影響的經濟學家，大都認為基礎理論無關宏旨、不大重要，但有關理論對解決現實社會面對的問題，極有參考價值。阿羅在金融產品及僱傭合約方面的貢獻，令他獲得行內和行外人的尊敬。

　　阿羅跟市場活動有關的理論多的是，但筆者以為他的成名作《社會選擇及個人價值》（*Social Choice and Individual Values*〔據其成於1949年的博士論文，1951年初版〕），對當下的香港來說，甚有「現實意義」，因此試加解說。這本不足一百五十頁的「小冊子」，在第一章〈概說〉第一節便指出，「公平方法」（fair method）可令個人作出最適選擇以產生社會決策（social decision），換句話說，在不同的社會環境下，組合個人偏好（傾心）的模式（individual preference pattern）以產生一個有共識即大多數人認同的社會模式，是「當務之急」。當然，這種模式的形成，由於社會、歷史以至政治因素如傳統習俗、宗教信仰、權威、獨裁、投票及市場價格機能的複雜性，不易達致。阿羅指出，實行民主政制的資本主義社會（capitalist democracy），要形成有利於社會發展的決

策，惟有通過下述兩個途徑。其一為投票（政治決策大都採用此法），其一為市場（與經濟有關的大都採用此法）……。非常明顯，如果這兩個要素各為五十分，則香港得分肯定在五十以下。政治事務上，香港人民沒有自決「投票」這回事，是零分；市場價格機能則受壟斷土地供應的政府及半壟斷市場的大企業（如過往的英商和如今的地產發展商〔尤其是內地的〕）所扭曲……。在這種不完美的社會條件下，香港仍然充滿活力蓬勃發展，說自由香港的經濟發展是個奇蹟，一點也不誇張。

二、

　　回歸以來，希望「命運自決」的香港人，莫不致力爭取「一人一票」的合法選舉和制度，然而，別說現在離成功之途尚遠，阿羅的研究還顯示這種投票方式絕不完美。他指出，「一人一票」的「投票矛盾（悖論）」（Voting Paradox）盤桓不去，是個無法徹底解決的弊端！在民主社會，較小型的群體單位（遑論非民主社會的社會單位）如社區、社團、學校、教會或政治團體，其決策的達成，通常是由少數人（甚且一個人）說了算數，有了取向才進行投票，屬於過場形式（有人正在積極「說服」選委投票一致化令投票徒具形式！）。阿羅以五組學術深邃、思想嚴謹、數理邏輯推演巧妙的數理程式，證明要把社會中多數人的偏好（經由一個函數）轉為單一的整體社會偏好並不可能。那即是說，

雞鳴日升

由兩個或以上偏好不同的人在三個選項上進行選擇（投票），很難作出大多數人滿意即符合「公眾利益」的決定。有這種效用的決定，可能要由一個受人民支持的公權機構而非「一人一票」定奪。後人（阿羅的學生）把這種「推理」稱為「阿羅之不可能定理」（Arrow's Impossibility Theorem），是經濟學上第一次向「少數服從多數」原則的「天然合理定性」正面挑戰！此說在經濟學界固然引起震動，不少向來服膺「少數服從多數」的政治學者，亦瞠目結舌！應該強調的是，「不可能定理」之深奧，一般經濟學者（外行人如筆者更不消提）都無法切實理解，森穆遜說：「如果說世人真正懂得愛因斯坦『相對論』的人是只有十二人，那是誇張；那麼，說世上真正了解『阿羅之不可能定理』的，不及十二人，則為事實的描述。」

阿羅反覆論證「投票悖論」存在的普遍性，他的結論令「民主派」非常沮喪，因為他強調只有強制政權及獨裁者，才能把「個人偏好」變成「社會偏好」而「社會偏好」又能代表廣泛的「個人偏好」。換成流行的「術語」，即大權在握者決定的「社會喜好」，大多數人都不能不或不得不自願接受（看來現在的香港人都有這樣的「深切體會」吧），其與「多數服從少數」的獨裁權力又有何異!?

「阿羅的不可能定理」，「證明」民主無法達致「公共意志」，敲碎了民主政體的基石，更令拒絕以

「一人一票」選賢任能者有至理上身的氣勢。不過，阿羅指出「少數服從多數」的最大功能在於防止「最壞」情況的爆發，因此仍有可取而且應該爭取。在經濟層面，「不可能定理」表明以貨幣作為投票工具的市場機制，並不能保證作出符合社會公意——大多數人認同——的合理選擇，因為消費者（使用貨幣者）可能受廣告誤導亦可能作出非理性選擇，因此某種被「捧紅」、「炒起」的東西，不一定是大眾歡迎的商品！

盧安迪2月28日在《信報》「自由的國度」專欄寫〈向阿羅教授致敬〉，他指出，到了今天，「阿羅不可能定理」已是不少研究生課程的標準內容，其論證已被簡化為一頁紙的長度，可見社會選擇理論在幾十年間進展之大……。

「阿羅不可能定理」對政治學、哲學，甚至計算機科學都有所啟示。例如政治學家William Riker在1982年的《自由主義對民粹主義》一書中指出，既然「阿羅不可能定理」意味不存在合理的投票機制，我們應盡量減少以投票作集中決定的政府管轄事務，容許較多私營部門（private sector）分散決策的進行。

此外，根據「阿羅不可能定理」也可引導出另一個精妙絕倫的「不可能定理」——Gibbard-Satterthwaite定理：在任何（符合某些基本條件的）投票制度下，都必定有人會有「策略性投票」的動機！換言之，一定有部份選民可以投票給不是自己首選的候選人，從而令選舉

雞鳴
日升

結果令自己更為滿意（讀者可嘗試構作例子）！這個結果的深刻啟示就是：投票從來都是一種用來影響結果的策略性行為，而非立場的宣示。如果執迷於所謂「政治倫理」而堅持用選票來表達自己的意識形態，那只是一種不甚科學的死心眼。

2017年2月23日

指數基金不費事
集腋成裘披在身

一、

　　巴郡・哈撒韋主席「股神」畢非德（筆者舊譯包發達）每年一度向股東「展望」公司業績的「告股東書」（公司年會於5月上旬才舉行），在只有印刷媒體的年代，非股東要付十美元（？）並且要事前登記才能「人手一冊」，當年注重投資事項的傳媒，莫不擇要翻譯，引述並詮釋「股神」對投資前景的看法……。如今「告股東書」同步上網，資訊易得，有興趣報道的紙媒網媒，反不多見，真是咄咄怪事。所以如此，與資訊氾濫不無關係，但是「免費的東西少有好東西」的「網民智慧」，相信更起關鍵作用。事實上，今年87歲的畢非德，腦靈心精，對投資、對世情的「哲理」，仍然有閃爍的光芒，精闢「貼地」，值得有意做自己資金主人並立下賺錢宏願者細讀。

　　巴郡一年一度的盛會，雖已過去多天，《信報》昨天仍然刊出「價值投資」郝承林的〈畢非德價值千億

雞
鳴
日
升

美元打賭〉及「新聞評點」高天佑的〈股神離地投資法〉，時效未失，可見「股神」投資智慧的吉光片羽不是過眼雲煙。

去週六巴郡年會，《信報》週一以〈股神轟基金收費貴表現差〉為題加以報道，對該公司去年的表現，說之甚詳，標題亦突出畢老「說話」的要點；可惜，未知是否因為篇幅所限，竟然漏去筆者認為最重要的一部份。於痛斥投資基金經理「食水太深」蠶食投資者利益之後，畢非德對「領航（前衛）指數基金（Vanguard）」的創辦人博高（博格爾，J. Bogle）致以最崇高的敬禮，並且這樣寫道：「如果要為美國投資事業作出重大貢獻的人豎碑立像，這個人非博高莫屬！」畢非德是名副其實的「股神」，他於1970年入主巴郡至今，股價（未拆細亦從未派息所收股息則全部購進股票）至今升幅近五萬二千倍（51400%），遠的別說，僅從1990年的股價企於七千元（美元・下同）水平，一路反覆上升至2月28日超逾二十五萬七千元（P/E十八倍強，總市值近四千二百億），便知畢非德「股神」之名並非浪得！

被「股神」如此「高度評價」的投資家是何方神聖？畢老於週二補充早一天報道之不足，詳細介紹了這位被譽為「對美國投資者的貢獻前無古人」的「指數基金」始創人博高（John Bogle, 1929-）！

二、

　　博高於2011年為紀念謝世不久、對他有知遇之恩的老師，寫了一篇題為〈教授、學生和指數基金〉（The Professor, the Student, and the Index Fund）的短文，不足五頁，以致客戶的通訊形式發表，內文略陳「指數基金」（1976年8月草創時稱「指數互惠基金」）的源起，述説了他和乃師森穆遜（諾獎得主）數十年間的師生情誼；博高説，若沒有森穆遜的「積極參與」，「指數基金」可能胎死腹中。和上世紀50年代上千盈萬的經濟學系學生一樣，博高修讀的正是森穆遜那本「長壽」教科書《經濟學的基礎分析》（成書時作者33歲，他不理會「一流學者不寫教科書」的「傳統」，寫成這本〔不斷加入新內容〕數年前已出第十九版的經典），雖然由作者親自授課，博高仍然感到有點吃不消；在老師「諄諄善誘」之下，他終以不錯的成績獲得全額獎學金，在普林斯頓畢業；1951年的畢業論文〈投資公司的經濟角色〉，提出成立以「被動證券管理」（Passive equity Management）「指數基金」的初步構想，為森穆遜所讚賞，讓他以「優等成績」畢業外，亦助他順利地在華爾街互惠基金公司謀得一份差事。

　　森穆遜對「指數基金」興趣甚濃，不僅在半學術性的《組合投資管理學報》（*The Journal of Portfolio Management*）1974年秋季的創刊號發表文章，述説

一種與股市指數「平行」（apes the whole market）；那就是持有指數成份股然後「坐待」股市升沉，「不主動出擊或撤退而只是穩守」，由收費極低的「指數基金」管理；稍後他在《新聞週刊》專欄數度撰文鼓吹此事……。長話短說，博高終於在1976年底，創辦「第一指數信託」（First Index Trust），他公開「招股」的目標是一億五千萬（由華爾街大行承包），由於投資大眾對此新產品心存疑慮不敢沾手，結果只籌得一千一百三十萬……！

三、

「指數基金」以後的發展，不必細表，那從這四十年「基金」投資總額已達三萬九千餘億，足見其受擁戴的程度；投資者的眼睛有時是雪亮的（如果「永遠雪亮」，豈不是人人發財，哪裏還會有人去「打工」賺錢？），他們眼見投資基金成績極差（比「差強人意」還差），虧蝕的比比皆是，能為基金持有者帶來實質利潤的，寥寥可數（據基金研調機構「晨星」〔Morning Star〕的統計，去年獲利的股票投資基金僅有規模極小的Hussman Strategic Dividend Value Fund一家，其資本回報率為0.6%！）。名目繁多的股市投資基金當然有賺有蝕，惟收佣、管理費及分成亦絕不手軟，吃掉了大部份利潤，那些沒有利潤的，佣金管理費照收，結果令投資者虧損……。「指數基金」隨波逐流，由於股市長期

趨升，因此反能「坐」收成利。森穆遜投資「領航」，2005年11月15日在「波士頓證券分析員協會」晚宴上發言說，「領航」的回報「令我的六名子女和十五個孫兒非常滿意」。那是對「領航」的最佳宣傳。

「指數基金」的收費平均在資金0.11%至0.2%之間，而且沒有分成（投資基金收管理費一般逾2%之外，有盈利公司還抽二成），可說盈利都歸投資者。顯而易見，「指數基金」經理人的賺錢能力，遠遜投資基金經理。博高2012年接受《紐約時報》訪問時說，他的財富僅「低位的數千萬元」，比起「富達投資」（Fidelity Investments）的「總管」約翰遜（A. Johnson）的同期身家為一百四十一億，豈止恐龍與蜉蝣之比 ?!

畢非德對「指數基金」造福「股民」擊節讚賞，因此破例在「告股東書」中表揚博高；他鄙夷「投資基金」的成績欠佳兼且濫收費用，那是數年前他與一位對沖基金管理人就主動型和被動型基金的長期贏虧進行打賭而終於獲勝的原因。在談論此事時，郝承林這樣寫道：「世事之有趣往往出人意表……，九年下來，（被動的）指數基金升了85.4%，而五家主動基金的績效則分別為62.8%、28.3%、8.7%、7.5%和2.9%。花了大氣力選股，每天聚精會神捕捉買賣機會，卻偏偏輸給文風不動、靜靜持有的……。」當然，主動基金人才鼎盛、買入賣出非常頻密（為佣金亂炒一通），經手人從

雞鳴日升

中賺得盤滿缽滿，苦的只是投資者；至於買中那些根本「無利可圖」的，當然更輸個兩腳朝天，而他們的經理人卻依然袋袋平安。想到此處，頓悟投資基金經理與律師和客戶、醫生對病人一樣，彼此並沒有「命運與共」（fate sharing）的關係。打輸官司、醫不好的病人，律師和醫生照樣收足費用，這不是和輸掉客戶的錢的投資經理人一樣嗎？

2017年3月2日

雞年旺股自「古」已然
日本國歌「番人」譜曲

雞事説不完。

■作者專欄2月1日寫及「嘉美雞」，引維基百科的資料，讀14日譚淑美在《信報》的〈碩士雞農……〉，方知大謬。成功培育嘉美雞、現為嘉美雞場老闆的郭銘祥（溫哥華UBC禽畜營養學碩士），聞「嘉美雞因含加拿大與美國雞種而得名」之説，「一聽就拍枱大罵『黐線』」，因為郭氏一手培育的嘉美雞，「祖宗來自廣東」，此雞之得名，是來自港大「嘉」道理農業研究所，是「美」味的雞！

作文抄公之餘，順此更正。

■「金雞長鳴，鳳凰翔舞」，是古人用以形容萬象更新、六畜興旺（世界和平、經濟繁榮）的景象；而以「金雞」作為朝廷盛典標誌的，始於大約一千四百年前的唐朝，其時皇帝即位、立后、建儲（君）以至頒行

雞鳴日升

足以彰顯皇恩浩蕩的重要法令,其儀禮俱以豎「金雞」為誌。《新唐書‧百官志卷十六》云:「凡有赦,則先建金雞……。」唐李白因「跟錯老細(永王李璘)」遭貶官夜郎,作詩《流夜郎贈辛判官》,有「我愁遠謫夜郎去,何日金雞放赦回」;宋黃庭堅的「杜鵑無血可續淚,何日金雞赦九州」。指的都是皇恩大赦時必「立金雞」的寫照。

古人所說的「金雞」,並非黃金的雞,而是因為陰陽五行「水木金火土」中,雞屬金,因此稱為「金雞」。不過,皇室有的是黃金,因此皇家製造的雞,便「黃金其首」,以突顯國庫豐盈!何以用雞作為「吉祥物」,大概與雞為星宿下凡的五德之禽且易養味美惠澤萬民有關。

金雞非黃金的雞,古人著作多有說明,如《祖庭事苑》(轉引自葛承雍:〈唐代金雞俗〉)指「人間本無金雞之名,以應天上的金雞星,故也。天上金雞鳴,則人間亦鳴」。這與古人認為雞是星宿下凡之說相符……。無論如何,「金雞」絕非黃金其冠其羽其翼甚至其身的雞。雞與黃金此種貴金屬扯上關係,反映的只是世俗拜金主義的盛行。根據股市研究者爬梳統計資料,發現雞年原來是「大好之年」,一篇2月8日在truewealthpublishing.asia網誌貼出附有多份圖表的短論,指出雞年大利股市——不僅是在亞洲。而是澤及美國股市。

　　摩根史丹利編彙的「去日亞洲股市指數」（MSCI Asia ex Japan），1993年雞年指數升幅為「十二生肖年之冠」，達75%；2005年亦然，當年升幅亦有52%。由於指數編製於1988年，迄今只有兩個雞年，因此不能遽下結論，惟雞年在兩紀的表現遠勝其他年份，則彰彰明甚。

　　雖然中國農曆新年在美國（及其他西方國家）並不重要（遠遜聖誕及萬聖節），惟以標準普爾指數衡量，雞年股市的表現，雖非最佳，亦算「甚佳」。翻開1928年以來的股市數據，其後七個雞年的平均漲幅約為14%，僅僅跑輸虎年和豬年「一個馬鼻」。無論亞洲或美國股市，股市平均表現最差的，往往是蛇年——亞洲的沒有升幅，美國的升幅不足百分之二！

　　雞年是否帶旺股市，看特朗普將在基建及軍事上大量投資，股市（和通脹）勃興不足為奇。

　　■上世紀70年代以前的英國電影院，「開畫」之前都會播放《天佑吾皇》，位置是否法例規定觀眾須聞國歌而起立（無暇查證），若是，「守法」的人便肯定不多，以筆者所見，那是看戲者的「自由活動」時間，固然有人起立、但是也有人離座、而更多是充耳不聞「坐定定」等看戲。久已沒進英國戲院（經常赴英的友人亦然），未知播國歌之例行站立是否依然……。

　　香港電影院並無此例，特區政府為加強港人的國

雞鳴
日升

民意識，於2004年起製作了六輯電視宣傳短片《心繫家國》，最後一輯於2009年10月1日播放；內容皆以中國國歌《義勇軍進行曲》為主題音樂，在電視台的主要新聞時段前播出，許是「便民」而並無相關的起立規定。電視台播國歌的決定並無不妥，但看所配短片，人民（少年）歡欣鼓舞、快樂似天使、激情近紅衛兵，則與歌詞絕不相配（與《歌唱祖國》之類的歌曲倒相配），因為不願做奴隸且冒着炮火前進的人們，迎炮而上，隨時為國犧牲，怎會有聞國歌而雀躍起舞的聯想⋯⋯。當局和電視台等，宜盡快「更改畫面」以配合在國家多難之時愛國情緒洋溢嚴肅壯麗盡顯中國人不怕強敵迎難而上勇氣志氣雙全的歌詞。昨晚撰本文時扭開電視，播國歌的時段不見了。但願重新再行播出時「圖詞相配」。

■ 提起國歌，想起去年11月底，印度最高法院下令全國電影院在播放電影前應播國歌的「舊聞」。該國認為獨立七十年後，印度人仍然沒有身為印度人的驕傲，少聽國歌是原因之一。看來香港也許很快會有類似的立例。

筆者曾經引述的《世界國歌大全》（百科全書），印度國歌的詞曲俱出於大詩人泰戈爾（R. Tagore）之手筆。1911年，泰戈爾應「拉甲」（Raja，土皇帝）之邀，作一首富印度色彩的歌，用以歡迎宗主國國君佐治五世到印度「國事訪問」；泰戈爾應命寫曲作詞，惟是

獻歌是獻給他的真主上帝而非英皇！1950年獨立後，此歌被國會定為國歌（全長五十二秒、精簡本二十秒）。

　　無視最高法院的命令，言論非常自由且政黨多如本港「智庫」的印度，傳媒和政客就播放國歌展開「熱烈討論」，至今快四個月了，未有共識，因為「國歌真的能激發人民的愛國情緒進而團結各族人民嗎？」那是個不易有肯定結論當然更不易達共識的命題。

　　■説起國歌，筆者認為日本國歌由外國人譜曲，似為世界罕例。據日本箱根富士屋溫泉酒店於1934年初版（筆者手上的一本為1950年版）的《我們日本人》（We Japanese），當中説到日本國歌《君之代》（Kimigayo）本為和歌（Waka，民謠），於明治年間被選為國歌歌詞。維基説「1869年在橫濱工作的英國駐日本大使館護衛隊步兵營軍樂隊隊長、愛爾蘭裔的芬頓（J. W. Fenton），建議據此而譜曲作為國歌……。」但《我們日本人》則指是於1879至1898年任日本海軍軍樂隊指揮的德國樂隊領班埃克（Franz Eckert），應海軍部長之請為日本寫國歌，他為此「廣徵民意」，結果選了和歌歌詞，而軍樂樂譜則由他編寫。

　　究竟誰是誰非？只好再翻《世界國歌大全》。據説平安時代（Heian, 794-1185）開始，皇室盛典必有宮人朗誦詩歌，有時和以音樂……。1869年，橫濱日本軍樂團領班芬頓了解日本沒有國歌後，指揮樂隊奏《天佑吾

雞鳴
日升

皇》，官員聽曲心喜，芬頓遂毛遂自薦，說只要有人寫歌詞，他會作曲譜為日本國歌，結果當地炮兵司令（通中日歷史的「儒將」）選中一首平安時代朝廷常用的歌謠為國歌的詞；芬頓配上銅管樂的樂譜，1870年首次演出。不過，芬頓的曲譜被時人認為「不夠莊嚴，應予修正……」。1880年，日皇委任一個「改國歌」委員會，而那位德國樂隊領班埃克獲選重寫曲譜——新國歌於同年11月3日「首演」。不管是英國人還是德國人，日本國歌的曲譜肯定出自「西方人」之手！

順便一提，《我們日本人》1934年初版，至1950年已是第九版，可見其受市場歡迎（別忘記期間有把日本炸得稀巴爛的戰爭）；這本書充份反映戰前日本的社會風貌，當然日本文化史也包羅其中，是值得一讀的參考書。有趣的是，該書扉頁寫明「本書共六百頁（事實是連「引得」是五百九十一頁）插圖八百八十九幅」，如此陳述似乎他書未之見。

（閒讀偶拾）

2017年3月16日

美國重啟文宣攻勢
銀彈亂飛香港小心

一、

　　因為一本書，想起一宗「舊聞」。

　　2016年聖誕前夕，快將離任的奧巴馬總統，以美國傳媒的説法，是「悄悄地簽署」（quietly signed）了一份「帶有危害性的聖誕禮物」（dangerous Christmas gift）給美國人，這份「禮物」，便是「兩院」約在早半個月前通過的《國家防衛授權法案》（National Defense Authorization Act, 2017）。為免張揚，奧巴馬這份「大禮」只是夾雜在六千一百九十億（美元）國防預算中一項並不顯眼的撥款。美軍南征北討，美國擴軍黷武，軍費大增已成常態；令筆者眼前一亮的，反而是《反假情報及反宣傳法案》（Countering Disinformation and Propaganda Act），撥款只得八億元，是國防經費的零頭，本來不值一提，但是這筆撥款的主要用途被指定在「訓練新聞工作者」及資助非政府組織、公民社會組織、智庫和破譯其他國家針對美國的假消息（Fake

日升雞鳴

News）的私人公司，那便需要注意！從今年開始，美國政府是會假借那些「民間組織」，「反擊對美國不利的宣傳」，目標在於向全球推廣美國價值觀及令其樂見「新聞故事」成為世界媒體的話題。

這是冷戰後美國第一次撥款成立「反宣傳」專項，「筆」指中國，若隱若現。主催此事的共和黨參議員羅拔·波特民（R. Portman）在討論應否提此法案的座談會上指出，中國近年耗資以百億元計從事海外宣傳（包括在各地成立「孔子學院」），除宣揚全方位崛起的成就、鼓吹其政經制度是世界最好最有效率之外，還把自己在南海填海建島說成理所當然。中國單方面的宣傳令西方人民將信將疑，已是了不起的成果。對於這些被美國極左極右分子視為「歪理」的道理，奧巴馬政府終於同意美國不能坐視，應主動還擊，而「反宣傳」其實就是「宣傳」美國政策的法案，這份獲國會幾乎全票通過的「禮物」，對於與中國絕不友善的特朗普政府而言，可謂正中下懷，以後會全力以赴續增撥款，不在話下。

二、

資深傳媒人大多知道，1950年代以後的數十年間，美國所做的文宣工作如水銀瀉地。以香港為例，美國假駐港領事館設立的新聞處（成立於1953年的「美新處」於冷戰結束後約十年的1999年被取消），以各種名義資助反共文化組織出版書報、邀請新聞工作

者「赴美遊學考察」，（《信報》多名編輯包括內子均曾應邀；筆者則於更早期在《明報晚報》出任副總編輯兼《明報》財經版編輯時被邀），應邀到美國的行程非常緊湊和充實，費用全免外，還獲發若干現金作為購書錢），行程包括出席白宮總統記者會，「觀光」歷史名勝、環保工程，先進的工、農業等，並在「社會賢達」家中住宿（招待筆者居停的主人，記得的有聯儲局理事及加州大學某校區校長），非常「正路」，與「反共」毫不相干。換句話說，美國只是把她的傳統文化及先進一面介紹給海外傳媒，希望受邀者有所感而為文「美言」，也許因此而能把歌頌共產主義社會主義的言文比了下去；不過，美新處對此並無「跟進」，即對受邀者有否撰文和看到美國究竟是怎樣的一面，全不理會。至於那些受資助的，當然都是「非親共」機構。由於美新處從不公佈受資助的個人和單位名單，究竟甚麼個人和法人獲「美援」，至今仍撲朔迷離，只有傳聞、未見真身。美新處當時出版一份期刊《今日世界》，以介紹最新美國人事物事為主；其同名出版社，則請本港作家學人，翻譯多本或經典或新銳的美國名家小說及非小說，筆者濫竽充數，曾經翻譯1971年諾獎得主西蒙‧庫茨內斯（顧志耐）的《現代經濟成長》（S. Kuznets: *Modern Economic Growth*），「稿酬從優」，不在話下！

冷戰（1947年至1991年）結束，美國「對外宣

雞鳴
日升

傳」的迫切性相應下降，不若上世紀中的主動，影響力也漸漸式微，相關撥款大減甚至連有關機構都被裁掉。近年決心在國際舞台擔當更重要角色的中國，則主動出擊，文宣工作頗有所成，為了在這方面和中國抗衡，美國重整旗鼓，打出「反宣傳」（anti-propaganda）的旗號，重啟近乎冷戰時期的海外宣傳攻略！掏腰包用納稅人的錢「自我宣傳」，對於自稱「世界最強」、言論最自由（包括政府不干預）的國家領導人而言，奧巴馬難免有點臉紅，於是悄悄簽署，不想廣受注視。

　　美國在冷戰期的文宣工作重點在歐陸、英國和拉丁美洲，時移世易，世界的政經軍事重心從上世紀末已移到亞洲，聚焦亞洲，不難理解。香港作為亞洲最重要的國際城市，各方面都比較奔放自由，紙媒網媒俱旺，且有名目繁多的「研究所」和智庫，背景繁雜，美國的「反宣傳」資源較易滲透，不言而喻，自律和人格獨立的傳媒工作者應打醒精神，知所警惕，以免「受套」而捲入中美「文鬥」的政治漩渦。

（文宣攻防將趨活躍‧二之一）

2017年3月22日

大搞價值觀抗衡！
香港將成是非地？

三、

　　引來連篇聯想的那本書，是美國《環球藝術及政治雜誌》Guernica創辦人兼無任所編輯惠德年於今年初出版的《告密者——中情局如何計誘世界名作家》（J. Whitney: *Finks: How the C.I.A Tricked the World's Best Writers*）。（筆者按：Guernica譯為古恩尼加是西班牙巴斯克地區的小鎮，西班牙內戰期間，受到佛朗哥與納粹空軍合謀的結果，古恩尼加成為歷史上，首個遭地毯式濫炸的地方，飽受蹂躪。遭轟炸後的Guernica成為畢加索的畫作題材，在巴黎博覽會的西班牙場館展出以後，聲名大噪。如今Guernica鎮上複製畢加索名作的Guernica壁畫，已成為遊人必至的景點。）

　　二次大戰結束（1939-1945），世界無熱戰，意氣高揚的蘇聯為宣揚共產主義的優越性及偉大成就，發動環球文宣攻勢，令剛敗選落台的英相邱吉爾憂心不已，他於1946年3月赴美國接受西敏寺學院（Westminster

雞鳴
日升

College）頒授名譽博士學位時，發表題為〈強化和平的力量〉（The Sinews of Peace）的演說，指出西方國家必須加強針對蘇聯集團的宣傳攻勢（「鐵幕」一詞在此演說中首度出現），作出反擊，座上嘉賓如美國羅斯福總統，深有同感⋯⋯。

並非槍來炮往的熱戰，東西陣營言文互鬥，成為在邱吉爾口中冷戰的主要武器。《告密者》寫的便是美國中情局在冷戰期間扮演的角色。書的開篇便指出，面臨中情局佈下的「政治地雷陣」（Political landmines），作家（世界一流的作家，名單甚長，對非文學迷的筆者來說大部份甚是陌生）雖然小心翼翼，但是最終有的成為熱中的「政策工具」，有的被迫成為不情願的工具，有的作出權宜敷衍的合作，而更多人是在不知不覺間墜入中情局佈下的「羅網」——大家熟知的海明威和《愛在瘟疫蔓延時》的哥倫比亞名家加西亞・馬爾克斯，便是曾經入了圈套而不自知的大作家。

蘇聯集團對文人的控制來得非常直接，不惜以迫害、恐嚇、投獄、勞改（流放西伯利亞）等強硬手段，令從事寫作和藝術的工作者不得不歌頌史太林等蘇共權貴，以換取生存和較為優裕的物質條件；發出噪音的「異見者」則會受到絕不手軟的對付。這些「文人」，《告密者》如數家珍，筆者「熟悉」的只有寥寥數位如《齊瓦哥醫生》作者巴斯達納克和《古格拉群島》作者蘇辛尼津（分別獲1958年和1970年諾文獎）。對受蘇共

迫害的作家，中情局多方援助、營救，而最成功的是把
《齊瓦哥醫生》引入西方社會，然後使俄文版「回流」
蘇聯。《齊瓦哥》在蘇聯被禁，最初只能出意大利文
版，在CIA協助下出了英譯，再把俄文本偷運回蘇聯；
她還「不惜工本」，向書局「買位」令其陳列於書店
顯眼之處外，還買入數以千計的新書，讓其長踞暢銷書
榜首；巴斯達納克獲諾貝爾獎（蘇聯禁其出國領獎），
CIA亦居功至偉！

四、

　　出於冷戰特別是對「醜陋資本主義美國社會」隱惡
揚善的需要，中情局網羅大量長春藤大學的高材生，令
其「剖析部門」（analytical wing）高人輩出，不少世
界知名文人，亦因為與CIA情報人員志趣相投而於不自
覺地、甘為其用。美國著名社會活動家、女權運動（婦
解）的代表人物及作家史丹南（G. Steinem），五六十
年代與中情局關係密切，她多次公開盛讚其工作人員
（特務）「誠實可靠有榮譽感及熱愛和平」！當然，
中情局假手1950年於西柏林成立的反共民間組織「爭
取文化自由委員會」（Congress for Cultural Freedom,
CCF），資助宣揚西方價值觀的媒體，收效甚宏，多少
中情局在海外尤其是拉丁美洲的政治暗殺、顛覆政府的
罪行，都被淡化甚至美化。

　　1966年，《紐約時報》揭露中情局與全球二十四

日升雞鳴

家雜誌（主要在美歐英中東印度和拉丁美洲，中國與香港不在其中）「有關係」，政治介入文化領域，輿論界嘩然，自此之後，中情局在這方面的活動全面「地下化」……但是若干與中情局有關的刊物如英國的《文匯》（*Encounter*，1953年創刊1991年停刊；筆者六七十年代寫「英倫采風」時多次提及這本綜合性文化月刊，指出它與CIA有「不可告人」的關係）及《告密者》作縱深分析的《巴黎評論》（*The Paris Review*，1953年創刊於巴黎，1973年遷至紐約；此季刊以巴黎為名，惟主幹人物全為美國作家），俱為知識界所推崇。有些讀者也許對《巴黎評論》與筆者一樣感到陌生，但它在文化界地位很高，影響深遠……。CIA通過外圍組織如CCF，對被其「統戰」的傳媒和文人，多方「相助」，透過大量購買書報刊物及贊助類似講座般的支持，給相關人士以可觀的「車馬費」等等。據阿根廷大作家博格斯（J. L. Borges，那位到處小解的大作家）的話，被邀出席講座的特別聽眾亦獲「厚酬」，他這樣寫道：「we received a not inconsiderable honorium...」，「厚酬」當前，不期然便有倚向其觀點的傾向──最低限度，不會惡言相向。

和對香港傳媒和研究機構的資助「不明不白」一樣，中情局在冷戰期間對歐美的工會、學生組織、爭取女性權益組織、文藝團體（包括港人較熟悉的「世界筆會」）及一眾公共知識分子，亦頗慷慨，但這類「廣為

人知」的活動並無白紙黑字為憑據。不過，人所共知的是，奧威爾的名作《動物農莊》（按：年前曾提及此書並說未知中譯情況，即蒙方元偉先生寄贈其所譯的影印本，謹此致謝）的連環圖（漫畫）本，便是由中情局出資請人繪畫、出版；而波士頓交響樂團1952年赴歐洲多個城市巡迴演出，亦由中情局「安排」（以抵消蘇聯音樂有橫掃歐洲的影響力）……。由「特務機關」出錢搞文化活動，等於以公帑資助利誘被選中的個人和法人，與自由市場供求決定「商品」優劣的「鐵律」完全不同，由是反對之聲清晰可聞（未獲資助者之聲最嘹亮），中情局也很快便退居幕後，不再「開支票」，而改為幕後操縱，影響更為深廣……。

冷戰期間敵對雙方不擲炮彈而各拋銀彈，但冷戰結束特別是蘇聯成為俄羅斯之後，依然這樣做的，也許只有少數國家如中國（以國家資金傳揚中國政治文化，師出有名），隱忍多年，美國終以中國海外宣傳成效甚著而感受威脅，「不甘後人」的後着，就是由奧巴馬於終任前啟其端，撥「小款」到文宣範圍。相信對中國存有重大偏見的特朗普會變本加厲。

美國撥款啟動「文宣攻勢」將令《告密者》不着一字的香港成為中、美角力的「重鎮」！如何避免因為處身文鬥漩渦的是非地而禍從天降，「有關人等」實在有必要打醒精神。

（文宣攻防將趨活躍·二之二）

2017年3月23日

雞鳴日升

美國銀彈化育東風
走難文人洋資金路

一、

　　《告密者》對華人地區（包括兩岸三地和南洋諸國）不着一字，並不等於冷戰期間美國沒有在這些地區進行文宣工作，筆者這點憑空臆測和看法（22及23日）終於找到佐證。友人鄭樹森教授傳來台灣國立清華大學社會學研究所王梅香寫於2015年1月的博士論文《隱蔽權力：美援文藝體制下的台港文學（1950-1962）》（下稱《論文》），對美國在台灣和香港文化界的「滲透」工作，作出巨細無遺、證據確鑿的論述。《論文》凡三百餘頁，資料豐碩、文字可讀，香港出版商沒理由不設法出版，而它更應譯為英文，以補《告密者》之不足，如此方能讓人看到美國在冷戰期間針對共產集團的「反宣傳活動」的全貌！

　　王博士爬梳《論文》涵蓋十多年的相關資料，揭露不少鮮為人知的內幕、證實在文化圈內流傳已久的若干「傳聞」，令人眼界大開。筆者不明白的其中一點是，

《論文》雖然數度提及「冷戰」和「文化冷戰」，卻沒有直接說出「美援文藝體制」是因「冷戰」而起；事實上，王博士寫的正是冷戰時期的「美援（「綠背」）文化」在台灣和香港（旁及南洋）的拓展情況。同樣令筆者不解的是，何以中情局指揮文宣經援的範圍只限於歐英拉美印度非洲而華文地區則由美新處（隸屬國務院）出面；究竟他們是如何分工？迄今仍為未解之謎。

中華人民共和國成立後便在政治上一面倒向蘇聯，在文學藝術領域亦斷絕和西方尤其是美國的關係（讀陳定山的《春申舊聞》〔台北世界文物出版社〕，方知舊上海受美國「文明」的影響極深），一項統計顯示，1919至1949年間，內地翻譯的外國書籍中，「英美等資本主義國家的，佔了67%、譯自蘇聯的只有9.5%」。解放後地動山搖，前者縮至只佔全部譯書的20.5%，而後者則激增至佔77.5%。蘇聯對內地的影響力大增，不在話下。50年代（1956年中蘇交惡前）在內地生活的人都知道，國內一切都以蘇聯老大哥為師，翻譯大量蘇聯文學作品，便理所當然；因為「親蘇」的緣故，當年初中的物理學課本提及的「新事物」，事無大小、物無新舊，全部都是蘇聯人民的發明（包括留聲機、電話、輪船和飛機等，現在想起仍覺得有「愚」（娛）樂性，筆者當年「賴依芙」，因為不相信天下萬物萬事皆為蘇俄人發明，竟在課堂上問老師，性交是否亦是俄羅斯人所創?!斯問一出，老師尚未作答，女同學已發出如見鬼魅

雞鳴日升

的嚎叫，男同學則集體笑作滾地葫蘆；結果差點被趕出校……。事隔二三十年，改革開放後不數年，有「老同學」聯袂來港，「順道」探望筆者，他們不過想見見這名「小搗蛋」是否仍然那麼無知……。至於解放前大受內地觀眾歡迎的荷里活電影，解放後完全被禁。為了扭轉此一劣勢並通過「文宣」推廣美國的政策，50年代初期已在全球七十六國設有二百一十七個辦事處的「美國新聞處」（「美新處」），「接受美國領事館（使館）的指示」，負起「透過文化活動、宣傳並支持美國政府的各項外交活動」的重任。

二、

　　現在識字分子幾乎無人不知的台灣《現代文學》雜誌：「事實上是『美新處』提供資金讓他（林按：白先勇）去辦……。」《論文》縷列了不少事實，特別說明「美新處」購買大量雜誌運至南洋一帶銷售，那等於雜誌社有充盈的「賣書」收入，證明「美援」（也許說「變相的美援」較恰切）並非是捕風捉影的說法。然而，參與雜誌創辦的著名作家白先勇及陳若曦，均為文反駁這種「指控」（接受外援有損「保持文學獨立及自主性的尊嚴」），他們不約而同撰文指出，「美新處」只買過「兩冊」或「一些」《現文》，可見這些「蛋頭」真是不食人間煙火……。香港作家對接受「美國人贊助」比較坦然，以在50年代初期「避秦來港」的文

化人經濟拮据，美方透過相關機構（前為「亞洲基金」後是「美新處」）「協助落難知識分子」（據盧瑋鑾及熊志琴的《香港文化眾聲道1》），而這些知識分子所以心安理得，是因為他們認為是在香港從事文化工作而非替美國做「文化宣傳」。他們當中確是有人「事後」才醒覺自己曾為老美工作——這是若干年後與香港作家打交道的燕歸來（本名邱然）、陳濯生和徐東濱（曾任《明報》主筆的政論家）等人是「美方在地（香港）聯繫者」的身份暴露後，這些精神上「受愚」而物質上肯定同時「受惠」的作家學者才知道的真相，但已事過境遷、無關重要了。按上述三位文化界名人，當時俱為「美資」友聯研究所（及出版社）的骨幹。

　　「美新處」宣揚美國文化，主要手段是付出高於當時本地媒體所能負擔的稿酬，招聘台港名家翻譯「美國文學名著」；以文學論文學，這些書籍大部份文筆優雅有益西方價值觀念中的世道人心，就此角度，「美新處」絕對做大好事。台灣的譯者，港人較熟悉的有梁實秋、夏濟安和余光中；香港較著名的則有林以亮（宋淇的筆名）、張愛玲和姚克。現在幾乎無人不知其名的張愛玲，曾有一度的「重要經濟來源就是『美新處』的稿酬……」據1953年11月30日香港美國領事館的檔案，當年「美新處」以四百美元的代價向作家們購買手稿，以當時匯價，折合二千四百多港元，是「天價」。據《論文》考證（王博士做了不少真工夫！），當時「一名教

雞鳴日升

師的月薪約三百港元，寫一書可賺進十六個月的薪水〔本為八個月的倍數，惟月薪三百屬高薪類〕……」這大概是指官校教師的待遇，私校當然遠低於此……。順便一提筆者50年代末成功偷渡，在堅尼地城屈地街一間鞋廠「打雜」，包食住月薪三十大元，可知一書所得酬勞有多高，替「美新處」寫書譯書便躋身中產，在社會梯階往上「移動」，作家還有不設法接其工作來做嗎？

　　從《論文》抽絲剝繭的剖析，「美新處」辦事有規有矩，與作者簽的合同及金錢交易，全部紀錄在案，杜絕華人社會貪污的「惡習」；其「天價」稿酬，是買斷作者的版權，即在他處（主要指南洋）出版或譯為外文，「美新處」均毋須再付稿費，因此，這是「打響算盤」的交易，「美新處」不一定賠錢。據名作家陳紀瀅的說法，她的小說《荻村傳》由張愛玲譯為英文，「美新處」支付的「翻譯費一萬多美金」，確屬天文數字……。不過，書的暢銷與否有點撲朔迷離，因為不少「反共小說」，「美新處」不惜工本大量購入，然後運往他處特別是華僑密集的南洋各地銷售，不管能否賣出，對出版社來說已是暢銷書。「美新處」除辦刊物（如《今日世界》半月刊）及出版社外，還出資辦印刷廠，由其承印今日世界出版社要出版的書籍……。

　　　　　　　　（冷戰期美國在港台的文宣工作・二之一）

2017年3月29日

解毒換藥份應為
弄虛作假不為功

三、

　　現在一般人提起「三毫子小説」，都説是環球出版社（東主羅斌）所創，其實不然，它的出現，可追溯至1955年「美新處」出版的《小説報》，《論文》引述名作家劉以鬯的話：「由『美新處』高級職員背後操縱的虹霓出版社出版的《小説報》，稿費高，有『三毫子小説』之俗稱」；在該刊發表小説條件之一是「必須有反共意識」。《小説報》停刊後，羅斌的「環球小説叢」取而代之。資料顯示「環球」從1961年起，每十天推出一種三十二開本的「環球文庫」流行小説，每冊四角，那等於説三年多來出了一百七十九期的「三毫子小説」告一段落。當年盛行一時的「小小説」，不論售價三角或四角，都染上濃濃的反共色彩。

　　《小説報》停刊後，「美新處」主辦及「支援」的刊物有《今日世界》、《亞洲畫報》、《兒童樂園》、《中國學生週報》、《大學生活》、《祖國週

雞鳴
日升

刊》和《人人文學》；而體制上形式上為「非政府機構」（NGO）的「美資」出版社，則有亞洲、友聯、人人和自由。被網羅為「香港美新處聯合編輯計劃」當「編輯顧問」的學人作家名單，計有錢穆、陳伯莊、楊宗漢（翰）、梁寒操、羅香林、王書林、丁乃通、簡又文、唐君毅、宋奇（淇）及馬鑑；除宋奇時任職「美新處」，其餘俱為港大、新亞和崇基的教授（時聯合書院尚未成立）。五、六十年代香港「綠背文化」鼎盛，不難想見；當年飲「美奶」的作家不少享譽甚隆，如方龍驤、遲寶倫、李維陵、易君左、陳俊人（萬人傑）、南宮搏、董千里（曾為《明報晚報》主筆）、齊桓（孫述憲）、黃思騁、王敬羲、潘柳黛、馬朗及彭歌等，皆在本地擁有大量讀者。

　　「美新處」通過這些「外圍」組織，在意識形態上進行反共宣傳和推廣美國價值觀，惟它的工作必須「隱蔽」即只能半公開進行，所以有此需要，原因有二。其一是，此為國共之爭，美國只宜扮演「權力中介」即「保持中立」（一如今日之於台灣和釣魚島）的角色，如此才不致直接捲入國共鬥爭的漩渦；其一則如鄭樹森教授在《從諾貝爾獎到張愛玲》一書的觀察：「在五、六十年代意識形態鬥爭最激烈的時候，明顯缺席的反而是港英殖民地政府，其角色近乎『裁判』、『警察』，遇有哪一邊越位過火，就進場緩衝」；「主人家」英國人坐山觀國共言文之爭，作客的美國人便知進退、守分

寸，不會做出令主人家下不了台的事。英國人的權術政治（Statecrafts）確有過人處，其置身事外，亦令有關各方不敢過份，如此才造就香港的「安和利樂」，成為各色人等均可在此相安無事、自由活動的大都會！

顯而易見，在「美新處」羽翼下出版的書刊，在戳破中共假大空的宣傳及共產黨無償為人民服務的假象上，成效甚著；不過，在「小說化」過程中，內地一些消極現象亦無可避免被誇大⋯⋯。「美新處」邀約（「主題」書寫）的《憤怒的江》，是作者南宮搏據1954年長江大水災（張公堤決堤）的實況加工渲染（加鹽加醋）而成，「美新處」大感滿意，因為它暴露了中共黨人「假裝為人民服務的冷漠」，同時揭露了「在蘇聯專家協助下」中共有能力防洪不過是一句空話！

「美新處」在香港的文宣工作，大收成效、物有所值。對於大部份有難民身份的港人來說，除加深對中共真實面目的認識，還因此而培養出欣賞西洋文學作品的積極意義。「美新處」的出版物，特別美國經典小說的翻譯，所起作用，與那段時期的粵語電影不少採用西洋古典音樂中旋律悅耳的樂章為配樂一樣，令觀眾對古典音樂發生興趣；「美新處」出的書刊撩起不少讀者對西洋文學的好奇進而設法讀「原典」，在提高這個難民城市的人文質素上，居功至偉——正是經濟學家所說的「預期之外的結果」。

雞
鳴
日
升

四、

　　和《論文》幾乎同時「出版」的〈亞洲基金會——香港中文大學創建背後的美國推手〉（下稱〈推手〉），作者為浙江大學教授張楊，原刊2015年第二期的《當代中國史研究》，今年1月4日多維新聞「摘要」（？）轉載，改題為〈遏制中國：香港中文大學創辦背後的美國因素〉。

　　顧題思內容，本文是作者根據史丹福大學胡佛研究所館藏「亞洲基金會」（下稱「基金」）檔案的資料寫成，對在「1967年以前一直接受中情局資金資助」的「基金」，如何在香港從事「（美國）政府樂見其成但又無法直接參與的活動」，特別在資助本港「大專院校」上的工作，有具體翔實的論述。該「基金」是一個「隱蔽組織」，其運作是「讓所有的美國援助都隱在台後，實際事務則讓亞洲人出面」。「基金」的任務在「整合」解放後不到兩年間湧港七萬一千多名難民中約二萬五千名知識分子，其「第一注」二十五萬美元的經費，來自艾森豪威爾總統（1953-1961在位）就職後不久的美國政府，目的在於「有選擇地幫助在香港的中國知識分子群體」。美國這樣做的長遠目標，在「扶植並支持中國內外反中共力量，以抵制北京政權的控制」。而「基金」自定的工作範圍，除「尋求反擊共產主義在亞洲的擴張、反擊共產主義的宣傳」，還致力於「破壞

滋養共產主義的土壤」。這正是「基金」定下大力贊助中文高等教育為其政策的依據。

被「基金」外圍組織「孟氏教育基金」（下稱「孟氏」）招攬協助其推動這項工作的「知名華人學者和教育家」，有嶺大前校長李應林和新亞書院院長錢穆，他們知否「孟氏」資金來自中情局，外人不得而知，但是他們肯定了解「大老闆」是「亞洲基金」。

為了「與左翼支持下的中文書院及知識分子進行對抗」，「孟氏」資助的書院共九所（光夏、廣東、華僑工商、新亞、珠海、崇基、文化、香港書院和廣僑），除提供名目繁多如教職員薪酬、學生宿舍、圖書館的資助，還向「所有中文書院在籍學生的15%提供獎學金」。追求知識之外，尚受「經濟誘因」吸引，八所書院（不計廣僑）的學生由1951至1952年的七百七十二人增至1953年的一千四百人，1954年（加廣僑）更達二千餘人（當年港大只有學生數百）。學生人數大增令「書院領導層」有「結成一體」的想法，經過長期醞釀，1957年，崇基、新亞和聯合這三所中文書院成立香港「中文專上學校協會」；經過與港府多次調協，終於在1963年10月17日，香港中文大學正式成立。

美中不足的是，〈推手〉在美方對各院校的資助上有很詳盡的報道，但成立中大它究竟出了多少錢，則隻字未提，僅說「如果沒有基金會的援助，中大的成立還要推遲許多年」。

雞鳴日升

　　無論如何，美國直接間接的經濟援助，「整合」了逃難來港的學者和教育家，各書院的學生大幅增長以至中大的成立，令中情局反擊共產主義的短期目標與長期推動「文化自由」觀念、「借美國對文化的寬容態度來展現美國的價值觀念和意識形態」，肯定大有所成；而中大的成立，無疑是美國「文化自由」觀念的最佳體現。

五、

　　回歸快足二十年，本港各大專院校已明顯「染紅」，「美帝餘孽」亦應清除乾淨；北京要在香港推動國民教育和要學生認識中國歷史，以期2047年中港有無縫接軌的人文基礎，無可厚非，就像為《基本法》第二十三條立法一樣，特區政府確有不可推卸的責任；不過，在貫徹執行上，筆者以為不是易事——困難程度不下於為第二十三條立法——那不在美國文化與價值觀已深植港人腦海，而是北京強加於港人特別是青少年學生的「教科書」，除了「價值觀」需時調適，其所涉的「歷史」，泰半為經不起查證，在此資訊流通靈通的此時此地，賣假藥固屬犯法，賣不確資訊肯定也無人接受，如果強來，反抗之風必再起。作為中國一部份，認識中國，大有必要，但港人要的是真實的認識！

　　　　　　　　（冷戰期美國在港台的文宣工作‧二之二）

　　　　　　　　　　　　　　　　　　　2017年3月30日

渾忘經濟學家忠言
聯航扔客後患無窮

一、

　　近日引起全球矚目的商業新聞，是飛機乘客杜成德（David Thanh Duc Dao）被機場保安人員當作恐怖分子般、強行拖拉、扔落航機的事件，受害的越南裔美籍醫生，固然即時成為新聞人物，召警的美國聯合航空公司則成了千夫所指的「飛機乘客公敵」，其股東見公司處事如此魯莽，擔心眾怒難犯，業務蒙上陰影，欲與之割蓆者眾，迅速反映到總市值上當天開市前的二百一十億急降至一百九十億六千萬（美元・下同）上，股價跌了6.3%──開市後股市稍為喘定，但收市價仍跌4.1%。畢非德巴郡持有二千八百九十五萬「聯航」（佔總發行股票9.2%），為該公司第一大股東，當天股價跌去二千九百三十元（以二十四萬五千元收市），跌幅1.8%，是「受創最重的股東」。畢非德將如何處理公司所持「聯航」股份？從「商業」角度看，企業之盛衰視其服務或商品是否為顧客歡迎而定，看社交網絡

雞鳴
日升

和傳統媒體對「杜醫生被扔事件」的反應，消費者一為「義憤」一為不想自己「受辱」，可說一面倒地譴責「聯航」，生意大跌拖累股價，似屬必然。欲「起死回生」，肯定得在宣傳公關上大做工夫，那等於是必先大灑金錢，令本已危危乎的「聯航」邊際利潤再挫……。畢非德如何處理，視其為「股神」者怎能不留意！

二、

　　杜成德「被扔」事件的報道，讓人看到「全美主要航企去年機票超賣讓座數據」，令筆者想起經濟學家朱利安‧西蒙（J. Simon, 1932-1998）五十年前發表的短論〈幾乎無懈可擊解決超額滿座的辦法〉（An almost practical solution to airline overbooking），時在1968年5月，刊物為《交通經濟學及政策學報》（*Journal of Transport Economics and Policy*）。西蒙因航空公司經常故意營造「人滿之患」而作出建議：「航空公司應在爆滿的機艙（或候機室）發給每名手持機票的客人一個信封，內放一白紙，讓客人寫上他願意改搭下班機的代價。」當然，航空公司付給願意以「最低額」亦即延誤飛行的機會成本最低的客人（一名至多名），超額賣票的問題因而順利解決；如果人人「趕頭趕命」，沒有任何持票者樂於「以時間換金錢」的情況可能出現，不過機會甚微，一旦出現，航空公司亦惟有提價，直至有人「看錢份上」——當然，這對航空公司便有「偷雞不着

（蝕把米）」的壓力。

　　西蒙這篇只有二頁短論，被二三年前出版的《萬億經濟學家》（R. Litan:*Trillion Dollar Economists*，意謂書中論及的經濟學家對經濟社會的貢獻動輒值萬億！）譽為「令航空業起革命」（頁五十四—五十五）。此前航空公司不知道如何解決「超額賣位」問題（不知道如何才能無代價地「偷雞」），因而故意令飛機不滿座，這樣，搭客當然比較舒服，坐經濟艙的人有機會平躺睡覺並非新聞，然而，公司必須提高票價（那等於要搭客支付「舒服費」），令乘飛機無法普及化，不符美國交通部視航空業為公用事業（供應無缺人人可低價享用）的宗旨。1968年西蒙作此建議，正中航空公司下懷，於70年代中期實行超賣策略，機票超賣肯定有人不能「起飛」，如果沒有搭客因故改期或因交通事故趕不上機，機艙容納不下這麼多機票持有人時，公司便以「拍賣退票價低者得」解困，公司當然因此要支付一點額外錢，但每班飛機滿座帶來的收益更可觀。實施「超賣機票」三十年後，經濟學家估計其為全美航空公司帶來一千億元的額外收益……。大師佛利民為西蒙1981年的《絕頂資源》（*The Ultimate Resource*）作序，指出作者此一主張極為成功（resounding success）！

三、

　　非常明顯，「聯航」員工沒有「按章工作」（也許

雞鳴
日升

經過這麼多年,航空公司已渾忘西蒙的教誨),為了求成蠻幹而鬧出禍事——事件肯定未完未了,法律訴訟接踵而至,不難預期。

康尼爾大學法學系就此及時發表一篇條理清晰的分析(law cornell.edu/cfr/text/14/250.9),根據法例,持有效機票者的美國國內航線搭客的權利獲得充份保障,連「誤點」——延遲抵達目的地——的賠償亦有嚴格規定。因故押後起飛時間在一小時以上,搭客均可依法獲得相當可觀現金賠償,因機票超賣而被「請」落航機的代價更高,杜醫生如此被「扔」加上「聯航」總裁先「護短」後「道歉」,撩起公憤,公司肯定麻煩……。內地法例亦保障航行旅客的持票者權益,不過,一如所有內地法例,不少是無法實現,根據《中國民用航空旅客、行李國內運輸規則》規定,「航班取消、提前、延誤、航程改變及承運人(按:指航空公司)不能提供原定座位時,承運人應優先安排旅客乘坐後續航班……。」乘客在法例條文上絕對沒有損失,然而,內地航機「誤點」早成常態,而且誤點「極長」,卻很少看到受害人獲得任何物質補償的先例。內地航機「誤點」,不少與「國防」有關,令商業活動不得不讓步,因而不對乘客作出補償;但其他問題比如「座位不夠」(超賣機票)時受影響的乘客會否獲合理賠償?是個值得關注的問題。

四、

以營商的眼光看，航空公司是「大而無當」的生意。維珍航空創辦人布蘭森（C. Branson）說：「你要成為百萬富翁不難，只要在民航公司投入十億元，三數年後你便是百萬富翁」；Paypal創辦人、《從無到有》（*Zero to One*）作者梯爾（P. Thiel）在該書（頁二十三—二十四）指出，民航業的困境：「2012年，每張美國國內單程機票平均一百七十八元，公司獲得利錢為三十七仙。」

民航業競爭雖然在1979年全面「自由化」（以美國為例），卻依然處於不公平的競爭環境下，極難獲利。公司與公司之間的競爭雖然「放任自由」，但它們面對的是一個並不自由（甚且不公平）的大環境，這些「不自由」，舉其犖犖大者，有下述數項——①機場為國家或寡頭企業所壟斷，使用機場的航企必須支付因為無可選擇而欠缺討價還價餘地的費用（如停機費）；②飛機製造業自由競爭，是一直以來的事實，然而，迄今近百年，搭客有信心的製造廠不外是波音及空中巴士等二、三家，供求律ABC指出求過於供其價必昂，換句話說，航企只能買價格高昂的飛機；③政府仍視之為公用事業，因此諸多管制（1979年後不管制機票價格）用以保障消費者，經營成本相應高企；④能源價格有升有降，但為「對沖」油價，航企在石油期貨買賣中虧損

雞鳴
日升

已成常態，許多時連營運利潤亦賠上——本港的國泰於2014年至2016年間一共錄得累計的燃油對沖合約虧損近一百八十億港元，便是顯例。這些對航企不利的因素，舉世皆然，航企作為自由競爭行業，面對專利壟斷，誰勝誰負，答案已寫在公司年報上！

2017年4月18日

財富高度集中
核戰機率下降

一、

美國「突襲」敍利亞引致美俄關係跌至低點後，美國還會動武「教訓」北韓嗎？看美國的航母卡爾文森戰鬥群突然轉向，並於日內駛進朝鮮半島東部海域，局勢明顯升溫；然而美國營造隨時動武氣氛的同時，北韓似乎文風不動，於「太陽節」（「國父」金日成生忌）大閱兵、展示多種足以威懾南韓的武備（一般相信都是道具），還試射導彈，而試射失敗，有説是「神童」金正恩故弄玄虛，一來是向國人顯示他獨立自主，不會聽中美勸（警）告「罷試」，一來則讓世人尤其是美人知道其導彈技術未臻完備，無力襲擊美國本土，藉此令美人寬懷，特朗普順從民意進而收起「整治」北韓的念頭。若揣測不致遠離事實，朝鮮半島在「可見的將來」無戰事。

可是正在訪韓的美副總統彭斯，他在視察美國空軍基地後指出，「戰略忍耐時代」（era of strategic

雞鳴
日升

patience）已成過去，意謂美國攻韓備戰已經就緒，隨時動武的戰意甚濃，加上此前一天特朗普總統於復活節活動上着金正恩「做個乖孩子」（has gotta behave），戰火似有一觸即發之勢。危情劣勢衝人而來，北韓卻信心滿滿，擺出一副不惜一戰的架勢，外長韓成烈接受英國廣播公司訪問，當被問到導彈試射問題時，他表示不但會繼續試射，而且揚言每月甚或每天試射；警告美國一旦對北韓採取軍事行動，兩國爆發全面（包括動用核武）戰爭是勢不可免……！

美國本來視北韓為中國的附庸，但佛羅里達「海湖山莊特習會」之後，中國已擺脫窘態，扮演起非正式的調停美韓衝突的「中間人」角色，這不能不說是中國外交上的漂亮一仗！雖然美國國務卿蒂勒森近日不斷指出中國同意美國「在必要時對北韓採取行動」的決定，意味中國即使不出兵協助，亦不會反對美國對北韓「突襲」；但迄今為止，中方仍堅定地表示「繼續全面執行聯合國安理會涉朝決議，同意就朝鮮半島問題保持密切溝通與協調。」和蒂勒森的說法頗有距離。中方重申「三個堅持」的立場，即「堅持半島無核化、堅持維護半島和平穩定、堅持通過對話協商解決問題。」事實上，「對話協商」、「半島無核化」及「半島和平穩定」等主張（說是目標更恰切），不僅非常王道，且符合多邊（包括南韓）利益，沒人能夠反對，但問題是，北韓老是不依美國的「指示」辦事，讓惡言說盡恫嚇的

話盡出的美國下不了台，有關各方如何能達致「三個堅持」所顯示的願景?!

二、

　　眾（包括北韓）所周知，以美國的軍力，要摧毀北韓的導彈基地，不過是舉手間的撳掣之勞，但是此舉勢必令朝鮮半島、日本、中國東北以致「京畿」都為戰火所籠罩；如果俄羅斯置身事外，這場戰爭的得益者肯定是在太平洋彼岸的美國莫屬。為甚麼美國只是虛張聲勢而北韓竟然無懼無畏、一再「展示瘦得見骨的肌肉」?!表面的解釋是金正恩為初生之犢、不知天高地厚，而特朗普政府則點了太多火頭（敘利亞之外，尚在阿富汗投下「炸彈之母」及出兵索馬里），在未與俄羅斯達成默契之前，不想在遠東燃起戰火，以免美軍疲於奔命，甚至在國內引起反戰浪潮。類似解讀似是而非，相當犯駁；所以從「文化」層次詮釋，或許找到說服力大一點的結論。

　　以寫《世界是平的》而在香港有一定知名度的《紐約時報》外事專欄作家弗利曼（Thomas Friedman），曾於90年代中期數度為文，「論證」沒有兩個麥當勞漢堡包大行其道的國家會開戰（所謂「金拱門原理」〔Golden Arches Doctrine of Conflict Prevention〕）。弗利曼認為，當一地消費能夠令麥當勞其門如市時，這個國家（地區）的經濟算是繁榮興盛，因此「麥當勞國

雞鳴
日升

家」是中產階級為社會中堅的同義詞。中產膨脹，社會穩定，人民袋有餘資，樂於在麥當勞店前排長龍，這樣的人民，肯定不願上前線打仗！兩個堪稱富裕的國家因而不易開戰。

弗利曼的推理認為，自古以來的交戰國，都沒有經濟往來（掠奪戰敗國財富則是慣例），並不具備所謂「你中有我我中有你」的經濟關係，正因沒有利害糾纏的顧忌，一言不合便會大打出手。這樣的見解甚合世情，此說面世二十年，時局已變，中產淪落，「金拱門原理」已經報廢！

今時今日，情況已大大不同，在自由貿易環球化之下，世界財富高度集中在主要是美國、俄羅斯和中國的少數政治獨夫、貪官及商業財閥的手上，這種財富不均所形成的不平等（inequality）現象，雖經主流經濟學家認為非要糾正便無法令社會趨於和諧，可是政治論者則指出，高度集中的「財富環球化」，才是迴避戰爭特別是核戰的「利器」。換句話說，冷戰後的經濟發展，令社會財富集中在1%（甚且0.1%）的人手上，而這批人是「權財結合」的產物，他們兼備財力與權勢，為了己慾私利，又怎願啟動會摧毀其財富的戰爭？於是戰爭的可能性下降！中產國家人民物質生活不錯，與外國開戰很難獲得國內民眾支持；新世紀以來，財富高度集中在少數人手上，為安全計，他們的「投資組合」，除了投資項目多元化，更仿狡兔「藏富」於不同國家。在這

種情形下,唯一能摧毀財富的只有核子戰爭。這批有財有勢的人只願打地區性戰爭而不主張核彈互擲,其理至明。

看當前群龍無首的世界亂局,戰爭雖然不符特權階級的利益,仍會因「意外」而爆發。以美國為例,特朗普引入了不少「賽月娥」(真係好打得)的武將出掌如國安、國防等決策部會,令軍事衝突的機率上升;由於這些悍將已掌握決策機器,因而防不勝防,是當前危機所在……。

走筆至此,忽見日本首相辦公室的「海洋政策總部」(Headquarters for Ocean Policy),已把二百七十三個「無人無主」(uninhabited, unclaimed islands)島礁劃入日本版圖(日本已「擁有」六千八百五十個類似的島礁),對於天然資源匱乏的日本,如此版圖擴張,意義重大。然而,這與中國對中日之間海域島礁主權的訴求是否有衝突,會否又掀起新一輪外交衝突,又要關注。日本雖然曾經富甲亞太,日人財富卻未「環球化」,其不惜一戰之心,顯然比美中俄強。

2017年4月19日

雞鳴
日升

政局亂政客胡謅
投資難又説黃金

一、

　　美國政府千般不是、經濟也千瘡百孔之説，大概是實證（Positive）層面的看法，若從規範（Normative）視角考慮，不同價值觀的人肯定會得出觀點互異的結論，那正是何以特朗普上台後美國內政外交亂作一團而美元匯價和美國股市卻甚為硬朗、一飛沖天的原因。

　　迄3月底的最新資料，紐約證券交易所上市公司總市值、在摩根環球股市指數（MSCI ACWI）的比重高達53.96%（總市值在三十萬億美元水平），是「有史以來新高」。這現象有點不尋常，因為以貨幣購買力平價（PPP）計，美國的國民毛產值（GDP）僅佔全球GDP總值的16%，股值與經濟不相稱，美股「偏高」，彰彰明甚。

　　美元形勢又如何？美林證券3月下旬公佈的數據，美元是「這個星球上交投最頻繁的紙幣」，那等於説當前最重要的貨幣，就是最多人持有和最常用作交易的

美元。所謂「高處不勝寒」，多數人持有的股票和貨幣雖然在順風順水時升完可以再升，卻是最「危險」的投資媒介，因為任何風吹草動的消息便會引起拋風，由於「人人持有」，遍野拋風凌厲的後果消極，不堪設想。

強美元為2010年左右（一說2008年一說2011年）呈現的「通縮」催生，如今已進入了「保（經濟）增長刺激通脹」的時代，加以佔美元指數（DXY）57%權數的歐羅，因區內經濟增長勝預期，已從特朗普當選兌美元大挫後收復大部份（約85%）失地；可是，23日法國大選，極左和極右的政客「各擅勝場」，各有擁躉，衝擊歐羅匯價；還有本來因為已啟動脫歐程序令走勢偏弱的英鎊，卻因文翠珊首相突然宣佈提前（於「脫歐」談判前）於6月8日大選而急升，歐羅短期匯價相應下降。

23日的法國大選選情激烈，不論極左或極右派當選，法國政局固然大變，歐羅走勢亦備受衝擊，愈加難測。在這種情勢下，也許有更多投資組合會減歐羅和美元增入英鎊，形成歐羅和美元看跌英鎊（和日圓）看升的預測。但正如數天前筆者在這裏指出，世局動盪加劇似難避免，長線為上的組合投資，不大可能不增持美元資產。果如是，美元便跌不下去。不過這是「政治市」，政局變幻莫測，有錢人「其頭甚大」！

二、

以當前的情勢，美經濟難有重大突破的觀點，也

日升雞鳴

許只是對新政府管理能力信心不足者的看法，認為特朗普坐穩後，刺激經濟計劃便會逐一推展，令市場受惠的人，似乎更為多數，這不僅反映在股市升多跌少上，消費者信心創新高，更足以看出一般美國人對經濟前景恢復信心滿滿。據美國「全國零售商聯會」公佈的調查（nrf.com），剛成過去的「復活節」，美國人的平均消費為一百五十二元（美元・下同），總開支達到一百八十四億，比去年增加6%。

　　順便一提，「零售商聯會」的調查非常全面、具體消費項目分類甚細，比如食物五十八億、服飾三十三億、禮物二十九億、糖果二十六億……，由於調查的準確性而極受重視。這調查還顯示了只有大約25%的消費者會「網購」，不若一般人想像之高，不過，這已預示「商場經濟」的式微——商場的營業額跌了百分之五、六（如剛公佈業績的大連鎖店Target），看似不很顯見，卻已吃掉了公司大部份甚至全部邊際利潤，公司只有微利或無利可圖，在「網購」生意逐月遞升的比較下，很多商場只有關門大吉——馬雲的有關預測將再一次獲得肯定！

　　不過，大家要記得特朗普總統確有壓低美元匯價以刺激出口的盤算，4月12日他接受《華爾街日報》訪問時指出：「我以為美元太強了，這會最終損害（美國）經濟。」（在那次訪問中，特朗普說中國不是貨幣匯價操縱國）一來由於持有「太多」美元，一來凜於特朗普

為促進美貨出口以削減外貿赤字而對抑制美匯升勢的執着，現在也許是調整投資組合的美元比重的最適時機。這說法與前段結論相左，正好說明當前外匯走勢不易預測!?

話雖如此，週日法國大選，不管誰人勝出，均無法令人對歐羅匯價十分樂觀，而英鎊急升後的回吐壓力有多大？在在令外匯炒家拿不定主意。值得留意的還有，中東、亞洲以至歐洲均有「地緣政治動盪」，資本和期貨市場相當波動。中東地區的局勢（特別對西方國家非常不友善的伊朗前總統艾哈邁迪內賈德可能「回朝」）令油價看高一線，可是，看美國鑽油台不斷增加（截至4月13日的統計，從一千二百三十三台增至一千二百四十五台），意味油產上升，油價也許升不起來……。

三、

當前世界烽煙四起，激進回教組織的「恐怖活動」也變本加厲（筆者預期另一「問題地區」是印度，何以故？另文說之），「徬徨無計」的「有銀士」的投資組合中，加重黃金比重，乃穩健之道。不過，黃金的「價值」在時局紛亂時有價，但是爆發核戰或世界性瘟疫或大饑荒，黃金便有可能不起市而「購買力」大貶）。《後漢書‧卷一‧光武帝紀》有這樣的記載：「初王莽末，天下旱蝗，黃金一斤，易粟一斛。」雖然今人對王

雞鳴
日升

莽末年黃金「含金量」存疑（肯定不是九九九金），但一斤金換一斛粟，足以反映天災期間不可穿不能吃的黃金不值錢的一面。

說來奇怪，黃金在經濟興旺時——古來是漁農狩獵豐收時——十分「值錢」（當時沒有通脹的概念），因為豐收令人有餘糧，但是餘糧難以久存，不利儲存累積為財富餘資，遂把累積的狩穫朝着質量經久不變、有光澤、易收藏、須經尋覓提煉而罕有難得的黃金！

世人對黃金的追求和偏好，相當瘋狂，而且是自古已然，國人尤烈。《列子‧説符‧第八》有這則故事：「昔齊人有欲金者，清旦衣冠而之市，適鬻金者之所，因攫其金而去。吏捕得之，問曰，人皆在焉，子攫人之金何？對曰，對金之時，不見人，徒見金。」這則筆者在1988年8月已在《政經短評》中引用的「故事」，不但證明戰國時代已有金舖（鬻金者之所），且在店主店伴「圍觀」下這個齊人仍「攫其金」，膽大如此，皆因金光熏心，遂「對金之時，不見人」，道出黃金在平民百姓心目中的「崇高」的、「值錢」的地位早經確定！古人「拜金」，見諸文字的生動記載，不知凡幾，《戰國策‧秦策一》記載以合縱連橫建大功的蘇秦衣錦還鄉，其嫂對之巴結奉承，他問嫂嫂何以前倨後恭（「嫂何前倨而後卑也？」），嫂子説「聽季子位尊而多金……。」黃金之作為身份地位之表徵，又一明證。

2017年4月20日

經濟實惠唐餐館
遍地開花不賣錢

一、

　　真沒想到，現在已成為美國（和其他西方國家）
日常餐飲不可或缺且受食家歡迎的唐（中國）餐館，早
在美國落地而不能生根！大約在百年前，已駸駸然有文
明大國風範的美國，竟然爆發了一場意圖把唐餐館趕盡
殺絕的「戰爭」！加州大學大衛士校區法學院講座教授
G. J. Chin（趙健民〔Chew Kin Man〕，何以Chew變
為Chin，也許，有一天趙教授會告訴大家，〔可能是移
民官視Chiu為Chin，可能是不同來源的拼音之誤〕）
和一位在該校任教的加州律師J. Ormonde，聯名寫了
將於明年在杜克大學的《杜克法學學報》（*Duke Law
Journal*，第六十七卷）發表的論文〈針對唐餐館的戰
爭〉（The War against Chinese Restaurants）；筆者
所據見於4月中旬的papers.ssrn.com。血汗交纏的唐餐
館「奮鬥」，在小說以及史密遜寧學社（Smithsonian
Institute）關於美國唐餐的發展史中，略有所見，但見

雞鳴
日升

諸學術性文字，還是第一次。

　　説來有點不可思議，在19世紀末20世紀初的二三十年間，唐餐館在美國竟然成為打壓清洗的對象，為甚麼工會和「衛道之士」（保障婦女權益的社會人士，當年離婦解運動的興起尚遠）會起而圍攻甚至抹黑唐餐館？答案有二。一、他們認為中國人（應指開餐館的及其華裔員工）看準「女性的生理弱點」（intrinsic female weakness），性騷擾之餘，尚饗之以鴉片，令其上癮以遂交媾目的，暗示「白種女性」在唐人引誘下成為被「性侵」的「受害人」。二、唐餐館投入市場，等於加入餐飲業的競爭，色香味不及唐餐而價錢較高的「西餐館」生意受壓十分自然，這影響了白種人（包括餐館老闆及在屬下的各色人等）的生計，於是工會出頭抗議！以老美自詡「文明人」眼光，這兩點理由根本不是理由，當時的「有識之士」亦覺得如此露骨地打擊唐餐館，等同反對市場經濟的自由競爭太離譜，説不出口。事實上，「白種女性」（當年「黑種女性」仍受歧視不能自由進入勞工市場）因為「貪玩貪食」或為「稻粱謀」而與中國人有霧水姻緣，可説是各取所需和互利互惠的「聯誼活動」，絕非單方面施暴強求，號稱自由平等的美國人，竟要中國人頂罪，是豈有此理！

　　正是由於無法理直氣壯由議會立法「鏟除（elimenate）」唐餐館，於是經工會鼓動，各地紛紛以不同形式、亂用借口打壓唐餐館。芝加哥用的是排華

的「分區法」（Zoning），所有「人煙稠密」區域都不准開設唐餐館；洛杉磯禁止非公民從事餐飲生意和工作，當時中國人哪來公民身份，等於禁絕華人從事餐飲業；波士頓則不發營業執照給中國人，唐餐館自然開不成；紐約警方更強橫，命令白人遷出當然不准進入中國城……。這些由市政府市議會或警方片面「制定」的「法例」，絕非法治文明社會的產物，更令人吃驚的，是美國勞聯（American Federation of Labor）指示全美各地工會，禁止白種女性在「亞洲人開的餐館工作或進食」——把打壓範圍擴大至「亞洲人」，但矛頭直指中國人，路人皆見！

二、

　　論文作者爬梳百餘年前的報刊，找出不計其數「向唐餐館宣戰（declared war）」的新聞，茲錄數則，可見百年前美國民間對華人歧視之一斑——1918年5月2日《華盛頓先驅報》報道「紐約地區檢察官宣佈殲滅雜碎客棧」（Chop suey caravansaries，類似有員工可過宿設備的「美食車」）；1913年2月16日《華盛頓時報》指「（白人廚師和侍應）勞工向唐餐館宣戰」；1891年6月6日《奧瑪哈日報》（Omaha Daily Bee）說「群眾步行示威杯葛唐餐館」……。類似新聞各地都有，時間橫跨19至20世紀！

　　顯而易見，當年美國本土餐飲業的「群起而攻」，

雞鳴
日升

皆因競爭力不及中國菜令業務受打擊所引致，橫蠻無理的做法，帶有嚴重的種族歧視成份，其難為社會所普遍認同，可以理解。事實上，上述這類「無法無天」的法例及警方不依法律的指令，大都不能充份貫徹，比如工會禁止白種女性在唐餐館工作（及晉食），可說無人理會，以其不僅有違社會規範且無法獲司法界認可。

《論文》還引述多份區域性刊物（如《丹佛郵報》、《密蘇里日報》及《比斯比日報》）（The Bisbee，阿里桑那州小鎮），在19世紀末期的有關新聞，當中有不少諸如唐餐館以狗肉（chop suey〔sui〕的主要成份）、鼠肉甚至童肉（human children in the menu）為食材的報道，而廚房臭氣沖天、不符合起碼的衛生條件的流言四播，一言以蔽之，就是一無是處，不是「文明人」應去的食肆。這類「瘋言瘋語」，也許正是當時（全美第一家唐餐館內部裝修若清朝大戶人家的Macao and Woosung 1849年於三藩市開張，老闆Norman Asing〔袁生〕）1870年，全美有六萬三千多華人，但唐餐館寥寥可數，在裏面工作的華人亦只有一百六十四人的原因。不過，隨着「民智漸開」而上述種種謠言亦止於食家，到了1920年，華人在美的人數雖然下降，但是在餐館工作的華人人數已達一萬一千四百餘人。其為老美所接受，於茲可見。

三、

隨着社會進步，加上清末中國駐美公使團多少發揮了一點弱國外交的作用，中國烹飪漸漸受消費者歡迎，餐館愈來愈多以至無論大城小鎮的大街小巷都見到ＸＸ酒樓的招牌。不過，作為一門生意，唐餐館為另一「先天缺陷」所害——雖然中華廚藝為食家稱道，卻因「出身寒微」而無法提高品位、甚難走出廉價餐館的陰影！

説到底，唐餐在美發展之路崎嶇難行，根本原因應為1882年別稱《美國排華法案》（Chinese Exclusion Act，原名太長，不錄）的立法，華人被視為次等公民，處處受歧視，唐餐館之受中傷、排斥，不為意料；加以在這段期間，唐餐館供應的菜餚主要是國人不知為何物的「雜碎」（源於1850年前後〔一説創作此菜式的是袁生〕，廚師把殘羹剩菜的廚餘「炒埋（成）一碟」，低價賣給在「金山」當苦力、礦工和洗衣工人的華人，雖然其廉價吸引了不少低下階層的本地食家，卻為中上階層所不屑，種下形象低下的「禍根」）。這種情況，即使1943年解除《排華法》，亦無顯著幫助；直至1965年修改移民政策，香港、台灣和內地華人有較高機會持工作證進入美國，由於當中有不少廚人，唐餐館的質素不斷提升；而中國菜不僅限於炒麵（19世紀末唐餐館有Chow Chow的別稱）、雜碎和咕嚕肉，不同地域的華人移民帶去了不同地方色彩的廚藝和食材，70

雞鳴
日升

年代綻放異彩……。據「美國中餐館協會」（Chinese American Restaurant Association. CA-RA）去年底的統計，現在全美有唐餐館四萬五千餘家，比麥當勞（一萬四千一百四十六家）、家鄉雞（四千四百九十家），Pizza Hut、TACO Bell和Windy's這些熱門快餐店的總和還要多，「中華料理」普遍受到老美歡迎，彰彰明甚。

四、

　　受早年賤價「雜碎」之害，迄今唐餐仍無法擺脫廉價之名，不管是否色香味兼「鑊氣」俱全，就是很難躋身高價美食之林，據消費者「食意」調查機構ZAGAT（薩加特為創辦人的姓氏）去年公佈的數據，1985年紐約、芝加哥、三藩市、洛杉磯一頓唐餐館晚飯平均價二十四元二角（美元‧下同；按Macao and Woosung 1849年的全餐價一元——其購買力約為去年底的二十九元四角一仙），同期日本餐館的價格為三十一元八角八仙，兩者差價只是七元六角八仙；到了2013年，唐餐加至三十二元七角八仙，日本餐則跳升至六十二元七角三仙，兩者差價達三十元！非常明顯，在考慮食材價格升幅有異等因素後，唐餐因歷史性原因叫不起價，因此邊際利潤較低，由於日本餐是在日本經濟全盛時期才全面進軍美國，「富國貴餐」，有價有市，加上日本餐館沒有人頭湧湧的廚房，工資成本較低，利錢因此遠在唐餐館之上！

　　日本餐利潤較高的誘因，令中國人（和南韓人）爭相開設各式各樣的「日本料理」，去年底全美約有二萬五千家日本餐館，日本農林部的估計，當中只有約一成的老闆是日本裔；一項對華盛頓特區三十三家日本壽司店的調查，顯示中國人和南韓人當老闆的各十二家，日本裔的只有六家（餘下三家可能是台灣人當老闆）……。

　　隨着中國經濟蓬勃，官N代及富二代赴美留學或當寓公者眾，加上愈來愈多富裕階層移居美國，還有外交使團及商界人士頻密往返，他們少不免要以中國佳餚宴請當地仕紳，為了滿足這方面的需求，供應美食收費不菲的唐餐館便如雨後春筍。當然，出得起錢的消費者令唐餐館品位升級，只要貨真價實，假以時日，形象必有改變。事實上，由於中國全方位崛興，美國的唐餐館即使搶走本地餐館若干生意，也肯定不會再受欺負和公然的杯葛了！

2017年4月27日

雞鳴日升

買藝術品如買彩票
凱恩斯大賺有來由

一、

　　鼓吹調節公共部門開支刺激就業、振興經濟的凱恩斯主張，在70年代受到主流經濟學派圍剿，如今看來聲沉影寂，然而，細看卻仍在主宰世界（東西方）的經濟政策。

　　上世紀30年代，凱恩斯把當時面對蕭條而束手無策的經濟學家，從無助的困境中解救出來，賦予經濟學論說上一股新的活力，令經濟學家得到紓解衰退的、治標不治本的政策工具，把調控景氣的大權從神靈手上奪回，交還人類，有「凱恩斯革命」（The Keynesian Revolution）之稱，譽滿天下，長期受到膜拜，因其財政政策消極後遺深重，人們遂不想過於張揚。佛利民的貨幣主義於70年代崛興後，他的門人多次宣佈凱恩斯學說已死，但是正如諾獎得主、凱恩斯學派領軍人物杜賓（J. Tobin）1977年年底的一篇演辭的題目所示：〈凱恩斯有多過氣？〉（「How dead is Keynes?」）。凱恩

斯學説賦予政府假手於經濟學家的調控經濟的權力,沒有政府會放棄這種權力、更沒有政府會有權不用,那等於説其學説精神不死!在貨幣主義及奧國學派的交相辯駁(甚至拍枱謾罵)下,杜賓遂有此問。

凱恩斯被稱為史上三大影響力最強的經濟學家之一(其他兩位是阿當‧史密斯和馬克思),並非浪得虛名。數十年前的1983年,筆者在《信報月刊》寫長文〈凱恩斯孔夫子香火不斷〉(收台北遠景社《原富精神》)指出,凱、孔二公均為絕頂聰明的人,他們的學説都曾經被統治者奉上九重天,後被唾棄,但是過了不久,又會被統治者重用——也許加上一些切合潮流的名目,惟骨子裏,用的都是二公學説。

孔夫子和凱恩斯為甚麼能沉而不沒,貶而復褒?從長期看其能獲得政府尊崇起用,全因他們的學説能擊中統治者愛「抓權」的弱點所致。凱恩斯的理論讓統治者理直氣壯地操控國家經濟。換句話説,提倡凱恩斯的主張(和選擇性的儒學),可供統治者有政經大權一把抓的基礎。

二、

凱恩斯對「人類的貢獻」,除經濟學以外,於創富方面,亦有驕人成就。其「創富」大致分二途。其一當然是在匯市、期市和股市的投機;其一則為藝術品收藏(和鑑賞)。凱恩斯與聚居於倫敦百花里的作家和藝

雞鳴
日升

術家友好（本身便是百花里集團〔Bloomsbury Group〕的重要成員），除了耳濡目染下的鑑賞力提高，當然還知道甚麼藝術品有投資價值。不過他購進名畫時，肯定未想到其後輩借用物理學術語，把藝術收藏定性為具有「二元本質」（dual nature）的珍品；所謂「二元」，指的是既可供觀賞以陶冶性情、復有增值創造財富的作用。

　　筆者是凱恩斯「粉絲」，對他的投資理論和手法有點認識，1987年4月24日《信報》便有〈投資股票和培植美女〉的短論（收北京中國城市出版社《林行止炒股一百談》；該社還有《林行止投資一百談》），淺説他在《通論》第十二章第五節提出的、筆者認為「有趣但嚴格分析起來不算完整的『選美論』」；1991年1月在《信報》的「欣然忘食」欄，一連寫了九天〈凱恩斯的投機心法〉（收台北遠景社《經濟家學》）。説的便是凱恩斯的投資理論與實踐。在論就業、利率和貨幣這本傳世巨構寫「創富」，而且談得頭頭是道、現身説法，有理論有實例，難怪格拉罕（B. Graham）和他的入室弟子畢非德視之為「投資聖經」；如今有經濟學家稱《通論》為行為財政學開山之作，良有以也。

三、

　　凱恩斯的投資學説，「精深博大」，這是何以在投資理論與經驗談的著作淹沒市場的今天，三、四年前

美國以保障投資者利益為職志的作家華西克，仍然寫了題為《凱恩斯創富之道》（J. F. Wasik: *Keynes's way to wealth...*）。這本書對筆者來說無甚新意，不過，作者歸納凱恩斯從二落三起（在匯市和期市輸得幾乎破產，在股市收復失地而頗有收穫，且為其任「司庫」的劍大英皇書院賺了不少銅鈿）的「實戰」中，汲取了寶貴的經驗教訓，最後為投資定下數則「鐵律」——①長期持有股票的收益遠勝債券；②購進派息紀錄良好的股票，以股息收益抵消投資組合中一些跑輸大市股票帶來的損失；③購進為投資大眾忽視、股價低迷，然而公司結構完善且有前景的股票；④投資目的不在無止境地賺錢，當你認為未來「安定和舒適」的生活已有保障時，便應購進絕對穩健和有欣賞價值的藝術品。這些見於大約八十年前的「金句」，如今看來不過爾爾，中環人誰不琅琅上口，所以如此，皆因年來，後人任意闡釋改寫，隨着資訊傳播速度日甚一日，早已成為無人不知的普通常識。

　　華西克歸納得不錯，然而，筆者有點補充，此為凱恩斯力主應將雞蛋放在一個籃子裏，那是真知灼見，他認為「假如投資者將雞蛋分別盛於不同的籃子，但又沒有時間、機會或識見去檢查每個籃子是否有裂口，必然難逃增加風險和損失的厄運」。這種與應該把雞蛋分放不同籃子的所謂「分散投資」的傳統智慧相反，值得大家慎思。

雞鳴
日升

　　凱恩斯認為不可太貪婪，「賺夠」便應「收手」，轉而持有絕對穩健的投資項目，他指的應該是藝術品——畫作及善本書（Rare book）。終其一生，凱恩斯收藏了一千三百多本「善本書」和手稿，主要是16至17世紀著名文學家、哲學家和科學家，如休姆（D. Hume）、牛頓（I. Newton）、洛克（J. Locke）、邊沁（J. Bentham）和米爾（J.S. Mill）的著作，他把這些典籍饋贈母校，現存劍大圖書館。

四、

　　投資藝術品雖然是古已有之，但分析藝術品投資價值的學術性論文，筆者首見於今年3月發行的研究報告：〈藝術（投資）組合〉（Art Portfolio，下稱〈組合〉），作者為三位分別於劍大、倫敦商學院和巴黎大學任教的經濟學者，論文約於三年前以〈藝術作為資產及收藏家凱恩斯〉為題在象牙塔傳閱。研究藝術品的投資價值，是迎合市場需求的產物，據〈組合〉的資料，目前全球平均淨資產（Net-worth）一億美元的「超富」有十九萬多人，當中大約有40%左右的人收藏藝術品；以美國為例，從收藏家為藏品購買保險的金額，知道他們的藏品平均值二千萬美元；雖然藝術品具有「二元本質」特性，但是也有明顯的「風險溢價」（Risk Premium），即回報高於債券孳息，因此是值得投資的「商品」。凱恩斯的名言「長期而言，我們都一命嗚

呼！」他沒說的是：「長期而言，真正藝術品會不斷升值！」這種高風險高回報的特質，令學者在這題目上大做研究，以藏珍在象牙塔群享有盛譽的凱恩斯，成為第一名被當作範例研究的經濟學家！

和他收藏的「善本書」一樣，凱恩斯把他的一百三十五件藝術品，悉數捐贈劍大英皇書院。這百多件藝術品的購入價共為一萬三千餘鎊（凱恩斯日記，除詳細紀錄和他上床男友的名字，還仔細寫下購入藝術品的價格），2013年數名倫敦知名藝術品估值師（Art Valuer）的估值超過七千萬鎊，換言之，過去五十年間，這批藝術品的平均複利回報為4.2%，與同期股市的回報相若。

凱恩斯的藝術藏品，其「二元本質」特性充份發揮，不但提高珍藏主人的文化品味（是凱恩斯為百花里集團接納的原因之一），亦成功「創富」，雖然這些藏品變成現款的機會不大，卻大增英皇書院校產的價值！不過，據經濟學家的研究，藝術品的確有鑑賞價值及增值潛質，但欲投資藝術品獲利，卻如「中六合彩」（like a lottery）般困難。那等於說，不談「觀賞價值」，以金錢而論，輸多賺少是常態。凱恩斯這方面收成不俗，是他「眼光獨到」，而達此境界除了是他精明（如選股），更重要的是他的百花里友人中，不少是藝術鑑賞家，知道怎樣的作品才有「二元本質」。凱恩斯的藏品值七千萬鎊，其中十幅出自塞尚（Cezanne）、

雞鳴日升

馬蒂斯（Matisse）、畢加索、秀拉（Seurat）和布拉克
（Braque）等名家的畫，已佔總數91%；其餘一百二十
多件作品，以市價計，只佔數百萬鎊，欠缺「二元本
質」，亦彰彰明甚。

〈組合〉強調指出，藝術品買賣，起碼有一半在
「私人市場」即未經公開拍賣成交，從「長期資料」觀
察，在公開拍賣場，尤其是有良好聲譽的拍賣公司主持
的拍賣會中成交的藝術品，才具升值潛質！

2017年5月11日

尋英國人的開心
倫敦紙貴食與性

這篇稿，也許題為〈讀《信報》副刊的聯想〉更恰切。

一、

3月上旬，劉偉聰的「北狩錄」以〈血色幽默〉為題，從一則「怕只會是社會主義原居民」才想得出的笑話，説到他嬉春倫敦時「有幸耳濡目染」的幽默，以佐治・米奇（G. Mikes, 1912-1987）為引子，介紹丁學良教授新書《政治與中國特色的幽默》……。劉君提及米奇，勾起筆者不少「小時候」的回憶。五十多年前初抵英國，正是米奇「大紅大紫」之時，他的數本「小冊子」，令筆者欣然忘食、莞爾忘憂。

據筆者所知，米奇應為米（咪〔mi〕）奇士，匈牙利人，1933年大學畢業後投身報界，在也許可以譯為《am 8:00》的日報當記者，想來工作稱職，1938年被派往倫敦當特派員，愛上英國……，1946年入籍。1939

雞
鳴
日
升

年米奇士在BBC匈牙利組任職；1975年至逝世前任「自由歐洲電台」匈牙利組負責人，兼任筆會倫敦分會主席……。

1946年出版的《如何做一個外國人》（「如何做一個有異於英人的人」似更佳），米奇士尋英國開心、開英國人玩笑，妙筆生花，不亦快哉。最膾炙人口的「金句」之一：「歐陸人有性生活，英國人有熱水袋」（Continental people have sex lives, the English have hot-water bottles.）；戰後英國幾乎一窮二白，苦寒之夜沒有暖氣的，不論性別，抱「熱水袋」蜷縮毛氈下取暖，是寫實之作，令人倒絕。不過，米奇士不久後（大概在70年代初，記不起出處了）改變態度，他說，經濟起飛，英人物質生活大有改善，性生活與時並進，丟掉熱水袋，改用電氈！真是妙到毫顛。米奇士對英人的「性生活」似有「偏見」，1980年出版《英國幽默入門》的〈下流笑話〉（Dirty Jokes）一章，他不是說英國人不「鹹濕」，而是說他們言文遠勝行動。英國到處有跳艷舞的所謂「俱樂部」，在科網時代前報章雜誌，多以半裸女郎為賣點，而說「鹹濕笑話」更是英國紳士的特長。可是說到「實戰」，米奇士認為英人無足道哉！

米奇士對英國社會觀察入微，因此他才能說出「歐陸人有美食，英國人則有晉食禮儀（餐桌規矩）」（on the continent people have good food; in England people

林行止作品

have good table manners），這句「鞭辟入裏」的話，很少外國人會不同意，至於60年代在英國逗留過的人，更會頻頻點頭稱善。英國烹調，除了「真愛國」如佐治‧奧威爾，發讚美之詞者絕無僅有，「入贅」英國為皇夫的希臘（兼桃丹麥）王子愛丁堡公爵不是公開說過「英女不會煮飯」（British women can't cook）之言嗎？（見BBC的出版物，不應是「謠傳」；他指的當然包括他的賢外助伊利沙伯）。這些年來，英國人的「性生活」是否大有進步（向歐陸看齊!?），筆者不得而知，惟在美食上肯定「一日千里」，如今英國稍為像樣的城鎮，都有足以媲美歐陸的名食店⋯⋯；離倫敦約一小時車程的小鎮Bray，除「河邊小棧」及「肥鴨」，令食客會再度光顧的，還有各具特色且均美味可口的意大利、印度，以至英國道地快餐炸魚與薯條小店。此地是筆者心目中的美食聖地「小聖賽巴蒂安」。

米奇士妙語連珠，擅於自嘲（以有自嘲本性而沾沾自喜!?）的英國人不以為忤，令他不僅成為多本暢銷書的作者，且能躋身「上流社會」（成為門禁森嚴的私人俱樂部會員）。他有另一些令讀者「永誌不忘」的詼諧如「只有一個人，英國人亦擺出排長龍的架勢」（even if he is alone, forms an orderly queue of one）及「英人沒有靈魂，代之以『厚積薄發』」（The English have no soul, they have the understatement instead）。這兩句風趣話，筆者素有同感。

日升^{雞鳴}

米奇士揶揄挖苦英國人的書「倫敦紙貴」，他再
接再厲，打其他物事和國家的主意，筆者讀過的只有
《圓升之地──日本》（*The Land of the Rising Yen:
Japan*），寫的是戰後日本經濟已在跑道滑行尚未起
飛惟日圓已進入上升軌的時候（兌美元從1960年的
三百六十圓升至60年代後期的一百二十日圓水平），
最令筆者印象深刻的是米奇士視日式客棧為最具特色的
「地方」，在〈地方〉一章，他介紹日本四大名城──
東京、京都、大阪和Ryokan……。他對「風呂」的描
述，於肯定其健康有益外，尚極盡滑稽突梯之能事，令
人讀來津津有味；對日本料理，米奇士相當欣賞，他不
明白喜食生蠔、沙律（生菜）和血淋淋三兩成熟牛扒甚
至生牛肉（Tartar Steak〔韃靼牛肉〕）的白種人，何以
會對日本魚生心存戒懼外，且露不屑之意，視之為生番
食物！這書寫於大約五十年前（1970年初版），由於作
者觀察入微且筆調輕快，現在翻閱，仍「手難釋卷」。

二、

「此時此刻」欄主劉健威從事飲食，時有食肆經
營不易之嘆，許是親身經驗談。5月13日在〈不難亦不
易〉一文，劉氏指出飲食業的取勝之道在「有自己獨特
賣點」、千萬別「跟別人屁股走」；一句話，菜餚要有
特色才有「生意眼」。事實是，特色說來固易做亦不
難，問題是食客會否受落！食客中意才是飲食界「取勝

之道」。

　　就賺錢而言，餐飲業是薄利生意，中外皆然（西餐廳的較高利潤來自酒水、唐餐館靠有「滋補」功用的乾貨海味），以有統計資料的美國「西餐」業而言，三成開支是勞工成本、三成為租金及「燈油火蠟」、三成至三成三為食材。為賺取百分三至五的利潤（是毛利還是純利？），食肆通常須標高食材三倍價錢。食肆經營之難，在於食客不但「揀飲擇食」，而且還預期侍應笑臉迎人周到、餐廳環境格調「別具一格」及地點方便！顧客這樣難「服侍」，而邊際利潤卻如此之低，但是經營者仍前仆後繼，可知數年前筆者在這裏引述英國餐飲業巨子的話，有一定道理：「經營餐飲業的人一定要有愛心！」

　　美國餐廳各有特色，其經營情況一般人只知艱難而不明真象。美國餐飲業顧問公司Plate IQ去年底的調查，顯示最普通（最受歡迎）的牛肉漢堡包售價，高檔餐館的平均十四元（美元‧下同），其主食材及配料成本共三點八元（除牛肉外配料九種〔包括一片一仙白洋蔥〕），等於在此基礎上提價355%；一般的牛肉漢堡包除牛肉外，配料七種，成本共一點八角六仙，提價384%即售價九元。說明「低檔」食肆邊際利潤率稍高。但同一調查顯示披（比）薩（意大利薄餅）則以「高檔」的利錢較高，以其定價為食材價加636%，而「低檔」的只能加580%⋯⋯。不過，饒是如此，它們

雞鳴日升

的盈利率僅在低位徘徊。調查集中在食材成本價與售價之比，是因為那是食家所吃所見的東西，其他近六成多成本（如薪金及租金）俱不可見（食客因此經常說貴）。可是，正是這些無形支出，令餐廳的利錢有如雞肋！

漢堡包和披薩是如點心和雲吞麵般的大眾化「快餐」，那些供應多樣化菜餚的餐館又如何？去年7月中旬《大西洋》雜誌引述紐約大學食物研究系副教授K. Ray在《風土餐館經營者》（*The Ethnic Restaurateur*）一書的論述，得出日本料理利錢遠勝中國、希臘、韓國、墨西哥及印度餐館，這結果與作者專欄4月27日所引資料大同小異。一枝獨秀的主因，除日本是經濟強國令人印象深刻以為其食物亦高人一等外，更重要的是美國人對日本飲食文化的認同及日人壽命最長，其食物遂被認為營養價值較好而客似雲來……。

三、

5月14日林創成「嚮往發呆」以〈拍拖成本高情慾無出路〉為題，從游蕙禎的「扑嘢論」說到樓價租金昂貴，在香港成家立業困難重重、生兒育女憂心忡忡，因此敗了性趣……。這種「性象」，原來有普世性，非獨香港為然。5月9日BBC便有〈性事下降的諸多理由〉（The Many reasons that people are having less sex）的特稿，引述歐美各地學者有關性生活調查的統計，顯示

林行止作品

性事環球全線萎縮——新世紀美國人「年性事」53次，比90年代的62次，跌幅15%；英人（16歲至44歲）2000年「月性事」6.2次，2013年跌至5次；澳洲人的「週性事」，則從2004年的1.8次，挫至2014年的1.4次；日本的情況可説陷入蕭條，「最近的統計」指出，16至25歲的「健康人」，對性事根本無興趣（不願與異性接觸），女的有46%、男的有25%……。對此命題有興趣者，可上BBC同名網址讀之。

為甚麼科網時代人們對性事興趣缺缺，學者多方探討，進行「實證」研究，結果得出影響最大的是「色情網站」深入民心，不少人上網看「鹹片」，結果「性事」可有可無，連結婚亦大可不必……。

在富裕社會，人們因租不起樓買不起樓「冇地扑嘢」，卻在網上滿足了性需求，性生活因此進入衰退潮！

2017年5月18日

雞鳴日升

折衷理想與現實
精神食糧加飲食

一、

　　路過英國，在倫敦近郊逗留四五天，時日雖短，收穫卻豐，「日子過得很充實」！

　　說來巧合，我們抵達英國當天晚上十時許，倫敦橋發生連環恐襲，一輛小貨車在橋上衝撞行人之後，三名兇徒獸性未歇，持刀落車闖進附近市場，「逢人便斬」，一共造成七死四十八傷……。舟車勞頓讓我們一早就寢，若非在港小輩來電問「凶吉」，我們還不知有此意外。事實上，此宗可能影響八日選情的恐襲，雖然成為英國以至世界大新聞，對我們的行程卻無絲毫影響，別說所處鄉郊寧靜平和，所見「公共場所」亦處變不驚，如常營業……。如果恐怖分子施襲的目的在於破壞當地經濟生態和社會秩序，以筆者親眼所見，他們肯定失敗了。

　　想去「茶話室」看書飲茶久矣，數十年來未曾成行，皆因身居英倫時沒這個閒情閒錢，後來數訪英國，

卻都另有「任務」。此次和小女商量，由她一早訂座，「有約在先」，便非「撥冗」一去不可。「茶話室」原名Tea and Tattle，此譯離信雅達不遠，不過，光顧之後，筆者認為譯為「吹水茶餐室」遠較恰切；譯室而不廳，皆因此地絕不寬敞，無論書架茶室廁所，均頗為狹窄，宜室不宜廳。

　　「吹水茶餐室」（下稱「吹水」）為德國人Arthur Probsthain於1903年所創，普羅斯登早歲在德國及法國的東方書籍文物專賣店工作，看中英國市場，於1902年移民倫敦，翌年開書店名為「Orient Press」（東方出版社）。順便一提，倫敦另一家著名「東方書店」（Oriental Bookshops）Bernard Quaritch的同名創辦者亦為德國人（於1847年開設）。英國在近東、中東和遠東殖民，歷史悠久且大有所成，這是全盛時期倫敦一地便有專攻「東方」書籍文物店五百餘家的底因，多少書店老闆因為買賣遠東地區文明古國的典籍文物古玩而成小富。如今不僅時局大變，加上網絡流行，隨着實體（印刷）書的式微，這類書店數量大幅萎縮。

二、

　　「東方出版社」門前懸長木牌，上刻中文大字「新舊東洋關係書籍」，兩旁分刻字體較小的「日本朝鮮支那印度」，百餘年前，在倫敦街頭展示中文，如此「招式」，極之「新潮」、是「吸睛」的宣傳手法；40年代

雞鳴
日升

初期，獨身無後的普羅斯登病故，書店由其外甥舒利咸
（Walter Sheringham）承繼，為紀念舅父，改名Arthur
Prosthain，當然，木牌亦棄而不用。90年代初舒利咸去
世，書店為他一雙兒女接管，隨着經營形態轉變，網購
流行，為了吸引顧客，大概在上世紀80年代，於地牢加
設「吹水茶餐室」。書店以德國姓氏為名，讀起來有點
詰屈聱牙，今人大多只記「吹水」之名。

　　由於地方淺狹，書店玻璃門掛上「如欲光顧，乃
可預約」（仿殖民地師爺譯筆）的紙牌；本來以為逛書
店飲茶，何須預約，至此方知小女有「先見之明」。事
實是，我們那天準時到達，小小餐桌上果有「留座」小
牌；室內其餘四五張或兩位或四位的小桌，都坐滿從膚
色從口音都很易辨別是外國人多半是日人韓人和非洲人
的「茶話客」，而「地面」書店只有三數排書架，瀏覽
的不外三兩人……，人們來此話舊多於獵奇淘書。

　　書店曾出版過不少包括我國在內的東方各國典籍，
好此道者如今還能從其網站訂購；不過，由於版權早已
失效，亞馬遜有大量翻印書應市。雖然現在該店仍以
「權威東方及非洲書籍專家門」自詡，但現場所見，書
架上的書籍十分有限……，尋尋覓覓，孫女購得一冊
John Balcom的《Short Stories in Chinese: New Penguin
Parallel Text—中國短篇小說集》，總算有點「收
穫」。

　　壁上掛上兩幅岳敏君招牌畫作（傻笑大頭像，料

為複製）的「吹水」，位於大英博物館斜對面，百花里廣場（Bloomsbury Square）便在左近，「文化氣息」甚濃；與倫大著名的「亞非（東方與非洲）學院」大概只有百步之遙，「地緣」關係加上專注於出版及出售與亞洲有關的書籍，「吹水」遂有「亞非學院書店」（SOAS Bookshop）別稱。「亞非學院」的相關藏書（一百二十多萬冊）全英之冠，「吹水」得以「高攀」，對其生意肯定有助。可惜，如今書刊業生態大變，本地客受惠於有折扣兼免費郵遞，少上書店購書，外地客則多選郵購以免負重。「吹水」既以「茶餐」為招徠，訂座的目的當在不致因「向隅」而失去一試的機會，我們因此叫了幾份「套餐」，可惜其飲品小食俱乏善足陳，只合解渴充飢，離美食遠甚！

三、

　　出得「吹水」店門，在街角一轉，三數分鐘便抵達「倫敦書評書店」（London Review Bookshop）；與「吹水」距離這麼近，意味此店同樣是百花里鄰里，且可遙望大英博物館。筆者不是《倫敦書評》（*London Review of Books*）雙月刊的固定（當然更非「忠實」）讀者，以其內容不合「口味」且文章甚長（短則三四千字長則二三萬字！），惟其大名真是如雷貫耳，是與《紐約書評》和《巴黎評論》齊名的「文評界」重鎮。近來經常上網瀏覽介紹「書店」出版、發行的書（新舊

雞鳴
日升

都有），其中不乏符合筆者「讀趣」的作品。小女告以
其店址在「吹水」左近，遂「順道」一訪——「看」書
之外，尚欲一嘗其「著名」（不少文人記者推介）的餅
食。

《倫敦書評》於1979年創刊（時《倫敦時報文學
增刊》因勞資糾紛停刊），書評家出身、時任倫大書院
英文系教授的卡爾·米拉（Karl Miller, 1931-2014），
見有「空間」，與《紐約書評》「合作」創辦（期初
《倫評》附在《紐評》送出），米拉自任總編輯，副
手為《倫時文學增刊》編輯瑪麗—基·威爾瑪斯女士
（Mary-Kay Wilmers, 1938-）。《倫敦書評》「走在時
代之前」，重頭文章甚多，銷數亦不弱（五、六萬份之
譜），比《新政治家》和《旁觀者》不遑多讓，但長期
虧損；1980年與《紐評》退出，獨立發行，財源主要來
自「早發財」的威爾瑪斯家族信託基金；1992年威爾瑪
斯女士當上老總之後，大手注資，據《倫敦時報》2010
年1月報道，該刊在2009年時已欠下威爾瑪斯（德國巨
賈）家族二千七百萬鎊，不是小數目，這六七年下來，
《倫敦書評》的負債必已突破三千萬鎊！幸好瑪麗—基
女士為其家族信託基金主要受益人……。雖然長期入不
敷出，《倫敦書評》的稿費每字三十便士——在英國屬
超高——不變且非常準時，絕無拖欠；對窮書生如此寬
厚，在行內口碑極佳。想來威爾瑪斯是把全副身家押上
去……。

　　為了「救亡」，《倫敦書評》於2003年開始附設茶室以糕餅為賣點的書店，據說如今上架的書二萬餘冊，值得愛書者留意的是宏大的地牢書室，這裏有大量散文集、哲學及兒童書籍。一句話，「倫敦書評書店」書架上的不少「雜書」，是閒讀妙品，正中筆者下懷，這次購得幾冊米奇士的舊作外，還有1787年初版、2016年再刷的《放屁的好處》（*The Benefit of Farting*），作者（解釋者）為《小人國遊記》的名作家斯威夫特（Jonathan Swift；此小冊子在斯威夫特病故三四十年後才出版），十多年前筆者寫「屁話連篇」時未見此書，真是憾事！

　　《書評》開「書店」，應有協同效應，可惜競爭劇烈，加上網購興起，書店要「打和」已不易遑論有利可圖；其以蛋糕出名的茶室，地方不大，即使坐滿顧客，看來亦難財源廣進。這回店內糕餅師傅Terry Glover女士循小女之請，特別做了一個招牌迷你蛋糕，糕面一朵奶白蓮花，鮮明奪目，而上「書」18世紀英國著名文士富拉（Thomas Fuller, 1654-1734）的名句「Truth Loves to go Naked」。小女一見，喜形於色，說其前句為Craft must have clothes（全句也許可譯為「工巧須添妝；真理喜裸呈」）。盡顯文化底蘊，不愧為《倫敦書評》的餅店。與筆者同行的三女性對其外形味道以至其「題字」意涵，俱讚口不絕。這裏供應你說得出的茶葉，品種不少，但「飲茶」叫不起價……。和「吹水」一樣，

雞鳴
日升

這裏的茶客亦無人看「手機」，ipad更未之見，人們不是閒聊，便是看書讀報，這大概是這類「茶餐室」的特色吧。

四、

　　「遊」罷「倫敦書評書店」，順訪和「吹水茶餐室」同齡的英國著名書店Foyles（新址在查令十字街一〇七號），2014年的建築，樓高六層，光猛壯觀「現代化」，書架未必及舊店的三十里長，卻亦不見盡頭，據說上架的有二十多萬冊書籍，只是二手書室被取消了，令筆者懷舊無地；整整五十年前，在此見柏金遜（《柏金遜定律》的Professor C. Northcote Parkinson）對新加坡馬來亞初露頭角的有為青年的素描文集，欲購而銀兩不足；數月後籌足「資金」再來，舊書仍在，喜出望外，遂購之（有關李光耀一文的部份內容，筆者曾多次引用）。現在所見，真是「準」顧客多如沙甸——書架前瀏覽的大多不是即時交易的顧客，以人們多半以手機拍下（有點不好意思，偷偷地拍）書名，回家網購。實體書生意不易為，為另闢收入來源，多半兼營網購印刷本和電子版，而經營餐飲似更旺場，希望這些「副業」的收入可彌補正業之不足，「書評書店」及「吹水」是兩例，Foyles亦闢五樓為茶餐廳，看其價格，似走高級路線，但所見顧客不擠，且多為齋飲「茶客」，料亦難有盈利。我們因為已「吃」了兩頓「早

林行止作品

點」，加上「好戲」快開場，遂過門不入……。正值埋頭打書釘的小孫女，「滿袋而出」，大豐收！

2017年6月22日

雞鳴日升

「壹傳媒」化整為零
散工經濟遍地開花

一、

　　人工智能的普及、政治生態的嬗變，令人類社會尤其是香港不得不「勇敢」面對新挑戰；而在無形鬥爭中落敗的行業或個人，便無法進入「美麗新世界」。

　　通稱大眾傳播的傳統媒體如報章雜誌和免費電視，首當其衝，它們的經營正面臨受眾人數急挫及廣告收益萎縮的困局。這種事實，以本港來說，充份反映在曾開風氣闖出一條後來者爭相仿效新路的「壹傳媒」身上。近日消息紛傳，由於近二三年連年虧損，該集團有意推出「鼓勵員工創業」的「方案」，目的是務求維持原貌的同時、削減開支……。

　　按「常理」，「壹傳媒」的獨特風格頗受市場歡迎，這是它曾長期獲利的底因，而作為一家上市公司，管理層不會因為短期赤字便作結構性改動，而以集資（發行新股）「再戰」的可能性更大。「壹傳媒」不作此圖，說明有商業頭腦的大股東和管理層，對前景極有

保留，不想注資「枉費心力」而是「割掉損失」，另謀
足以持續經營的蹊徑。

眾所周知，所有的媒體的收入，不外是來自「銷
紙」及廣告兩途，在免費報章及新聞網站多如牛毛的今
天，收費紙媒銷量因消費（讀）者有較多選擇而流失，
其連鎖反應是銷量少了，廣告商要非興趣缺缺不「落」
廣告，便是要求調低廣告費（按讀者人數釐定收費），
結果不問可知。

相關的商業缺陷，經營者動動腦筋，加點可以誘
發讀者興趣的內容，是否可以改觀？問題是如今香港情
況並不這樣單純。在英治時期，報社（比如筆者主政時
的《信報》）發表一些不利某行業某巨賈的新聞或評
論，相關的廣告肯定會被取消（得罪北京更不得了，
「紅色和粉紅色廣告」馬上抽掉並永不再來），財大氣
粗的財主聞過則怒，是有封建殘餘思想的資本主義社會
的特色。在這種氛圍下，禁止旗下公司在於我不利的媒
體「落」廣告，便是維護本身（常常祭出股東這個擋箭
牌）利益的理直氣壯之舉。還好，在自由市場，東家不
賣賬西家可能另有看法，因此，以過往《信報》情況為
例，廣告尚不至於完全空白，那意味報社有迎難而上艱
苦經營的空間。回歸後一切丕變，表面上社會（說精確
點，有廣告要在媒體刊出播出的公私機構）依然百花齊
放，但經濟上要靠「北水」補充活力而政治上集體「北
望神州」才有生機的現實，這令控制廣告的不再是「各

雞鳴
日升

企業」或個別巨賈，而是集中在一小撮與北京有直接間接關係者手裏。不難想像，經常刊登北大人不樂見新聞和評論的媒體，廣告收益插水，是正常而非反常。

為甚麼有報社不為廣告收入折腰，選擇走逆北意路線？此中牽涉眾多因素，而歸根結柢也許是政治理念和價值觀迥異的問題，因此真是「一文難盡」，一切惟有留待「歷史評說」。非常明顯，「壹傳媒」便是不願改弦易轍，無意扭曲其政治取態，因而對報社前景無所憧憬（反共事業更不可留給下代），才會改變幾近三十年來順利營運且有大成的經營方式！

二、

「壹傳媒」推出美其名「鼓勵員工創業」、實際上是把部份工作「外判」的「方案」，風評甚劣，政客、工會（包括該集團的）和「社會賢達」，紛紛站到同情員工的道德高地，不是指這種「假自僱」計劃「推員工落海」，便是說令員工「失去穩定經濟收入和勞工保險」，當然還有此舉「削弱員工集體議價能力」等等，該集團可說因此而成為「萬惡皆歸其身」的箭垛！就事論是，「壹傳媒」的設想，其實有其見地和合理性，自願轉為「自僱」的員工，可獲「離職優惠」，得到補償，等於以合法方式得到遣散的同時引導他們自僱創業，而具體方法就是以「合理價」（待議）購買他們（個人或法人）的成品（如不同性質的文稿及圖

片等），換言之，是前僱員搖身變為「自由工作者」（Freelancer），雖然失去作為受薪者的各種福利保障，但是成功轉型的話，實質收入有機會比「打工」時稍勝一籌。

「壹傳媒」當局也許並未察覺，其所提「方案」與大約十年前、在西方國家特別是美國興起的所謂「散工經濟」（gig economy）不謀而合。那就是作業者不必在固定的地點（on-site）效力或上班，而是以自由身形式承接不同機構或個人所委託的、按時數、份量或件頭計酬的工作，其收入也許不若受僱於同一僱主的固定，但所得可能是更多、工時更為靈活……。據著名的電腦軟件公司Intuit的「民調」，到2020年，美國的受薪者將有大約四成搖身變為「獨立承包人」（Independent Contractor；電腦商戴爾Dell）更預期其十四多萬「長工」屆時有一半「轉型」），比方說，文字記者可以成為合約供稿者（等於承包了某個時期某種文稿，有如今之副刊作者），這種性質的工作當然可長可短，「經銷者」與「供應者」可視市場需求而定，如果供應者的文字（或圖片）受歡迎或他（她）能經常供應獨家新聞，供求者的關係肯定穩定且酬勞不斷提升。在這種情形下，報社的質素又豈有不提高之理？

企業僱請員工，然後負擔其生活和福利的僱傭形式，是所謂「工業時代的遺物」，隨着工作環境因人工智能的普及而起巨變，工作可以「外判」的僱員轉型為

雞鳴
日升

「自僱者」，成為接四方「生意」的「散工」，是不可
逆轉的趨向。

紙媒這條路比較易走，因為副刊文章，一直與「外
判」近似（編輯或記者執筆的文章不是沒有，只是不成
比例的少），那等於説報社已累積了不少相關經驗，
最低限度，充份理解和辨別那些工作可以「外判」、那
些「外判」效果不彰……。「壹傳媒」具創意的「外
判」，筆者認為是可行並且會成為潮流。

2017年6月27日

不是本來無一物
何妨到處惹塵埃

一、

　　5月中旬，與友人一行約十人赴意大利「遊花園」，可惜筆者不善琢句煉字，無法以自創的筆墨記遊；此際執筆，想要描寫的，不外是先賢所說的「林壑幽深、園林池沼……美不勝收」；有的「清池伏其前，古木環其屋……，升高而望，遠山回合，風含松間」；而噴泉則有「一竅有靈通地脈，平空無雨滴天漿」之妙。當然，還有「峭壁倚天，古藤盤結」以至繁花簇錦，「撲人眉宇……。」筆者「寫景」真不長進，2009年11月寫「西巴爾幹遊食」系列，便有〈風物秀麗文思枯竭〉之題，以克羅地亞的華島（Hvar）及斯洛文尼亞的貝忒湖（Lake Bled），景色絕佳卻無詞以寫，所用的形容詞皆抄自古人的「遊記」。當時筆者這樣為自己識字無多、文筆拙劣「解圍」：「天下勝景一樣秀美，上文所用的形容詞，大都是拾先人牙慧……。」（見《齟齬不絕》）。如今欲為遊伴人人讚口不絕的意大利花園

雞鳴日升

寫幾筆，竟亦繞室徬徨，未得一句……！

　　大體而言，離中世紀「黑暗時代」二、三百年的15世紀，歐洲「大治」，過往那些私人府邸為卻敵來襲、防賊來搶，修建得有如堡壘，今已無甚實用價值，「文藝復興」期建築風格有變，新修大宅「唯善唯美」，而樹木連雲、噴泉激蕩成了花園不可或缺的「軟件」；那些城堡式舊府邸，亦全部「園林化」。「文藝復興」和「啟蒙時期」，意大利建築人才輩出，據說還受中東回教如天堂般美麗的皇家花園所影響，加上當時0.1%的權貴階級如神職人員和大地主，有的是用不完的錢，因此他們大都在權傾一世或於「告老還鄉」時，建構「鄉居別墅」（Villeggiatura），欲過天上人間的生活，遂不惜工本，打造天下無雙的花園別墅以優游於林泉之間、炫耀同儕……。這些權貴豪富和他們興建的「花園別墅」，數百年下來，不少都在政治傾軋或戰火連天中化為瓦礫，碩果僅存的，不是由政府「收購」成為文化遺產，便是向遊人開放以落實維修經費以至養活不事生產的富N代。這種情況，應了經濟學家所說的「非預期結果」——當年花費大量心血錢財修成巨宅的業主，有誰會想到這種變化！

二、

　　《信報》前總編輯邱翔鐘去年底出版的《權貴英國》（上海人民出版社），在〈貴族的終極奢侈和炫

耀：莊園豪宅〉一章，問貴族階級有財有勢外，還會追求甚麼呢？答案是作炫耀性甚至招嫉性消費（invidious consumption）。翔鐘兄這樣寫道：「在那些年頭，他們炫耀的不是當代國際富豪的巨型私人遊艇和私人噴氣飛機，在這方面，最能向儕輩顯示財富、權勢和品位的，是興建或擴建豪華鄉間府邸。鄉間府邸不只是貴族地主們興建在鄉間的巨大豪華宅院和莊園，也不只是貴族用以炫耀財富的府邸，更準確來說，它們是『權勢之宅』，是統治階級的豪宅。」此次在意大利遊了四五座莊園，當中三四個的興建目的，大抵如此。翔鐘兄這本大作史料翔盡，內容精彩，對英國皇朝盛衰、對王族貴冑興替有興趣者，不容錯過。

不過，事情總有例外，意大利「遊花園」後赴英，小女安排我們遊兩三個離居所約一兩小時車程的英國花園……。當中的克里夫登（Cliveden House）為白金漢公爵於17世紀（1666年）所建（克里夫登為原地主姓氏），顯然是「炫耀性消費」兼藏嬌巨宅；但邱吉爾故居「丘陵水莊」（Chartwell，肯特郡土話，有凹凸不平土地上的井泉之意，此大宅建於海拔六七百呎山丘上，因有斯譯）便完全不是這回事。一如《別再喝香檳》（D. Lough, *No More Champagne: Churchill and His Money*）一書所記，邱吉爾終生入不敷出，不知量入為出為何物，大花「未來沒有的錢」（Spent money he did not have）。20年代初「邱少」財政左支右絀，

雞鳴日升

銀行家勸他停飲香檳，以其財力無法負擔，但他充耳不聞，還於1922年瞞着常為家用捉襟見肘而傷神的太太，以五千英鎊購下佔地八十英畝的「丘陵水莊」（記二戰前夕邱吉爾如何籌謀戰爭的電影 *The Gathering Storm*《山雨欲來》，據導遊說，60%於此取景），然後請名家大事修葺翻新擴建，目的便非為了炫耀（他的同輩有誰不知道他是窮光蛋!?），而是因為鍾情於山水要住得舒適。《別再喝香檳》寫盡「邱翁」財政拮据之窘狀，穿插不少趣聞逸事、幽默可讀，稍後或作一文。

三、

　　我們「遊」過的四五個意大利莊園，筆者認同遊伴「一致通過」的「共識」，認為離羅馬約個多小時車程的靈筏花園（Garden of Ninfa）無與倫比，以其種遍意大利各地的奇花異卉，還有一條水色如碧、澄清見底、游魚依石罅往來甚適的溪流，令人神遊物外、駐足不忍離去；可惜筆者並無尋章摘句之力，拙於形容之詞，無法寫下眼前景色和內心感受，想來徐志摩〈再別康橋〉中的「軟泥生的青苔，油油的在水底招搖」，用之形容此冰泉噴水而成的冷溪，相當適切；當然，此清溪引人入勝處還有兩岸植滿紛紅花叢，翠木交蔭，日光篩落，映在穿插着菖蒲的溪流之中，教人讚嘆不已。

　　靈筏花園並非古人為炫耀而建成，它本為羅馬時期（公元前二三十年至公元四世紀）生氣勃勃的村落，公

元12世紀前後，瘟疫（癗疾）橫掃意大利，死人無算，靈筏幾成荒村，如是者荒廢了數百年，至20世紀初葉，原地主Caetani家族後人，才出錢出力，耗數十年工夫，把之營造為滿種奇花異卉的花園，成為遊花園大家口中的「如夢如幻」的世界花園（The most Romantic Garden in the World）。其所以如此誘人，除了古木參天花卉清秀溪淺淵深之外，令人流連忘返的還有數處點綴着古羅馬建築如教堂、民居等的遺址，在巧匠的加意佈置下，荒村瓦礫都成為令人呆呆發思古幽情的「景點」……。

四、

靈筏令人特別感興趣的是翠綠環境中的頹垣敗瓦，當遊伴紛紛用手機取景或沉醉於思索詩句時，筆者卻想起德國建築大師阿爾拔·史庇亞（A. Speer, 1905-1981）的「廢墟價值理論」（A Theory of Ruin Value），對陶醉於美景之中的人來説，未免有點掃興！史庇亞為30年代德國建築大師，他看中希特勒有把柏林建成「環球首府」（Global Capital City〔Welthauptstadt Germania——世界之都日耳曼尼亞〕）的妄想，建議納粹德國應不惜工本，建成一些即使千百年後成為廢墟亦有「留芳」價值的建築，便如「盤古」時期建成而早成廢墟的古希臘古羅馬及古埃及建築，如今均成為歷史勝蹟，令人感嘆古人的偉大。此

雞鳴
日升

説擊中希特勒的虛榮死穴，史庇亞因此獲得賞識，從國
防經費中撥出「專款」為1938年的柏林奧運大興土木；
可惜這些旨在為希特勒留名的建築，於盟軍攻入柏林時
都被炸為齏粉、夷為平地，甚麼痕跡都沒有留下！真是
人算不如天算，空留浮生飄轉無定的感喟。「廢墟」和
荒村遺物的價值在靈筏花園中展露無遺，如果沒有這些
千百年前留下的殘垣敗瓦，這個花園便會少了古樸特色
而失色。

　　「廢墟價值理論」看似無稽，但這種「學說」，
相信歷代以至當代權貴巨賈，都於有意無意間跌入這個
「陷阱」……。若干年後，如果「歷史進程」令「一
帶一路」的拓展事與願違，在輝煌之後遭天災或戰火
摧殘，留在沿途數十國的「蛇口模式」建築（假若世
界不爆發互擲核彈的大戰），即使已破敗不堪沒有實用
價值，亦會令人緬懷中國尤其是習近平主席的魄力和雄
圖！

2017年7月6日

土地供應極度不足
貨櫃碼頭頂上開花

一、

　　香港居住問題的嚴重性，有目共睹，而紓困的辦法，人人知曉；可是，知易行不易。談及具體辦法，雖然當局和有心人絞盡腦汁、提出不少建言，卻無法克服貫徹的難度，成效不彰，因此，多年以來，問題不僅解決不了，而且隨着人口增長，嚴重性日益深重，民怨由是而深化。

　　掌機電工程署「越級超班」出任運輸及房屋局局長的陳帆，上任僅數日便主動要求「社區組織協會」安排參觀「基層戶家庭」，盡顯其急人之急的用心。去週日在該協會主任何喜華等人陪同下，陳局長「探訪劏房戶」，親歷條件比香港經濟起飛前的「板間房」更差的居住環境，陳局長「一度哽咽」；不過，這並不是止於公開表演的「廉價同情」，他當即呼籲志願團體「提供合理租金的非牟利劏房」，令住戶免受「劏房營運者剝削」。正如前天《信報》的「社評」指出，陳

雞鳴
日升

氏的提議比「一刀切取締劏房來得有人情味」，但志願機構財力有限，此事難竟全功……。剛在外國傳媒（televisionafrica.com）上看到世界二十大慈善家排名，李嘉誠先生是其一（唯一華人），資訊顯示李氏是亞洲第一大善人，已捐款十二億美元——據「李嘉誠基金會」的數據，其捐款已近十九億美元——做了這麼多年善事，李氏當然有他的一套「慈善哲學」，但響應陳局長的號召，為本地無殼蝸牛做點善事，更能體現其回饋香港社會之本心！

　　香港劏房「成行成市」，當然是有「市場需求」，不過，劏房的形成，是第二屆特區政府在解決「山邊寮屋」問題上，採取《厚黑學》的「鋸箭法」後迅速發展。換句話說，當局並非探本尋源，設法增加土地供應、興建更多樓宇（尤其是公屋廉租屋）以縮短輪候公屋的人龍，而是以急功近利做表面工夫的治標之法，鼓勵、迫使寮屋居民搬入經濟代價差不多的「劏房」。數年下來，「山邊寮屋」已成陳跡，市容比前「壯觀」，但寮民大多住在環境更不如前的「劏房」！沒有寮屋，香港的景觀的確勝於從前，彰顯了政府的「有為」，然而，有關決策官員沾沾自喜以為得計之餘，可曾想到令陳局長「眼濕濕」的二十多萬「劏房」住客的苦況！

二、

　　眾所周知，香港物業的驚人價格，「病灶」在於土

地供應不足，而「不足」，除了人為因素（如曾有一個時期不賣官地），主因是地少人稠，根本缺乏住宅地。當前為解決此一老大難而「獻策」如何增加樓房供應的，數不在少，切實可行並且是較快看到預期成效的，似乎未有所見，唯一例外可能是去月中旬（6月13日）接受《信報》訪問時，建築師事務所商會主席劉榮廣，認同工程師學會前會長周明權的看法，在「貨櫃碼頭上蓋屋」。筆者外行，不知這建議在技術上的可行性有多高，而劉氏是資深建築師，他認為「保留貨櫃堆場運作，上蓋加建平台建屋，在技術上是行得通的！」當是可信的論斷。

劉榮廣的建議，比「團結香港基金」於較早前提出「在長洲以南填海二千公頃發展人工島，然後把葵涌（青）貨櫃碼頭遷至該處，騰空大片市區土地興建住宅」的遠水救不了近火的長遠計劃，於應付當前急務而言，遠為實際，因為填海及搬遷過程漫長……。於貨櫃碼頭上蓋打造「半空之城」，在世界建築史上確屬創舉，入行超過四十年的劉氏，已構思好設計概念，他對記者說：「相信這個方案的建築難度與地鐵上蓋項目差不多。」又強調「有關建築技術不難，平台上『起乜都得』」。他的規劃還包括許多令住宅與貨櫃碼頭運作「相安無事」的環保細節，設想周密。劉氏認為此舉「最難在於政府如何與碼頭營辦商及地主協商……。」不過，如果當局決心紓解住屋不足的問題，而貨櫃碼頭

雞鳴
日升

在運作不受影響及有利可圖的保證下，相信其經營者會和政府合作，急香港所急。

貨櫃碼頭上蓋興建大廈，不僅是建築史首見，還可成為吸引世界遊客的一大「景點」！葵青貨櫃的經營者何不主動作出益人利己的建議！

三、

應付不斷增長的人口，不少經濟發達地區和香港一樣，亦有土地供應不足之病。為解決此一問題，開山填海（和利用碼頭上蓋？）之外，據8日三藩市灣區《信使新聞》（*The Mercury News*）的特稿，在垃圾堆填區上興建住房，是「硅谷的最新意念」；而香港和新加坡等亞洲「島城」對於在堆填區上起高樓、建住房，倒可謂司空見慣，並不新鮮。

有鑑於「高科技」行業的興旺，「硅谷」（聖塔克了拉克谷的別名）人口膨脹、住宅供不應求，物業價格可說是全美之冠（比起香港，小兒科耳，不錄），在這種情形下，動腦筋覓地發展物業，是「既有助解決屋荒又能圖利的生意」，於是美國也有一隅之地打起垃圾堆填區的主意。「硅谷」環保局月初批准Related公司（未上市的物業發展商）在一處面積二百四十公頃的廢物堆填區（過去二三十年填入約五百五十萬噸垃圾）上興建一座「新城鎮」——包括一千六百八十座住宅、商廈、商場及酒店，估計總值達六十七億美元的「城市廣場」

（City Place），在該地是創舉。香港是開發垃圾堆填區土地的「先驅」，但是筆者認為有關部門還應組團前往「考察」其淨化廢物漏出甲烷、其他有害氣體以至防止地下水受污染的「環保工程」。掌握最先進的環保技術，那對香港長期填海闢設土地，開發堆填區以增加住宅上，肯定有益有建設性。

新官上任三把火，但願陳局長多動腦筋、聽取業界的意見，然後做出一點有助減少公屋輪候名冊人數的實事！

2017年7月11日

雞鳴日升

學歷文憑顯實學
榮譽學位好珍藏

一、

　　香港近期掀起一陣炫耀資格學歷潮，先有為求選美高調放棄專業資歷的訴訟律師，隨後有以「公文」提示傳媒要稱呼「第一先生」時要殿以博士頭銜。這種現象，三四十年前的經濟學家已有論及，稱這種以文憑為踏入社會梯階的敲門磚舉措為「沙紙效應」（Sheepskin Effects），是步本地人稱「證書」──Certificate為「沙紙」之譯，「直譯」自然是「羊皮效應」，以「古時」西洋學術文憑及專業證書多以羊皮製成而得名。

　　經濟學家都是「俗人」，談學位竟從金錢入手！據他們的「實證」研究，「沙紙」確有「商業價值」，中學和大學畢業的所謂「教育回報」（returns to education），在勞工市場清晰反映；「沙紙」等級的高下（如博士學位和職業證書），在一般情形下，與持有者所獲報酬成正比。事實上，大家都有這樣的經驗，求職者出示一張成績優良的名校「沙紙」（當然愈高級愈

妙），等於向準僱主（招聘者）發出「我是（某學科某行業）精英」的信號，勞工經濟學家為此寫成「信號經濟學」（The Economics of Signalling）……。

理工大學的鍾劍華教授日前在《852.post》發表（〈真博士」同「假博士」的分別？〉），引錢鍾書《圍城》中的一段話（方鴻漸獨白？）：「這一張文憑，彷彿亞當、夏娃下身那片樹葉的功用，可以遮羞包醜；小小一方紙，能把一個人的空疏、寡陋、愚笨都掩蓋起來。自己沒有文憑，好像精神上赤條條的，沒有包裹。」可知社會不論新舊中外，「沙紙效應」都在一定程度上發揮「正能量」！

「沙紙」既有好作用，「真沙紙假學位」的證書亦應運而生，即所謂「榮譽學位」，當然，以真才實學家歲月浸淫的最高級「榮譽博士學位」最為授受雙方歡迎。今年5月18日，網誌Priceonomics貼出題為〈何以大專院校頒贈榮譽學位？〉（Why do colleges give out 「Honorary」 Degrees?）的特稿，述説「榮譽學位」的前世今生。概略來説，「榮譽博士」為牛津大學於1478或1479年所發明，第一位獲此「羊皮」的是英國天主教聖彼德堂主教胡威爾（L. Woodville），他於私邸（當年尚未有公開儀典）接受「沙紙」後不數月，便答應出任牛大校長（Chancellor）。牛大挖空心思創此新猷，目的在籠絡權貴，以當朝的愛德華四世正是胡威爾的妹夫，和他拉上關係，等於為牛大開啟通往「上流社會」

的一扇門戶。牛大在胡威爾兼任校長後確實因此而獲得
不少「方便」。由於向「名流」頒授榮譽學位有「互惠
互利」的作用，牛大遂使之成為年度常態，而且十分慷
慨，僅於1642年的一年內，便頒授不同學科的三百五十
個「榮譽博士學位」！

二、

　　牛大頒授第一個「榮譽學位」後二百多年的1692
年，於1636年創校的哈佛大學頒發第一張「榮譽羊
皮」──把「榮譽神學博士」授予在英國殖民地麻省政
教事務上舉足輕重、1686年兼任哈佛院長（Rector）的
馬達（I. Mather），數天後他便升任哈佛主席。自此
以後，哈佛年年頒發「榮譽博士」學位給對該校「有貢
獻」的「社會賢達」。所謂「貢獻」，指的當然包括捐
款，對此校方並不諱言，以象牙塔特長的委婉文字出
之，引來不少希望「被榮譽」的有銀士，紛紛致函校方
（當時仍無專責籌款的職員），曲筆道達「心聲」；校
方的確從中發掘不少「熱心教育」的社會人士，因而收
穫甚豐，校產日富。見哈佛搞得有聲有色且有實利，其
他大學爭相效尤，至1889年，全美二百五十餘家高等學
府，一共頒出三千七百一十八張「榮譽羊皮」！

　　如今「榮譽博士學位」已不僅頒給熱心教育事業
的「善長仁翁」，能吸引傳媒注意尤其是令學生和家人
開心令畢業禮充滿歡樂氣氛的電影明星和藝人，亦成授

與學位的對象。顯而易見，相關大學因此「名利雙收」（捐款源源流入外加上傳媒全面報道）。20世紀以還，「榮譽學位」成了「大事業」（Big Business），統計顯示耶魯、賓州和布朗大學，迄去年底，已分別送出二千八百零五、一千七百二十二和二千零三十張「榮譽羊皮」，大學固能「袋袋平安」，由於知名藝人有大量「粉絲」而「吸睛」，成為家喻戶曉的名字。

數據顯示，「榮譽博士學位」數量愈來愈多，而影藝紅星及暢銷書作者，已成為那些大學極力爭取的人選。三屆奧斯卡金像獎得主史翠普（M. Streep）有四張「榮譽羊皮」；寫了七本《哈里波特》的羅琳（J. K. Rowling）有七個這樣的學位（每書一學位！）；最近性侵官非纏身的「笑星」、本身為教育學博士（1976年麻省大學阿默斯特分校）的哥士比（Bill Cosby），更有一百多個「榮譽博士」學位（不少於被控告後為校方「註銷」）——他獲「獎」的條件是在畢業典禮上發表演說。這位著名喜劇演員的發言令座上客笑作一團，營造了「賓主盡歡」的場景，他因此榮譽學位「袋完再袋」。

與此間不少人以為「榮譽博士學位」有「沙紙效應」而把它印上名片及作為「招牌」不同，西方社會這現象似不多見，這一方面固然是一般人對象牙塔的敬重而不想非份沾光，一方面是很多大學都迂迴曲折（委婉）地「不鼓勵」得到榮譽學位的人以之「行世」，

雞鳴
日升

大學最常用的句子是「把榮譽博士冠於名字之前，並非傳統習慣（It is not customary, however, for recipients of an honorary doctorate to adopt the prefix Dr.）！老實說，「榮譽學位」並無「沙紙效應」，因此不應「獻世」。

2017年7月13日

欲粟務時欲治因勢*
追求理想審時度勢

一、

　　諾貝爾和平獎得主、《零八憲章》起草人、還在錦州監獄服刑中的劉曉波，因末期肝癌獲許「保外就醫」，不幾天（7月13日）便病逝於瀋陽中國醫科大學附屬第一醫院。日來海外報道此事的消息和評論鋪天蓋地，而劉氏被冠以民主死士、人權鬥士、中國良知等「諡號」，可說是劉氏生平志業的忠實反映；不過，筆者以為概括《環球時報》14日的社論，說他為「不識時務者」，亦是的評！

　　對嚮往民主、希望中國能夠和平演變的同道中人、劉氏的追隨者或同情者，聞其病情和死訊，有人頹然紓鬱，有人憤憤不平，有感國人無夢，有感怒不可遏……當然，在仍有自由表達心聲的地方，公開集會向北京宣洩不滿表示憤慨的，日有數起。不過，凡此種種，包括習近平主席在現場的國際場合，要求北京「善待」劉氏的訴求，中國並非充耳不聞，而是硬要露出堅守

雞鳴
日升

立場的本色，以國法處理，嚴詞排拒出自所謂人道民權的 這樣那樣的要求。14日《信報》網站有〈相對中共納粹政權，納粹德國簡直就是仁政〉短文，指德國著名反法西斯的和平戰士卡爾‧馮‧奧西茨基（Carl von Ossietzky）1933年因言入罪受到囚禁，1935年獲諾和獎，翌年卡爾患肺結核病，納粹在國際輿論壓力下把他釋放。奧西茨基顯然比劉曉波「幸運」。

何以中共對外來輿論的壓力不假辭色，拒絕把「政治犯」釋放讓其親往領取諾獎（或赴外國就醫）？這不是「仁政」「暴政」與否而是經濟攸關的問題。14日《亞洲評論》（Asian Review）的〈劉曉波事件彰顯中國排拒外來壓力的能力〉與翌日《經濟學人》社論〈中國的良心〉在提到此事時，不約而同地指出2008年金融風暴摧殘西方經濟，令處於風眼外經濟依然「上行」（雖然GDP增長從雙位數降為單位數）的中國不久後成為西方的「經濟救星」（Economic Saviour）。那等於說，北京有財大氣粗的本錢，對着習近平主席口中那些「吃飽飯沒事做」的非我族類的訴求，「睬你都傻」！中國富起來，劉曉波鬱鬱而終才會了無轉機和變數！中國當權者不容許國民向民主衝線，因為那等於是挑戰一黨專政的底線，因此毫不退讓。

近年中國全方位崛興，北京對其有效管治，信心滿滿，對其處事手法，務求得體，說來響亮，就像在處理劉曉波的病情以至喪禮上，直如劉曉波兄長劉曉光所

説的「細緻、周到」。北京不讓病危的劉氏「出國就醫」，卻讓德國和美國醫生赴瀋陽會診，雖然「兩造」在斷症上有出入，中方似乎也曾歪曲或誤解了兩位外國醫生的意見，但對垂危的病人，請來外國醫生總比把他送往海外「安全」！當然，在一般人的心目中，國家大可以在劉氏患病初期便得到特殊人物的特殊醫療，可是這種更早受到善待的情況沒有發生。劉氏的「最後陳述」雖然是「我沒有敵人也沒有仇恨」，大度恢弘；可是，北京視起草《零八憲章》為煽動顛覆其統治權力的造反派，因此數度（在「六四」之後）把他擲進牢房。任何企圖動搖共產黨專政的想法和言行，都是黨的敵人，由此角度出發，劉曉波發病之初，只當一般重犯處理，直到彌留之際，才加護治療，得到了特權階級的高度呵護，可說是「有病方為貴，無傷不足奇」的寫照。

二、

　　反對專制、崇尚民主並着力以和平手段達此目的，這在當前中國，可以說是代價無從估計而成功機會微之又微的志業。依然前仆後繼、奮不顧身，準備為理想而堅持抗爭的人，一般都是要在功成然後名就，受到公開的認同，聽到其為仁人志士的八方稱頌，受到豎碑立傳的景仰。要是夢想未成，理想不達，其在掙扎歲月中，被當權勢力、建制中人視為不法分子、叛逆之徒，受到長期打壓與煎熬，亦就事屬必然。

日升雞鳴

　　劉曉波壯志未酬，卻很難歸類為含恨而終。雖說功業未成，可是名氣夠大，擁有很多追隨的支持者。由於他是從推動制度文明出發，促進國家進步，謀求國人福祉，他想去除專制，卻不敵憲法寫明賦予專制權力的共產黨；其公開向當權勢力「勸進」立憲，不是謀反奪權。劉曉波被禁出席領取諾貝爾獎的頒獎禮，可是誰不知道他是中國至今為止唯一一位拿到那個在國際間地位崇高的和平獎得主？

　　北京《環球時報》在評論劉曉波的幾篇社評中，其中一篇的標題是〈劉曉波是被西方帶入歧途的犧牲品〉，中國國情與「世界」觀感的距離如此之大，竟由該報於無意間一題道盡、說破，確是莫名其妙的造化！不過此一讓人明乎文化差異的警惕，卻讓國人、包括港人，思考到當前黨國所忠，是未入民國，未建大同，是專政而非不仁！

　　劉氏息勞西歸，前人的心路歷程，是難得的經驗教訓；爭取其在獄中的「手稿」能公諸於世，是有意義的工作；而完成劉氏遺願、讓他的太太劉霞不致生無可戀而是繼續「好好生活」，那是尊敬劉氏為人、敬佩其行事志向的人們，當盡力而為的一件應做的事！

2017年7月18日

*　語出《鹽鐵論‧遵道》

資格平反猶在次
法律傳統要關情*

一、

　　劉曉波病逝翌日的7月14日，香港高等法院原訟庭法官區慶祥裁定四名本港議員在立法會的就職宣誓無效[△]，褫奪（disqualify 縮寫DQ）他們的議員資格，掀起了漫天風雨；別説投身民主運動的仁人志士，就是一般嚮往、傾向並精神支持民主建制的人，DQ一事雖不若劉曉波存歿的波瀾壯闊，但是對香港在「一國兩制」基礎上的民主建政，絕對是一次傷及肌理的沉重打擊！

　　去年10月12日，十五名泛民及本土派民選議員，於就職誓詞中加添包括一些被北京視為辱華及宣揚港獨的內容，招致行政長官「夥同」律政司司長入稟法院，「重審」其議員資格。代表政府的大律師余若海認為，「宣誓風波」本來可以在香港的司法制度內解決，不必尋求人大釋法；可是港府提出起訴後不幾天，人大港區代表譚惠珠證實中央政府的香港事務最高負責人、中共中央政治局常委兼全國人大委員長張德江，主動要求人

雞
鳴
日
升

大常委就《基本法》一零四條釋法;為此召開大會,並於11月7日全票通過「香港特區公職人員必須依法真誠地作出擁護《基本法》和効忠中華人民共和國香港特區的宣誓並謹守誓言的決定」。

那便成了此後兩次褫奪六名同屆民選議員(佔三十名泛民及本土派議員五分之一)的法律依憑。

在香港行之有年並且是香港法治磐基的普通法,最大特點之一,就是沒有現成法律界定違法的事情,便不算犯法。普通法的另一特點(在非刑事範圍),就是沒有權力追索法律未頒行前的罪責,換言之,就是既往不咎。那是草擬《基本法》當年,港人感到實行普通法,可以在很大程度解除被「秋後清算」威脅的盤算。

二、

可是,這回香港法庭DQ四名議員的裁決理據,是以釋法結果為準,他們的資格,也是從踏入立法會宣誓的頭一天起便已無效,就是領取過的酬勞或辦公室開支,也要「回水」,然而他們參與立法會議的諮商議決事宜,卻不受影響。DQ奏效追溯到人大常委釋法前個多月的就職宣誓,那是與普通法習慣大有出入的,難怪「前議員」羅冠聰驚嘆「今天宣的誓犯了明天釋的法!」對於略識法律之無的香港人來說,這樣做不符常理、不合常情!因為如果釋法在前,議員明知故犯,以身試法,其被DQ,咎由自取;如今發展並不如此,出

問題的議員在立法會「表演」時也許以為「出位」引人
注意,沒有甚麼大不了的居心,加上廣東人俚語中有一
句時常聽到的「發誓當食生菜」,那就是形容發誓並不
認真,只是「貪口爽」。議員宣誓的態度有欠莊重,在
港人厭倦議會議士行事「做戲咁做、玩嘢過甚」的今
天, DQ四位議員的資格,未必令人反感,有人甚至巴
不得這樣將他們掃地出門,是「一天光晒」,可是裁決
出現了法律追訴權的疑惑,那是香港奉行普通法、作為
一個法治社會不能輕忽的問題。

這種令習慣並遵奉普通法如《聖經》者大吃一驚的
「變法」,看情形會成為「香港法」!回歸二十年,五
次人大常委釋法,大都觸及普通法底線,那是中國憲法
與香港法律體系為「通達透氣」而存在的一個洞,那是
為何早期尚存《基本法》立法初心的國內法律界權威,
都有避免釋法和釋法愈少愈好的正覺。

每次釋法,香港法律界人士都會提出質疑,要求北
京慎用治港權力,不要輕易主動釋法,但是在「敢於向
西方司法獨立等『錯誤思潮』亮劍的法律自信」之下,
張委員長一再提到要把「中央對香港的權力制度化、程
序化和細緻化」,以至基本法委員會委員饒戈平提出人
大常委應把釋法「制度化、常態化」。這類指示和提議
一旦落實,會使香港法律界人士如大律師公會前會長石
永泰對《基本法》落實普通法的理解,完全落空。石氏
曾對《信報》記者指陳:「《基本法》寫明香港司法機

雞鳴
日升

構獨立處理案件，沒有人有權可以打電話要香港官員怎樣做；黨無權、主席無權、行政長官無權。」這是《基本法》明文規定的香港法治精神。可是，在北京一眾領導人口口聲聲説要讓「一國兩制」「不走樣不變形」聲中，北京卻對普通法「亮劍」……。

三、

　　基本法委員會委員、港大法律學系教授陳弘毅認為，「人大釋法確有追溯力，不過其他地區重新解釋法例後，通常會限制其追溯力」。他因此希望「政府從寬處理，包括不追討薪金、津貼及訟費等」。不過，港大法律學系高級講師張達明不同意陳教授的看法，不認為人大釋法有追溯力……。

　　身受其苦的泛民和本土派，從這數天的反應看來，肯定會起而抗爭（因為正如涂謹申議員所説「人大釋法有追溯性很危險」，泛民和本土因此非起而抗爭不可。不過，有被DQ的議員如姚松炎「打定輸數」，積極考慮參與補選之外，已有「若不能重返議會，會在議會外推動公民社會」的盤算，那是否意味街頭抗爭活動將升級?!被DQ議員若上訴，別説「守護公義基金」不易籌足經費（法律界只有一個李柱銘經常擔當義務律師的角色，遠遠落後於需求），即使行政長官林鄭女士昨天公開説不會對被DQ議員落井下石，但特區政府還會隨時找個藉口削減法援規模；上訴經費無着之外，看情形還

會要求被DQ議員退回過去大半年的薪酬（北京不假詞色，當局採納陳教授提議機會不大）！北京已把打擊「議員宣誓風波」上綱上線至港獨分離勢力威脅國家主權及香港社會穩定，這頂大帽子壓下來，北京授權任命的特區政府決策層，有甚麼事做不出來!?

筆者認為港人該支持四子上訴，有錢出錢，有力出力，上訴為四人「取回」議員資格，這樣做，不是因為同情他們事出「無辜」，而是他們即使罪有應得，其所受到的法律待遇，令港人對普通法的落實產生疑惑，希望藉着上訴，認識到中國憲法與《基本法》之間所開的釋法小洞，其對普通法是多大的一個漏洞！

2017年7月19日

*　原題為判例傳統應關情
△　根據全國人大常委去年對《基本法》一〇四條作出〈宣誓及聲明條例〉中有關規定，認為這四名議員的就職宣誓「未符合嚴格形式和內容規定」、「莊重規定」及「實質信念規定」。因此判宣誓無效。

雞鳴
日升

借襪傳情有錯着
為女改姓不歸宗

■去週四閒話真假博士，漏記一趣事。加拿大總理側士田・杜魯多（Justin Trudeau, 1971-）7月初往蘇格蘭，接受愛丁堡大學頒贈「榮譽法學博士」，這是事隔百多年（1902年）後第二位加國政要得此殊榮。加拿大與蘇格蘭的關係，用內地術語是血濃於水──百餘年前高地人耐不住苦寒貧瘠移居「魚米之鄉」加拿大，蔚然成風，杜魯多的曾祖父，受人民可以自由捕魚捉蟹的誘惑，移民英屬哥倫比亞（首府溫哥華）；如今蘇裔加籍人佔加國總人口百分之十五強。側士田致謝詞以仿蘇格蘭腔（蘇格蘭人以為這才是正宗英語）出之，賓主歡騰，不在話下。

趁接受「榮譽學位」之便，杜魯多展開「蘇格蘭爆肚搞笑之旅」（Joke-cracking tour of Scotland），除暢遊「故鄉」班芙郡（愛爾蘭的Banffshire，首府Banff，是加拿大阿爾拔省世界著名雪山勝地Banff得名由來）「尋根」，與一眾鄉親大講「土話」言笑晏

晏以外，尚拜謁（「兼任」加拿大「君主」的伊利沙伯女皇）於其蘇格蘭行宮「耶穌受難十字架之家」（Holyroodhouse）。「寒暄」中，他對女皇說：「這次獲頒『榮譽博士學位』，我的大學教授們可能非常沮喪、氣餒甚至驚愕（dismay），即使這是虛有其名的學位！」這份談笑自若的自嘲，是典型英式幽默，讓年過九旬的老太太龍顏大悅，竟在鏡頭前綻放不常見的燦爛笑容。

人人知道英女皇在位近六十四年，但知期間加拿大換了十二位總理的，相信只是少數——看其「政治行情」甚佳，也許，側士田・杜魯多是她所能見到的最後一位！

■談真假博士，想起杜魯多；見有人品評「第一先生」林兆波博士於其賢外助宣誓就職大典上（或「七一」升旗禮上）穿深色西裝而穿着白襪「不合禮儀」，同樣想起側士田・杜魯多。

若非美加記者目光如炬巨細無遺的報道，筆者不知道杜魯多竟有在甚麼場合穿甚麼襪子的喜好。驟眼看來似很隨便或不經心，其實大有深意。不久前在北約會議上，杜魯多着兩色襪，左腳淺藍右腳粉紅；參加「星球大戰日」（5月4日，紀念該電影創作日）活動時，他右腳着《星球大戰》中機械人R2-D2而左腳穿有C-3PO圖案的襪子；出席世界反飢餓大會，他的左襪繡上數隻

雞鳴
日升

空木碗、右襪則有纍纍麥穗……皆為「政治正確之襪」也。

側士田‧杜魯多與襪，料想很快有專家從人類學、社會學、政治學，甚至經濟學角度撰文論之。杜魯多「以襪明志」（Spoke through his socks）的風格，縮起褲腳以顯雙襪獨樹一幟，經老記一提，非常「吸睛」，且令筆者自然而然聯想到林博士也許不是「不識大體」（誰人定的「大體」!?），亦不像歌星米高積遜「穿俗氣的白襪子」是因為「在聚光燈下白襪子變得閃亮」以搶鏡頭（見15日post852.com），而是着白襪才足以展示他是真學者、在政治上白璧無瑕！

■ 7月18日作者專欄題目有「欲粟務時欲治因勢」，並註語出桓寬的《鹽鐵論‧遵道》。現在略加說明。

桓寬為西漢宣帝（公元前七十三年至五十年）時廬江太守丞，學識淵博，本書是昭帝（公元前八十六年至七十五年）時丞相、御史與諸賢良和文學（「賢良」與「文學」為無官職的儒生，大概與現在的「公共知識分子」相近。據《辭源》，「賢良」應為有德行熱心公益的「社會賢達」；「文學」則為有文才之士〔後指文藝作品〕）議論鹽場鐵礦官營之利弊的答辯（今之研討）內容，整理而成，因稱《鹽鐵論》。1974年上海人民出版社出版這本小冊子，書前有梁效的〈讀《鹽鐵

論》〉，副題為〈西漢中期儒法兩家的一場大論戰〉，可說很切題且內容充實，文筆流暢，「有料到」──當然有人會說其立論十分「反動」！按梁效是「兩校」（北大及清華）的諧音，為70年代四人幫橫行時毛夫人江青的御用寫作班子！

筆者所引那兩句話的原文，甚有意思，錄如下。

丞相史曰：「說西施之美無益於容，道堯、舜之德無益於治。今文學不言所為治，而言以治之無功，猶不言耕田之方，美富人之困倉也。夫欲粟者務時，欲治者因世（勢）。」批評知識分子只會放言空論並無實際可行之法，且有政策必須適時才有效之意。鞭辟入裏之論也。

■翻閱企鵝1967年的《姓氏辭典》（*The Penguin Dictionary of Surnames*），竟見書後夾上（萬字夾已生銹矣）七八份剪報，讀這些約半世紀俱與姓氏有關的「舊聞」，竟「津津有味」。現引其中兩項今人也許有興趣的，以為諸君「增廣見聞」（？）。

其一為1969年3月7日《倫敦時報》有〈性先生改姓〉（Mr. Sex Changes His Name）的「小品」，報道有位40歲的鐵匠，為免四名女兒成長後可能面對的尷尬及「性騷擾」，不得不改姓Southern，以Sex非僅指性別且有多層次「粗鄙」的意涵；何以改姓Southern？編者未說明，筆者的估計是也許與姓主是位於英國正南

雞
鳴
日
升

方漢普郡（Hampshire）的「土著」有關，改其姓氏為
「南方（人）」，合理合情。編者考證其何以有此怪
姓Sex？答案為可能是古英文Seax（匕首、短劍）的誤
寫；此說甚是，以這雖是古代業鐵匠者應有之姓（中世
紀後則稱Smith），以世代相傳，當中的a字不見了。按
Seax這個姓，連《姓氏辭典》亦不錄，一般英漢字典更
無論矣。總而言之，是非常古非常罕見的姓。

其一刊1969年3月16日《星期日快報》，歌星湯·
鍾士之名，來自雙親之名，其父為Tom Woodward，母
之閨名Jones；成名後有人稱其為瓊斯先生，他不以為
忤。湯·鍾士1968年年收入已達一百萬鎊！港人熟知的
Dow Jones（指數），則來自同名公司的兩位合夥人C.
Dow和E. T. Jones。

　　■所以有這些內容極之瑣碎應該是「一本正經」
讀者不屑一顧的「報屁股」剪報，回想起來，純然是筆
者有把報紙從封面翻閱至封底亦是廣府人所說「汁都撈
埋」的習慣，以事事新奇且有益有建設性，因此日以
「刨報」為樂事（也許，當年的報紙「價值不菲」，因
此不敢浪費）；唯一不讀的是體育版，一來不喜運動，
一來對英國「國運」板球，「看極唔明」，當時英國剛
奪「世界盃」，有關足球的報道鋪天蓋地，可惜，當年
尚未有電視直播賽事（或須付費才能觀看），因而引不
起讀「波經」的興趣……。

　　不看體育版，本來以為毫無損失，哪知近讀多才多藝、曾任英國國會議員今為《倫敦時報》及《旁觀者》週刊專欄作者貝理斯（M. Parris）的《笑傲眾生》（SCORN；讀畢方有此譯），見收錄華倫伯爵（Earl Warren；不是那位著名的美國大法官）這段話：「我讀報首讀體育版，因這裏寫的都是運動員如何苦練成功的故事；第一版刊登的都為失敗者的經驗……。」（頁二一六）。雖然有點不盡不實，卻有一定參考價值。多看體育版也許真的有勵志作用！

（閒讀偶拾）

2017年7月20日

雞鳴
日升

愛國教材多的是
後台倒了被除名

甲、

　　要港人認識祖國愛國家，從幼稚園課本做起，雖世所罕見（大概只有蘇聯古巴北韓有之），但北大人下令，誰敢不從。應否在學校而且從小便讀這類課文，灌輸類似忠君愛黨思想，問題不大（因為人有思辨本能），核心問題是內容與事實是否有落差，如果把「小說」當作史實，恐怕不難引發另一場持久的抗爭！

　　筆者有此想法，香港教育當局可以採用「全國幹部培訓教材編審指導委員會組織編寫」的《全國幹部學習培訓教材》」（下稱《教材》）為藍本，擷取「有益有建設性」的篇章，編出一系列適合各級學生甚至在職人士閱讀、令他們正確全面且有系統地認識國家進而愛國的課文。這套於2001年由人民出版社印行的《教材》分十個主題（共十二冊），內容涵蓋極廣，包括馬克思列寧主義、毛澤東思想、鄧小平理論的基本問題，收輯了許多「擲地有聲」的文章並作了簡扼的闡釋，讓讀者

對我國的政治沿革有概括性且「政治正確」的認識。不過，如今這些曾一度絕對正確的「思想系統」，有的已不合時宜，那可略去不擇，但可加上當下全國奉為圭臬的「習近平思想」精萃（及加進若干習主席常讀書的摘要），近日全國（包括香港）啟播、由中共中央宣傳部、中央全面深化改革領導小組辦公室組織指導、中國中央電視台承擔製作的大型政論專題片《將改革進行到底》，有不少內容傳達了思想新銳、言詞優雅的信息，如習主席2013年題為〈綠水青山就是金山銀山〉的演詞，説「尊重自然，順應自然，保護自然。從末端治理到源頭防控，生態文明體制改革開始了，應用全面觀、系統觀推進。」具體生動甚且可説富有詩意。雖然內地目前仍「全方位（空氣、水源和耕地）污染」，但這幾句話，真的震撼人心，有強化人們投入環保工作的誘因，應收在愛國教育課本之中！

《教材》中有關文明文化文學藝術的選集如《從文明起源到現代化——中國歷史二十五講》，不少篇章皆可採用；而《古今文學名篇》、《中國藝術》及《漢語語言文字基本知識讀本》，所收詩詞歌賦戲劇曲藝及散文，政治上應該不會有問題，淺學的筆者覺得極之精彩，大可「搬字過紙」，編成適合港人——老少咸宜——的讀本。

這套書有江澤民的〈序言〉（〈前言〉出自文學理論家李希凡之手），雖然不脱誇誇其談的「黨八股」本

雞鳴日升

色，然而，「去蕪存菁」，還可一讀。可惜由於江氏政治行情處於退潮，輯用這套書的內容，也許政治不大正確。

編選愛國教材的最大難度是選出一些領導人落台、退休或去世仍不必更易即「亙古正確」的文章！

乙、

一、因為「工作需要」，檢閱《古今圖書集成》，手上一套，為台北文星書店於民國五十三（1964）年10月1日出版；編者（原編）陳夢雷、督印蕭孟能；全套一百冊，售價新台幣四萬九千元、美金一千二百五十元（筆者這套文星版為友人於約四十年前搬家容不下不得不以「友情價」割讓）。蕭孟能所撰的序文，長凡五十六頁（雖然字體頗大，亦應有近萬言），對這套「中國有史以來最偉大的百科全書」的成書以至有清以來數種版本，介紹甚詳，尤其在考證本書「原編」為陳夢雷「一人獨肩斯任」而非「雍正貼身的人」蔣廷錫，從多角度的考證中獲得不由你不信的確鑿佐證。蕭孟能（1920-2004年）為台灣出版界傳奇人物，其父為國民黨要角、1932年至1964年任中央通訊社社長蕭同茲（1895-1973年）。1952年蕭孟能與妻子朱婉堅在台北創設文星書店；1957年創辦標榜「不按牌理出牌」的《文星雜誌》，因捲入「叛國控訴事件」及被胡適先生未亡人江冬秀控告「盜印胡適遺作」等案，於1968年

「被勒令停業」。台灣名作家李敖曾任文星總編輯（其前後兩位編輯為何凡及胡汝森，惟李氏的貢獻最大），後來因「盜賣蕭家財產」被蕭孟能告上法庭；李敖敗訴，但由於法律程序問題，蕭孟能家產「盡數落入李敖手中」！筆者對蕭氏生平所知甚少，不過，出版百巨冊的「集成」，足顯其識見與魄力。

《古今圖書集成》之能成書，皆因「皇上指導有功」，據雍正「擁躉」梁章鉅的〈歸田瑣記〉：「陳夢雷處所存《古今圖書集成》一書，皆皇考指示訓誨，欽定條例，費數十年聖心，故能貫穿古今，彙合經史，天文地理，皆有圖記，下至山川草木，百工製造，海西秘法，靡不備具。洵為典籍之大觀……」又説：「此書工猶未竣，着九卿公舉一二學問淵通之人，令其編輯竣事，原稿內有訛錯未當者，即加潤色增刪。仰副皇考稽古博覽至意。」

梁章鉅所引，原始資料見《東華錄·雍正朝卷一》，這段文字留下三處厲害的「伏筆」。其一是此書為皇考（康熙皇帝）「指示訓誨」下編成；其二是「此書工猶未竣」，即陳氏「所存」的並非定稿；其三為「原稿內有訛錯未當者」，意味該書未經最後增刪潤色……。康熙死後四年的1726年（雍正四年），雍正寫了一篇〈御製古今圖書集成序〉，陳夢雷被失蹤了，代而取之的是雍正文學侍從之臣蔣廷錫！

二、清代大學者陳夢雷（1650-1741；福建閩縣

雞鳴日升

人，字則震、號省齋，康熙九年進士），苦命人也，「三藩之亂時被靖南王耿精忠脅迫造反」，造反失敗，又為友好福建泉州人（官至文淵閣大學士）李光地出賣，不肯證實其清白，被發配東北做苦工。後康熙赴盛京（瀋陽）巡視，陳獻詩，皇上大喜，把他召回北京，着其陪誠親王（康熙第三子）讀書，「在優游的歲月裏，他目營手檢，無問晨夕」，終於編出這部搜羅萬有的百科全書。

史料記載，陳夢雷於康熙四十年（1701年）10月開始「目營手檢」，至四十五年（1706年）完工。據《中國歷代名人大辭典》（上海古籍出版社；翻閱這本不該有錯漏的辭典，竟然看到「手民之誤」──下卷頁二五八〇應為「十七畫」，卻印十八畫，而頁二五八一題「十八畫」但頁底是「十七畫」！）陳夢雷條：「……耿精忠叛，脅以官，未受事而歸；與李光地合進蠟丸，以福建虛實報朝廷，光地獨攬其功，精忠敗，擢學士，夢雷下獄，戍尚陽堡。十餘年釋回。康熙四十年與修《匯編》，後賜名《古今圖書集成》，任總裁」。此說與蕭氏所寫大致相同，益證陳夢雷為這套「百科全書」編者（總裁）。補記一筆，所謂「蠟丸」，是陳夢雷被耿精忠所擒，他把叛軍的消息，告知李光地，後者把之寫下，合於蠟丸之中，「上呈朝廷」，是為「蠟丸密疏」。李受康熙讚許，因而「升官發財」，但他不提陳之名，「獨吞功勞」；其後陳夢雷被捕下獄，李光地

竟不加援手……。陳罵李「欺君負友」，道理在此。

　　陳氏憑「讀書五十載」功力，用四年多時間完成這部「集成」，不是易事。四五年便編彙一套共有一萬萬四千四百多萬字（比《大英百科全書》多約四倍）的「圖書集成」，除了「皇上的指導」，當然更非有一批有學識的助手不為功，而陳夢雷是「總編輯」，彰彰明甚，其名所以不見諸雍正六年（1728年）的銅模活字版、光緒十年（1884年）的區體鉛字本、光緒十六年（1890年）的石印本以至民國二十三年至二十五年的照相影印本（清聖祖敕撰、蔣廷錫等奉世宗敕重編），皆因陳的「後台」皇三子誠親王在宮闈鬥爭中失勢。雍正是康熙的四子，甫登基便「清君側」，把三哥和他的親信門人大加整肅，陳夢雷無法幸免，被追論「從逆」罪，謫戍黑龍江，卒於戍所──他「獨肩斯任」編彙「百科全書」之名，當然是「被取消」了。篡改甚至清洗歷史，在我國真是「古已有之」。

　　專制皇朝的獨裁者隻手遮天，肆行無忌，古今中外皆然，「叛逆」陳夢雷被除名，又是一例！

　　　　　　　　　　　　　　　　　　　（閱讀偶拾）

2017年7月27日

雞鳴
日升

政治死局病灶
早已寫在牆上

一、

　　目前香港與北京的「政爭」，從「歷史」視角看，是一番無可避免的爭持，而且香港肯定是「輸家」；早在90年代初，筆者的「政經短評」（1997年後是「林行止專欄」）以〈不容政治幻想　只准低頭求財〉（1990年1月22日，收《利字當頭》）；下引兩文亦收此書）為題，評論「基本法草委會政制小組」以「大石砸死蟹」手段，通過中方草委許崇德的「主流方案」，筆者這樣寫道：「經過一連串事故之後，政制小組只剩下十六位成員，中方成員佔了十名，因此，當中方連戲都不想做時，就出現了『主流方案』由中方委員提出然後由其餘的中方委員全數舉手贊成的正常現象（在大陸，有反對票才是反常）」。

　　二十多年後，北京師當年故智，藉「釋法」把未有十足按照《宣誓及聲明條例》規範讀畢就職誓詞的議員變為前議員，人為濫製親京議員佔有投票優勢的局面，

進一步讓香港議會像人大政協般橡皮圖章化。筆者當時還有這種「預測」：「……香港情況特殊，不可能成為『政治實體』。在英國治下，一切都得仰倫敦鼻息；中國收回（香港）之後，則只有照北京意旨辦事。」「宿命」如此，可是，由於「香港不少政治玩家的政治常識仍在牙牙學語的階段，對中共本質亦缺乏認識，因此有在政制上擺脫中共控制的試圖；這種用心，站在港人角度是大好事，但忽視現實的善意，很難不成為不切實際的一廂情願想法」；這些年來，事實勝於雄辯，近三十年前的「預測」，庶幾中的。當然，期間香港「政治玩家」（今之政客）的合理合法合情訴求，獲得西方社會廣泛的言文支持，可惜徒勞無功，因為與此同時，中國全方位崛興，其在國際間的影響力，把「外來勢力」完全壓下，令此間的政客空有滿腔激情（說「熱血」便言重了）卻無法反映到現實政治上！

立法會本來是爭取民主政制的「最後堡壘」，然而，已成新常態的「釋法」DQ議員，是令親京議員掌握此投票機器的一式絕招，情形有如當年起草《基本法》時，北京處心積慮令「中方代表佔絕大多數，港方草委相繼病故，辭職和被『辭退』後不再補充，令中方草委人數在比例上相應擴大，正好看出中方為了防範港方代表不肯就範時能夠絕對控制大局的部署……。」舊戲碼新演員，「最後堡壘」已從內部不攻自破。

雞鳴
日升

二、

　　同年2月26日，當時《基本法》新鮮出爐，筆者以〈強權之下無公正〉為題，議論此「深具管治意義的文件」，「短評」開篇指出：

　　「《基本法》有『小憲法』之稱，成文憲法在法治國家（地區）是萬法之法；準此，香港既然有了一部處處為香港人利益着想而制定的『小憲法』，為甚麼港人還不領情？

　　「有成文憲法的國家被稱為『司法之治』（Government by Judiciary），這即是說，最高法院有最後釋憲權，一位美國法學家曾說：『我們都得按憲法規定生活，但憲法的涵義則出自法官的詮釋。』因此，《基本法》怎樣寫固然重要，而更重要的是將來掌握最後釋憲權的人大常委如何解釋！港人對人大常委的釋憲方式信心不足，疑慮與憂懼亦由是而生。

　　「不同政治意識和價值觀的人，對法律條文的解釋，可以截然不同，比如甚麼是對抗、甚麼是顛覆中央、甚麼是反革命，由歐美法官和北京人大常委來解釋，得出南轅北轍結論，幾乎是必然的。人大常委對香港《基本法》的解釋所以很難為香港人所接受，不是說人大常委的解釋沒有道理，而是這些道理只能行於國內而與香港民情格格不入。換句話說，《基本法》解釋權落在奉行與香港體制完全不同的最高權力機構之手，等

於以『一制』的價值標準解釋另『一制』的法例，不能貫徹『一國兩制』精神，遂令港人惶惶不可終日！

「解釋權問題固然令人憂心忡忡，他日特區法官能否公正判案，亦令人存疑⋯⋯」

接着，筆者這樣剖析：「97年後香港回歸中國之後，北京政府『一黨獨大』（在可見的將來，這種情況仍將持續，政府人事即使有調動，中共仍然當權；我們認為中共將繼續掌政，是基於中共仍進行修正的經濟改革，人民物質生活未惡化而對前景仍有憧憬，因此人民不會揭竿而起；直至人民物質生活明顯下降、對前途又感失望時，中共才會遇上真正麻煩），我們很難想像未來的法官敢不賣北京的賬，或不以北京利益為大前提作判決政治性案件的準繩。此外，只要中共當權，中國就很難從法學家所說的『身份之治』（Rules of Status）進入『平等的法律之治』，換句流行的話，即無法從人治昇華至法治。受此『大氣候』的影響，特區法官很難不根據涉訟人物在黨國地位的尊卑、與各級領導人的親疏關係來判案，公義（Justics）、公平（Fairness）、衡平（Equity）、平等（Equality）這些司法的基本精神淪為次要地位，極有可能發生；受這種判案原則的影響，香港法官遇上這類牽涉中國政府、黨政官員、國營企業利益的案件時，能干冒『犯上』就案論案者，將為罕見的例外！」

雞鳴日升

三、

　　在解釋民主與人權互為因果的關係後，1990年3月19日刊出的〈雖有既成事實仍要切實釋義〉，筆者指出「英國沒有成文法，英國人卻積極地為港人安排、簽署、推銷成文法（《基本法》）……。英國人這樣落力，若非偽善，就是為了令他們撤走時較為心安。英國人是追求民主自由保護人權的『先祖』，那從英國的《大憲章》（Magna Carta）於1215年、《權利請願書》（The Petition of Rights）於1628年、《人權宣言》（The Bill of Rights）於1689年簽署（注意，並非立法）可茲證明。這些『宣言』要在法治與政治權利平等的前提下才有作用……。英哲洛克（John Locke, 1632-1704）所以主張權力分立，目的正在使人民在政府侵犯基本人權時可將之罷免；至於三權分立論的奠基者、法儒孟德斯鳩（Charles Louis de Secondat Montesquieu, 1689-1755），則強調應以『權力抑制權力』的原理來構成統治機構，其目的無非亦在保障人權而已。特區政府不僅沒有捍衛政府的軍事力量，在領導人的委任上又受制於北京，特區政府不論組織如何嚴謹、結構如何堅實，充其量只能是個『軟弱的政府』（Weak Government）。有此局限，《基本法》不是保障港人利益的最佳保證。

　　「事到如今，《基本法》已『勝利』完成，人權

法亦事在必立，現在主張無法，當然荒誕無稽，不過，港人尤其是熱中於制憲立法的人士，似應集中力量（包括禮聘中國專家），對《基本法》和未來的人權法進行『逐條釋義』的工作。以美國的自由民主和法治基礎，尚且於70年代初期由政府集合專家之力，窮兩年時間，於1973年出版《美國憲法逐條釋義》（The Constitution of the U.S.A. — Analysis and Interpretation, 1973），以協助最高法院避免解釋有所偏差而危害人民權益。因此，面對陰晴未定的前景，這種工作即使極度艱巨，亦非做不可。我們要強調的是，即使有了一部學術界人士拍手叫好的《逐條釋義》，亦只有在北京走上法治和理性之路時才有些微作用；若北京仍行人治和政治掛帥，則一切立法和釋義，都屬多餘！」可惜這麼多年有心人仍沒有為港人作「《基本法》逐條釋義」！

如今人大常委已要把「釋法」常規化，而北京行的仍是人治和政治掛帥，《基本法》已成為北京「規範」港人的成文法。

議論時事，記起舊作，翻閱，覺得仍有「現實意義」，遂作「閒談偶拾」式文抄公；由於年邁資深，抄的是四分之一世紀前的拙作——這是在《信報》筆耕四十多年的第一次！

2017年8月1日

雞鳴日升

強詞奪理不可重用
官逼民反代價沉重

一、

　　香港有種種局限，令與許多涉及「國家主權」事務一樣，高鐵「一地兩檢」最終肯定只有依照北京的旨意行事。近日此間輿情，紛紛就這問題展開辯論，雖然結果已知（行政長官已表示不擔心方案難產，她應該不會無的放矢），但過程中市民可看到不少政治人物據法雄辯、正氣凜然、形象正面，但是有若干政客的嘴臉卻極之難看，當中尤其以一些法律界人士的議論，令人不期然省悟「舊社會」稱律師為訟棍，不是沒有道理！律師為顧客（出錢請他們「打官司」的人）利益，遍查律書、鑽完空子、絞盡腦汁，為了替客戶討回權益、公道，理當如此；然而，因政治「信仰」之變而覺今是而昨非，自掌嘴巴、打倒昨日之我，縱有因為利（無形及有形）之所在而不惜自殘甚至出賣靈魂的「苦衷」，亦應受業界譴責、同行鄙視，因為法律公正持平伸張公義的尊嚴，因之盡付東流！

這批強詞奪理、扭曲法律的建制「辯護士」，在貫徹「一地兩檢」上，立下大功，但他們在民間的形象插水，路人皆見，香港人雖處困局（經濟困頓勝前、政治意志難紓），辨別是非的良知未泯。筆者希望當局沒有把這些人引入政府的盤算，因為讓這類被港人看不起的人「做官」，不管他們多麼強悍有力能幹，由於民意的反感，只會增加施政難度，殘害政府威信，不利政策推展！

二、

英國與中國就香港問題展開談判時，港人怕香港被見利忘義（美其名曰「務實主義」）的英國「賤賣」給中國，因目染耳濡中共對付異己的殘暴手段，「難民出身」的港人難免心有戚戚，港人「心事」傳遍京華，令當時（1982年）趙紫陽故總理問赴京採訪的香港記者：「你們怕甚麼？」可見趙總理並無「蠶食」香港的立心。可是，當英國人決定「棄港」，中國即擺出一副「嚴父」架勢，港人開始惶惶然，擔心被關門打罵無處平反申冤。

《基本法》通過後，港人究竟還怕甚麼？筆者且歸納為「三大怕」（1990年1月3日〈北京以怕制怕　香港怕外加怕〉，收《利字當頭》）。一怕中國指點、二怕不同解釋、三怕反口覆舌。如今此「三大怕」已完全加諸港人身上。中國對港事指指點點，已成常態；人大常

日升雞鳴

委把「釋法」常規化，正應了「二怕中國不同解釋」；而中國的「反口覆舌」，充份反映在對港人的政治承諾方面已逐點被扭曲甚至推翻上……。

大律師吳靄儀女士接受《立場新聞》就有關「一地兩檢」的訪問，明白指出《基本法》不僅沒有「一處條文」寫明可以收窄《基本法》在香港的實施範圍，第十八條更闡明全國性法律不在香港實施……。如今的「一地兩檢」，實際上把香港部份土地變為大陸管轄司法區域，不是「反口覆舌」是甚麼!?

資深時事評論員、新聞工作者、大律師專業訓練出身的劉進圖，昨天在他主催創辦的《眾新聞》發表以〈一地兩檢可實現　割地讓權不可取〉的評論，以具體法律條文及「預檢清關」的實際操作，提出如文題所示的建議，「按照《基本法》第十八條規定，通過增訂附件三內適用於香港的全國性法律條文，把邊防相關條文引入西九口岸區，並透過本地立法予以確認，規範執行細節」。如此便符合過了深圳河就要遵守香港法律的「紀律」。

講事實、擺法理（《基本法》），「一地兩檢」確有推倒重來之必要，當然，結果未必與北京旨意相違背，然而，這樣做等於香港奪回主導權，且俯就香港民意，只是如此一來，永遠正確並以代表民意自居的京官顏面何存？面子代表權威，顏面無存等於權威失色，握有絕對權力的官員豈會退讓……。因此，不管此間多少

反對者提出有理有據的一系列理由,由於親京議員佔大多數,立法會已成橡皮圖章,最終無法推倒北京的決定,那是殘酷的現實。

三、

香港的「宿命」如此,加上反對派「衝擊」政府須付出的代價日大(纏訟、罰款、坐牢、失業、被學校開除、找不到工作……),近月訴訟,擺明言文以外的抗爭,必然會有犧牲並且注定徒勞無功。在這種情形下,機會成本高的人,除了個別理想高遠的,莫不退居幕後以至不表態不發聲,雖然盡顯消極「明哲保身」當「縮頭烏龜」的怯懦,卻是避免無謂犧牲的次佳選擇。反對派的議會「擲蕉」、會外的街頭抗爭等,都是官逼民「反枱」的例子,可是,北京君臨香港,民「反」難有結果而參與者都要承擔法律責任、付出代價。

當前反對「一地兩檢」,政圈活躍分子群情洶洶,「高鐵一地兩檢關注組」的成立,預見議會內外的鬥爭必會持續,香港社會因而紛紛擾擾;當社會和諧受破壞以至影響市場正常運作時(進而令部份港人的日常生活受影響),相信當局會出重手「控制局面」(經過「雨傘運動」一役,這已是警方的熟手工作)。

事實上,民間抗爭持續,香港作為「一帶一路」集資重鎮的角色便會變質,影響國策的事,當局豈有不「嚴肅」處理之理!?筆者從來不是行動派,約二十年前

雞鳴
日升

已一再強調不會做「殺君馬」的「道旁兒」，如今國家強大了，強力部門膽壯了，那等於政治壓力更大，與北京唱反調者要付的代價更高，彰彰明甚。情勢如此，筆者當然更不會搖旗吶喊把不滿現實者「趕」上街頭⋯⋯。眾所周知，說道理據法理是港人僅存的「鬥爭工具」，但人大「釋法」凌駕一切，即使反對派綜合民情，配合法理，得出具普世認受性的「真理」，北京亦會不當一回事！

2017年8月2日

極度自信稱專家
自嘲娛眾頂呱呱

　　不能在實驗室驗證其理論正誤的經濟學家，對其所學充滿自信，以為讀通（不同門派）經濟學，世上甚麼疑難雜症（上自家國大事下至戀愛做愛）都可迎難而「改」。當凱恩斯把決定經濟政策的大權從「神靈」之手奪回給經濟學家後，他們自信「爆棚」，以為救市益世濟民，都在其學理之中，信心滿滿，因而才有自嘲的氣度，面對有經濟學常識的業外人士的揶揄諷刺，固然泰然處之，業內人士亦不時自我調侃，令經濟學成為「笑話」最多的學科！今天數則，便是在這種「環境」下的產物（當中若干曾散見多年前作者專欄，執筆時讀之仍「好好笑」，遂錄之），讀之既可浮一大白，亦足顯經濟學家的泱泱大度。

　　■有人在鄉間遇到牧者趕羊，他對牧羊人說：「我和你打賭，如果我猜中羊群的數目，得一羊，如猜錯，我給你一百元。」牧者欣然同意。

雞鳴日升

路人說出一個數目，九百七十三隻，牧者大為驚奇，因為那確是羊群的數目；於是，路人取得他的「獎品」，謝過牧者，揚長而去。走不兩步，牧者趕上來說：「讓我們有個扯平的機會再賭一次好嗎？」

路人馬上同意，問牧者要賭甚麼？

牧者說猜路人的身份；路人感到自己「佔盡優勢」，自無異議。然而牧者一猜中的，說他是在官方智庫工作的經濟學家！

路人嚇得面無人色，不明白這位素昧平生的陌生牧人怎會知道自己的職業？

「這還不簡單，」牧者揭開謎團：「因為你抱走的是牧羊狗，不是羊！」

■兩個經濟學家路過一處，見兩名女性隔街罵戰。

甲說，她們罵得這樣厲害，必然無法達成協議。

乙反問甲，何以有此論斷。

甲說，她們的立足點（Premises，亦解前提及樓房，語帶三關！）不同，當然難以協同。

■經濟學家的物以稀為貴

問：為甚麼上帝要創造經濟學家？

答：令氣象學家好過點。

問：經濟學家所幹何事？

答：短期內做很多事，但長期而言一事無成。

兩名經濟學家遇於途左。

甲問：「尊夫人好嗎？」

乙反問：「比較甚麼而言？」

　　遊客在食人族聚居的島上旅行，路過一間人腦專賣店，見其櫥窗有如下的價目表——藝術家腦每磅九元；哲學家腦每磅十二元；科學家腦每磅十五元；經濟學家腦每磅二百一十九元。

　　遊客因此得出經濟學家的腦袋最受食家歡迎的觀感，因為根據簡單的供求律，市場需求殷切價格才會上漲。詢之店東，答案完全相反：「經濟學家大多『冇（無）腦』，不知要多少個經濟學家才有一磅腦，物以稀為貴，經濟學家腦的價格因而較高！」

　　■利己榮神　錙銖計較

　　一位經濟學教授病故，由於在生時好事做盡，升天；排在長龍末端，等候通過南天門進入天堂。聖彼德從辦公室外望，見教授排在龍尾，遂跑出來請他進辦公室休息。

　　經濟學家受寵若驚，忙問其故。聖彼德說道：「我不過是聊表敬老之意而已；從你開單向客戶收費的顧問時間看，閣下起碼已達193歲！」（按：此「笑話」更多用於律師和核數師身上）。

■經濟學家既然事事都要作諸多假設，因此，談論經濟問題時，便老是「一方面如此，另方面又這般……」（on the one hand, we could do; but on the other hand maybe.），的確令人煩厭。

美國故總統杜魯門有一次公開說他需要「獨臂經濟學家」，因為他給「on the one hand...on the other hand」的經濟學家煩死了。

■一名經濟學家回母校參觀，遇到他二十年前的一位教授；他要求教授給他看現在的試題。

試題和二十年前他在學時完全一樣。

「為甚麼會這樣？」他問。

教授答：「問題總是相同的，改變的只是答案！」

■經濟學家、哲學家、生物學家和建築師討論甚麼是上帝的專業。

哲學家說上帝是哲學家，因為祂為世人定下做人的標準。生物學家即表反對，指出上帝創造萬物，因此是生物學家。建築師不同意說，《創世紀》說「上帝創造天地」，所以祂是建築師。

經濟學家推翻所有上述說法，他說，在有天地之前，一切混沌，若上帝不是經濟學家，曷克臻此！

■莫斯科紅場舉行閱兵儀式。

在坦克、火箭、洲際導彈及各種武器和兵種列隊操過檢閱台之後,最後的是一隊着黑色制服的文職人員。

普京問:「他們是誰?」

特務頭子答:「他們是經濟學家,如有需要,我可派遣他們去美國,保證他們會把美國經濟搞得一團糟。」

(經濟學家自嘲·二之一)

2017年8月3日

國民教育事在必行
身份認同反映成敗

一、

　　港英時期，決策官員的任命，必須通過政治審查，回歸後特區政府的司局長，肯定亦要通過政治甄選，北京才會「放行」，由於內地並沒有制度化的審查制度，而權力來源掌握最終的「酌情權」，那意味此中暗藏殺着，便如甚麼人符合愛港愛國標準，北大人說了算數一樣，北京亦藉這種非制度化審查，篩選治港人選。這是內地傳統做法，港人只好「甘之如飴」。近日引起半城和風細雨式抗議的教育局副局長任命，「最佳人選」肯定是北京屬意的人，因此，縱有資深教育界代表縷列事實、條陳利害，指出蔡若蓮女士稍欠資格，加入政府會成為「負資產」，雖然外人聽來言之成理，亦不會動搖「官心」，發生絲毫作用！

　　誰人出掌教育局（尤其只是副局長），原不那麼重要，因為在本港落實國民（愛國）教育，必將按照北京的日程工作而不是以香港民意來進行。不過，北京既要

讓香港保持作為中國唯一一個對外自由開放國際化城市的地位，復要令香港在「一帶一路」上扮演一定的示範角色，向學子灌輸認識祖國進而關愛祖國及共黨教育，是難以避免、無可厚非的事情，只要不會強橫蠻幹而是循循善誘的「以理服人」，即不會加深社會不和諧的推而廣之（軟壓力）。站在北京的立場，實在看不出擁護一個有能力於短短數十年間帶領中國全方位崛興、人民物質生活大幅提高的政黨，還有甚麼可以訾議?!

至於愛國教育是否以「洗腦」方式進行，當然有待相關課程內容公開及師資人選審議後才能評定。如果課程內容「罷黜百家，獨尊中共」，那便如天主教學校崇拜上帝，佛教學校膜拜釋迦牟尼一樣，只會令學生偏聽偏信，既無法了解宗教全貌，亦不能成為一個思維開放的自由文明人。愛國教材不一定要比併各國山川文物以至經濟政治制度的優劣，只要字字真實、句句有根據，在資訊如此發達思想仍然自由的地方，教師自會引導學生作出理性的判別。

事實上，國民（愛國、《基本法》及《憲法》）教育是否成功，不難「目測」，那從獨立民調展示、香港人認同具有中國人身份比率的升降，一目了然，上升等如國民教育有成效，反之則有失。換句話說，「國民教育」能否令「人心回歸」，是論斷成敗的關鍵。不難想像，如果有一個不能與泛民大和解（遑論「與民為敵」）的政府，不管有關教育如何密集進行，不願做中

雞鳴日升

國人甚至主張自決、獨立的港人人數必會上升。國民教育與政府施政要「合作無間」，如果教一套做一套，有思辯能力的人自會作「心存公道」的選擇。

行政長官林鄭月娥曾說過，「要教懂幼兒認識自己是中國人……。」確認中國人身份不做假洋鬼子（第一步應該是從不用洋名開始！），那是筆者向來的主張，因此非常認同林鄭女士的「訓示」；不過，特區政府似乎應該做點實事，以說服香港的家長們認識自己是中國人當有的一份自豪。這種「實事」，筆者以為是成立假期（暑假及寒假）愛國教育補習班（全部官辦兼免費——上課以至組團回內地「認識祖國」），讓一眾政商名流尤其是政府公務員那些早就放洋留學的後代，不論在學或已經畢業的，都應於回港省親度假之時，接受「國民教育」的補習和培育，為杜絕藉詞不回港避免被「洗腦」，立法會應通過法例，或資助或規定這些「官二代」必須定期回港「進修」；那些「紅」透內地的港官港商（如政治任命高官及政協人大代表之輩），更應說服召回留學海外的子姪，能改讀有「愛國課程」的本地學校固佳，做不到這一步（藉口當然是子女有選校的自由），最低限度亦要乘回港之便，報讀假期補習班。惟有以身作則（林鄭女士兩位留英尖子公子應起帶頭作用），為香港本地莘莘學子樹立楷模。惟有如此，愛國教育的推動才能水到渠成，讓認同中國人身份的港人人數回到上升軌！

二、

行政長官訪問新加坡「取經」，其初筆者以為不過是新官上任宣揚港威的「港民外交」，無甚實質意義。何以故？因為新加坡可說是世上唯一一個把老共（馬共新共中共）捉個一乾二淨（如今亦嚴密把關，那從兩天前把一位被疑與「外國勢力」勾結、在新加坡國立大學李光耀公共政策學院擔任要職〔特聘講座教授〕的華裔學者趕走可見）的國家，沒有共黨指點打岔，該納米國才有今日之文明昌盛。在此前提下，必須聽命於北京的特區政府首長，去哪裏幹甚麼呢？難道要學習「清共」的手法？事實當然不可能如此，林鄭女士準備考察新馬過境的「一地兩檢」做法，然而，新馬同屬一政治體制，同時排共不遺餘力（大搞貿易但絕不讓中共影響其內政），其「一地兩檢」是雙向式，因此沒有政治問題；內地與香港行的是「兩制」，去新加坡「學師」，根本是牛頭不搭馬嘴！後來看新聞處的報道，知她有意仿效其「公共服務學院」，擬在港開辦類似培訓公務員機構，這才入正題、是正道，以特區官員這二十年來沒有「教車師傅」指導，已見變形變質，在公務員體制醬缸浸淫數十寒暑的林鄭女士，當然明其缺失，甫上台視事便有彌補此缺陷之意，正好看出她知道問題所在且勇於任事。是大大好事。

林鄭女士在新加坡表示有意在港成立同類學院，並

雞鳴
日升

期望未來與新加坡的「公共服務學院」多作交流。這種取向是正確的，不過，本港「公務員培訓所」的設立，在軟體上參考北京的有關課程，更切實際，那意味「認識祖國」的課程必備且應成為重點。「政治正確」是根本。

　　通過對學生和公務員的「國民教育」，加上大派「免費午餐」，不數日（非月非年）醒目的香港人便「紅當當」；不過，實情是否如此，有待獨立有公信力民調對港人身份認同的調查。

2017年8月8日

大灑金錢當維穩費
政經分流民心難收

一、

　　數十年來行之有效、可說奠下香港繁榮興盛基石的「量入為出」理財「哲學」，應否隨「社會進步」有變而變，近日在港引起不少爭論；「眾所周知」，筆者主張應該改革求變。加入探討此問題的「大人物」，「在朝」的有財政司司長陳茂波和行會成員任志剛，「在野」的主要是雷鼎鳴和曾國平教授，兩位學者的大作刊昨天《信報》。上述數人談論的內容，大略而言，「在朝」的涉及對《基本法》第一〇七條（「香港特區的財政預算以量入為出的原則，力求收支平衡，避免赤字，並與本地生產總〔毛〕值的增長相適應」）的解讀，「在野」的則均從理論層面對編制赤字預算的利弊，作出深入淺出的剖析。

　　其實對《基本法》的解讀，基本是無關緊要，因為從近來若干事例看，只要中央認為有利於香港管治的，便大可以把《基本法》相關條文解釋至三合──合法、

雞
鳴
日
升

合憲、合用。顯而易見,財政司前司長曾俊華抱殘守缺
(不思長進),照字面解讀《基本法》,因此做了多年
類守財奴的「富太持家」,這種內心深處有憂患意識
的保守做法,堪稱負責任和穩健,然而,看不到社會需
要,無法配合不斷嬗變的政治現實,被淘汰成了遲早之
事。金管局前總裁任志剛,有「與時並進」的觸覺,其
對有關條文的詮釋,即使頗為牽強,卻切合政治需求,
等於為加派「免費午餐」的財源開着綠燈,難怪行政長
官林鄭月娥公開說任氏的說法和她的「理財新哲學」如
出一轍;同為「局中人」,任與林鄭在為香港經濟注入
新動力上的看法一致,不足為奇,奇的是林鄭女士何
時孕育了「理財新哲學」——她真的是一位「神奇女
俠」!

　　至於經濟學家的相關論述,特別是殿堂級學者雷
教授的闡釋,有益有建設性。然而,自從1826年英國
經濟學家仙尼亞(N. W. Senior, 1790-1864)在《政
治經濟學入門》(*An Introductory Lecture on Political
Economy*)把經濟學(當年稱政治經濟學)分為「至
真」(Positive,實證)及「至善」(Normative,規
範)之後,經濟學界便產生太多「多手經濟學家」,一
個問題落入經濟學家之手,不同學派的學者便得出不同
的結論(笑話一則;「邱吉爾說,兩個經濟學家討論一
個問題,通常得出兩個結論;若其中一人為凱恩斯,結
論必在三個以上!」),令決策者(政界和商界)莫知

所從，結果有豐富的「普通常識」（common sense）
便可作出「最合時宜」（切合當前需要）的政策。現在
的情況正是如此，由於注入更多資源、創造更多對「選
民」有利的「財政新哲學」，以筆者的揣測，必成林鄭
政府施政的「主導思想」！

　　筆者認為政府必開「水喉」（水盡則編制「缺水」
〔赤字〕預算，見7月5日作者專欄〈用盈餘加稅買公
屋〉及〈財赤扶貧收民心〉見同月25日的），固然是
有政治需要，加上如今「祖家」早已不是寒酸清貴的英
國，而是「水浸腳目」財大氣粗的中國，小小香港耗盡
盈餘出現財赤，要解決只是吹灰彈指的事。因此，只要
用得其所，特區政府放膽放手用錢可也……。

　　這種多派「免費午餐」令中低階層受「包養」的策
略，被思想型漫畫家尊子一「畫」（見《蘋果日報》）
道破，大灑金錢是「維穩費」——明白此中竅妙，從
「至善」的角度，經濟學家當然可作出對自己及同門派
學者具信服力的解釋。

二、

　　香港的稅制向富裕階級傾斜，路人皆見，對受薪
階級的福利如醫療教育生活津貼等都算不錯（看和誰
比較!?），只是，成本昂貴的所謂「免費午餐」一旦派
發，便只能增加不能減少，對致力爭取民心的政府，
尤其如此。這是福利政策的癌病（筆者説之屢矣），

雞鳴
日升

雖是絕症，由於有短期效果（「長期而言我們都一命嗚呼」，還說甚麼長期短期，任期有限的政客因此不會登高望遠），需要民望支持的政府，都不惜冒「致癌」的「風險」（「險」由下任承受）。特區政府雖然由北京任命，在施政上只要討京官歡心，民意管他娘；可是，如今以大國姿態在國際舞台上頗為活躍的北京亦要面子，而且，社會和諧的香港，讓北京利用起來，更「得心應手」，因此，收民心、買選票，讓港人愛港（黨）愛國、社會和諧，是特區政府的首務。長遠之計，當然應從教育入手，然而，別說N年樹人，行將登場的「國民教育」港人會否照單全收，還是未知之數，而2012年反國教的躁動，記憶猶新，再推「國民教育」，真的未許樂觀……。在這種情形下，最傳統的方法當然是讓廣大市民（中低受薪階級及退休人士）獲得更多福利，讓物質生活一天比一天好起來時，希望人們「看在福利份上」，對政府的不滿相應下降，民怨紓解，「大和解」可期。中國轄下的香港特區人民生活和樂安定，中國不但「與有榮焉」，而且可以更有效地加以利用……！

上述的傳統想法，現在未必可行。筆者重複說過，與中國交往的國家，特別是亞洲「諸小」，其與中國親善的唯一目的在於「擴大兩國貿易」，在經濟方面討點該國發展起來的甜頭，不管做多少生意，吸納多少中資，若涉及政治，便「耍手擰頭」，嚴加防範；要是觸及領土主權，更劍出鞘槍上膛，翻臉抵擋，寸步（土）

不讓！把經濟與政治分得清清楚楚，是應付價值觀與政治意識完全不同的中國強勢外交的一種特色⋯⋯。

香港情況亦當如是。政府增派「免費午餐」，受之者「甘之如飴」，且無愧色，因為他們自知對香港經濟有貢獻（沒納直接稅的人亦無法不交間接稅，港人全數是納稅人），「這是我們應得的」，因此不一定有「感恩」之心。港人亦於不自覺地、把經濟和政治分開「處理」，換句話說，獲得較多經濟好處的人，不等於會投政府（及其支持的政客）一票，更不表示他們因而欣然認同其為中國人的身份⋯⋯。

思想自由開放且可說見多識廣（從未有人限制他們「上網」）的香港人尤其是受過良好教育的年青一輩，他們的辨識能力，令筆者（和同輩的友人）驚異不已，要「馴服」他們，北京及其在港代理人（包括治港港人）要拿出具普世認受性的道理才行，單靠「派糖」，看來是改變不了民心的！

2017年8月9日

雞鳴日升

專家問題好解頤
諗極唔明一點通

■發現新大陸的哥倫布是社會主義者。

何以見得？

因為他在出發時，根本不知目的地何在，到達時亦不知道身在何方；除此以外，他探索新天地的活動，完全由政府資助，自己不動分文，反有進賬。

據《金融時報》「觀察家」欄，笑話出自泰國前總理阿南‧班雅拉春（Anand Panyarachun）。話說一次集會上，他問會眾誰是世上第一名社會主義者？但見會眾愕然，於是他說：「哥倫布是也，為甚麼？因為他不知道他要去哪裏，到達後也不知身在何方；凡此種種，還毫不在意，因為他不必為此花上分文。」

■神父、心理學家和經濟學家結伴打高爾夫。比他們先上場的一對球手，進度緩慢。到了第八洞，三人組已不耐煩，故意揚聲「單打」，希望兩位慢條斯理的「先進」能會意而加速。

神父說：「聖母瑪利亞，我誠心祈求他們多學一些基本工夫才上場。」

心理學家說：「我相信總有些人是喜歡慢打的。」

經濟學家則說：「我真沒想到要花這麼長時間才打完一個洞。」

到了第九洞，三人組更忍無可忍。

心理學家先走上前，要求兩人組的球僮請他們讓路，因為他們「妨礙我們的進度」。

球僮說沒問題。跟着解釋他們何以打得很慢，原來他們是前消防員，在一次救火行動中被灼傷成了盲人！神父和心理學家心有愧悔，各自鋪陳一番不失身份的道歉話。

經濟學家想了一會也對球僮說：「這個問題不難解決，請他們今後在晚間打球便行了。」

■為甚麼上帝沒法在大學中獲得終身職？

①因為他只有一本著作；

②因為他以希伯萊文寫作；

③他在著作中引述他人的話卻沒有註明出處；

④他那本書不曾在認可的學報上發表；

⑤對他是否親自撰寫存疑；

⑥他可能創造了天地，但此後做過甚麼？

⑦科學界無法依照他的方法創造另一個世界；

⑧他從來不授課，只要求學生讀他的書；

雞鳴
日升

⑨他派他的兒子代他上課；

⑩他沒有固定辦公時間，而且經常在山巔辦公！

■問：為甚麼經濟學家把畢業證書貼在汽車後面的擋風玻璃上？

回答是：這樣他們便可以大模斯樣地把汽車泊在『弱智人士』專用的停車位上。

■教師問小約翰：「你父親是幹甚麼的？」小約翰答：「他是醫生。」

教師問彼德，他的答案是：「父親在妓寨彈鋼琴。」老師有點錯愕，繼續問了其他幾位小朋友，輪到威廉。威廉答：「父親無所事事，他是經濟學家！」

何以天天上報的經濟學家可以那樣休閒？於是教師去家訪，順道探個原委。教師道明來意後，威廉的父親道：「我是經濟學家，但我的工作這麼複雜，怎能向七歲稚童清楚解說呢？」

■法官要開庭審一宗醉酒駕車案，需要一個陪審團，但時間不湊合，沒有合格人士在場，最後只好請幾位剛好來法院作「專家證人」的經濟學家充當陪審員。

審訊過程大約十分鐘，非常明顯，被告醉酒駕車，犯了罪。陪審員商討了三小時，仍未達致共識；法官等得不耐煩，派執達吏去催促。

不消一會，執達吏回報法官大老爺：「陪審員各陳己見、各自表述，仍在爭論該由誰當陪審團主席！」

■一名經濟學系助教到鄉間度假，住進小客棧；結果與客棧主人的女兒有染。

一年後，他舊地重遊，見到那女友抱着出世不久的嬰兒，她說這是他們一夕風流的結晶。

經濟學家說：「你為甚麼不早通知，我們可以奉子成婚啊！」

嬰兒的母親回答：「我們家裏開會研究後，決定有一個私生子勝於有一名當經濟學家的女婿！」

■一名芝加哥大學經濟學教授病逝，身後蕭條，有人發起一人一元的募捐運動，籌措其殮葬費用；募捐者向芝加哥期交所主席募捐時，他說：「一元，誰死了？」募捐者說明原委，主席說：「這裏是一千元，趕快把一千名經濟學家埋葬了吧！」

■三個數學家和三名經濟學家結伴同行。

數學家買了三張車票，他們精於計算，一人一票，三人三票。

經濟學家則別有盤算，三人只買了一票。

數學家得悉，懷着幸災樂禍的心情，靜候好戲上演，因為他們知道三個經濟學家只有一票，定會被稽查

雞鳴
日升

捉個正着，罰款難免。

稽查來查票了，經濟學家遠遠看見他逐個車廂檢查、他走近時，他們一窩蜂鑽進洗手間；當稽查敲廁所門時，一位經濟學家從門縫中揚了揚手中的票子，稽查在票子上打了洞便走開了。

翌日，他們轉車，這回數學家學乖了，三人只買一票，而經濟學家卻連一票也不買。數學家興奮莫名，幸災樂禍，因為他們估計三位經濟學家這回肯定過不了關。稽查遠遠走來時，和昨天經濟學家的做法一樣，三名數學家以第一時間擠進洗手間，聽見有人敲門時，其中一位便重複經濟學家早一天的辦法，從門縫揚了揚票子；可是那「稽查」卻把票子沒收了。

這個敲門的「稽查」原來是那夥經濟學家，他們取得那張票子，躲進另一個廁所；當真正的稽查敲門時，數學家因為沒有票子而被罰，經濟學家再次以最節省的方法搭了「順風車！」

■換燈泡是稀鬆平常事，但不同學派的經濟學家卻有不同的方法。

問：多少名芝加哥經濟學家才能換一燈泡？

答：一個都不需要。因為假如燈泡壞了，市場會作出調整，何勞經濟學家動手。

問：換燈泡需要多少名新古典學派經濟學家？

答：那要視乎工資水平而定。

問：換燈泡需要多少名保守經濟學家？

答案一：不需要，黑暗會迫使燈泡自動更換。

答案二：不需要。如果真的需要更換，市場力量會令其發生。

答案三：不需要。只要政府不插手，燈泡便不會有問題。

答案四：不需要，因為無形之手會導致光線處於均衡狀態。

問：更換燈泡需要多少名經濟學家？

答：一名，如果他能獲得這份工作。

問：換燈泡需要多少個商學院博士生？

答：他正在撰寫論文，五年後便有答案。

（經濟學家自嘲‧二之二）

2017年8月10日

雞鳴日升

體制理念南轅北轍
熱戰商戰迴避甚難

一、

　　本地新聞撲朔迷離、林子健事件「匪夷所思」，關乎香港安危的思慮，是中國與周邊國家的和戰以至和美國的貿易關係。看事態發展，氣氛空前緊張，可是思前想後，筆者實在想不出個所以然，因為熱戰爆發的機會存在但是可能性不高，而無論對哪一方都沒好處的中美貿易戰，雷聲大雨點亦可能很大。不必諱言，「中美利加」起了質變，而理性地往錢眼看，由於「互補性」重，兩國不致「離婚」，只是關係不若過往密切！

　　特朗普總統中斷假期，趕回華盛頓簽署行政命令，要貿易談判代表展開調查，以決定是否在貿易上「制裁」中國；調查工作不能一蹴即就，拖延數月是常態，期間中美也許面對更多有共同利益的事務須要合作，真可說是夜長夢多；況且中國這個龐大市場吸納巨量美國貨品，為其呆滯經濟注入活力，意味中國既有「討價還價」的條件，復有「以牙還牙」的反擊力，貿易戰實是

兩敗俱傷的代名詞……。不過，這種以經濟利益為念的考慮，在時局高危的現在起不了決定性作用。

有關中美貿易「你中有我我中有你」的糾纏，傳媒說之已屢，僅提一樁「小事」便足以顯示中美正常往來確能產生「利加」效果。美國人年食（及出口）九十多億雞隻，揀飲擇食的好惡，令一百八十億隻雞腳淪為「垃圾」，但是雞腳在東南亞是一種「美食」，去年輸往中國的「美國雞腳」便達三十多萬噸。這些「廢物」為美國雞農帶來以億美元計的「額外」收益，一旦爆發貿易戰，美國雞農的損失不問可知。「雞腳」是中美貿易中並不起眼的納米項目，然而，僅此一端，便知兩國貿易「互補性」之強之深。除非特朗普鐵了心全方位打壓中國，不然，即使無法和好如初，維持藕斷絲連，遠勝翻臉「反枱」。

饒是如此，中美貿易關係肯定暗流湍激甚至風高浪急，因為兩國現階段的貿易理念南轅北轍。中國主張自由貿易（習近平主席在去年9月杭州二十國峰會，以至今年1月瑞士達沃斯世界經濟論壇上一再宣示這種主張），而特朗普政府傾向走保護主義的回頭路，已是眾所周知的事實。值得注意的是，特朗普「特委」的「白宮國家貿易委員會主席」納瓦路（P. Navarro），這位經濟學家是「仇中派」的領軍人物，是貿易保護主義者，更是把矛頭直指中國的「殺手」。納瓦路認為中國以國家之力拓展經濟、促進出口，以私人企業為市場

雞鳴
日升

主力的自由市場經濟，均非中國的競爭對手；事實上，利潤掛帥的私企，如何能與配合國家政策釐定經營方針，即可以不計短期經濟盛衰及不顧股東利益的國企進行「公平競爭」?!這種立論非北京樂見，卻有一定道理（國企佔香港市場份額愈高本地私企生存空間愈窄，亦是不爭的殘酷現實），因此，特朗普鋪排的中美貿易之路，崎嶇不易行。筆者1月24日在這裏指出：「以目前的政治氣氛看，不但中國產品輸美很快會遭逢這樣那樣的阻撓，國企或被懷疑有國家資本成份的法人和個人在美國的投資，亦將備受挑剔而波折橫生……。」事態的發展庶幾近之。

　　《金融時報》及《華爾街日報》均指出，「超過三十間在香港上市的國有企業，今年內都修訂了公司章程，把共產黨置於集團的核心地位」，即是說黨的利益凌駕股東權益。這樣的企業，私企如何能與她們進行市場競爭？說到底，迥異的政治體制和法律觀點以至天壤之別的價值觀，不管是政治上或經貿上的合作，都只能是權宜之計，絕不可能持續地暢順運行！

二、

　　連白宮的「御牧」亦公開支持美國對北韓動武，何以特朗普仍滿足於「隔空發空炮」!?

　　特朗普上任半年已數度赴白宮為總統及其家人（和國人）祈福的牧師羅拔‧傑弗里斯（R. Jeffress；達拉

斯第一浸信會牧師，該教會有「會眾」一萬三千餘〔美國神職人員的薪津以「會眾」多寡釐定〕）引《聖經‧羅馬書十三章》這段話：「凡掌權的都是神所命的，所以，抗拒掌權就是抗拒神的旨意；抗拒的必自取刑罰……。」意謂特朗普是「神所命」的掌權者，金正恩不聽話是自取滅亡。傑弗里斯因此說上帝會全力支持美國鏟除獨夫金正恩！

美國「超大教會」（Megachurch）「主牧」的這番話，使筆者細讀〈羅馬書〉，頓悟（讀番書的讀者請勿冷笑，筆者真是今天才知道）何以這麼多西方國家信奉基督教。除了要人民服從掌權者之外，還要教徒盡義務「交稅」（納糧）……這樣的宗教，統治者還有不捧之上神枱以示子民！把大權交給當權者，因此和孔子及凱恩斯一樣，上帝亦長居廟堂受到供奉和膜拜！

有「上帝祝福」及有「最強大軍力」為前鋒，美國在亞洲用武「鏟除獨裁者」，可能性不應低估。正如美國防長所說，熱戰一旦爆發，北韓將遭受「前所未見的摧殘」，那等於說美國「必要時」會動用核武。目前全球有八個國家擁有核武（若加北韓是九國），當中以俄羅斯及美國分別有七千及六千八百枚為最（已「布防」於數分鐘內可發射的，俄美依次有一千九百五十及一千八百枚），兩國勢均力敵，為防範對手作同歸於盡式的報復（MAD〔Muturally Assured Destruction〕），非到最後關頭，不會「互射」；但美國若「以核彈還核

彈」，炸向北韓（吹北風南韓日本以至台灣會為核子雲覆蓋，若吹西風，中國東北地區會受「污染」），俄羅斯會怎樣回應？有美國論者認為，俄羅斯為「保住東歐」，不會為亞洲國家（包括中國？）與美國大打出手，此說若成華盛頓共識，北韓便危如纍卵；當然，北韓聲稱已做好每小時向首爾發射三十萬枚炮彈的部署，可於瞬間把首爾炸為齏粉，這雖然是恫嚇之言，惟北韓的確擁有不少常規重型武器，其破壞力令經濟發達的南韓心驚肉跳，不斷「求和」，其總統文在寅昨天在公開場合說「朝鮮半島不能再經歷戰爭」，又說他的政府「將動用一切力量阻止戰火的硝煙吹至半島」，這是肺腑之言亦是當前國策。可是金正恩如此囂張，連美國也不放在眼裏，南韓又憑甚麼去阻止戰事的爆發。

三、

　　現代化戰爭的破壞力，路人皆見，誰不避之則吉？可是特朗普的身邊「紅人」，大都是自以為「賽月娥」的悍將；而軍人在美國人的心目中，卻是民望最高（人民最信任〔Trust〕）的職業，皮優（PEW）研究中心去年五、六月間進行的民調顯示，美國對軍人的信任度最高，達33%（醫學研究者是24%、科學家是21%、宗教領袖是13%、新聞媒體是5%、而商界領袖4%和民選議員是3%！），如今「內閣紅人」戰意甚濃，這才是危險所在！

特朗普和金正恩仍在「隔空放空炮」，雖然剛有消息傳來，指金正恩已決定「推遲在關島附近試射導彈」，但是美方似乎不為所動，原定本月21日至31日「上演」、以北韓為「假想敵」的「美韓乙支自由衛士聯合軍演」（乙支為高句麗大將乙支文德）仍會如期舉行。北韓不射導彈，美國不會「以彈還彈」，屬「禮尚往來」，至於原定軍演，美國不可能臨時「拉倒」，其將如期舉行，已退半步的金正恩怎樣下台!?

朝鮮半島局勢如何發展，筆者不敢妄測，只知處於「高危」；而可以肯定的是，地緣政治「高危」，必令軍火工業生意興隆，看華爾街股價走勢，果然如此，筆者昔日曾經提及的（雷神Raytheon），股價從6月初的一百六十元升至前天（週一）的一百八十元水平，而洛歇馬丁期內則由二百七十元左右升至約三百一十元……！

2017年8月16日

雞鳴日升

消費模式起革命
補習業一枝獨秀

一、

　　科網時代的來臨，令生活方式翻天覆地，其中以消費行為之變，最為城市人關注。筆者在這裏不止說過一次，阿里巴巴的馬雲數年前在本港的一次公開談話中，看淡當時炙手可熱炒得熱火朝天的地產業，最有遠見，因為他看到網購的興起，一般消費者不必「行街購物」，因此商場前景黯淡。事實果真如此！香港迄今似乎未見相關統計（「目測」境況絕不樂觀），以統計數字有準、快速且全面的美國而言，零售店不論連鎖或單幹，相繼關門（收縮業務及倒閉），「吉舖租賃」的招睞，觸目皆是，成了大城小鎮新風景；一些過去「盛極一時」的現代化商場已如廢墟（沒有人流缺乏維修的必然後果）。瑞士信貸5月底的一項報告，預期未來五年美國將有二成至二成半商場關門大吉，這情況令充滿經濟活力的市容變得死氣沉沉，無可避免。市場研究者認為目前佔總消費額17%的網購，到了2030年將達35%，

此長彼消,「虛購」之得是「實購」之失,商場經營將成夕陽行業,是難以挽回的頹勢。

網購令消費行為大變,至於非網購消費,其實也同樣悄悄起革命。統計數據顯示,美國 Y 世代(80年代至「世紀末」出生、年齡在21至34歲的成年一代)的消費傾向與他們的父、祖輩大不相同,在置業和買車方面,較為淡薄,不像上兩輩人的熱衷。新車銷售曾有一段頗長時間是以二、三十歲的新一代為主要顧客,可是這班人的購買額佔新車銷售量的比率,已由1985年的38%,降至2010年的27%,近年的數字可能低得更顯著。置業方面,年青一代亦失去動力,哈佛的「住宅研究聯合中心」(Joint Center for Housing Studies)的報告顯示,2006年至2011年間,Y 世代擁有物業的百分比,從35%挫至12%;與家人(雙親)同住的成年人人數已近二百萬……。理論上,便是住宅物業市場少了二百萬個顧客!

成年人少購車少置業,原因多端,惟關鍵在收入萎縮,其次是共享經濟深入民間。二戰後,市郊社區的興起,不僅促進建築業的興旺(援用最近又有論者提及的「乘數作用」,帶動眾多行業,總體經濟因而受惠良多),還令汽車銷情暢旺。住郊區開車上班,本來就是代表一種健康、富裕和對前景充滿信心的生活新形態(荷里活電影推波助瀾,功不可沒),經濟由是快速增長……。可是,經過數十年的旺景,受入息無寸進、油

價高企（美國汽油價格新世紀以來已漲升一倍！）、重構城市化（re-urbanization；一棟摩天大樓可容納一條村一個鎮的人口，不再人人有車，大大增加住在城市的吸引力），當人工智能產品普及，令收入不濟的Y世代可用於住、行的財力，更為不足……。希望擁有物業和汽車的「人生目的」也許不會變，但「財政困頓」令更多年輕人放棄獨立、自尊，不以「住房靠父幹」（父母無力代供物業的便與之共住）「出門靠共享」為不長進——美國於2000年創辦的共享汽車Zipcar，去年底已有近百萬「會員」，所以如此流行，除買不起車或覺得無需要又嫌汽油貴的人日多外，手機的普及化令「共乘一車」非常方便（過去要在家打電話如今門外街角咖啡店都能「召車」）；當然，還有步行或騎單車（甚至游水）上班日益時髦（省錢、環保且健康），亦使汽車銷情呆滯、前景未許樂觀。

二、

　　在科網時代來臨前，消費行為已在緩變；這種變可說是「與時並進」的自然演化，只是一般生活於其中的人「不知不覺」而已。

　　觀察消費現象，經濟學家得出20世紀（大部份時間）盛行的「炫耀性消費」（Conspicuous Consumption）正在漸漸退潮，取而代之是「隱蔽性消費」（Inconspicuous Consumption）。《信報》讀

者應該有點印象,「炫耀性消費」來自韋白龍(韋勃倫)的《有閒階級論》(T. Veblen: *The Theory of The Leisure Class*);這種藉消費炫耀身份、標榜品味的行為,是富裕階級以傲同儕以向消費大眾「示富(威)」的手段。那從早期帶着高爾夫球棍袋「上街(茶樓)」代表收入豐足志趣高尚有健康人生觀,且是「閒人免進」俱樂部成員,到開名車戴名錶等等,皆是(女性則身配「二石」──穿寶石戴鑽石以「炫耀」有個視她如珠如寶不惜一擲萬金的丈夫或情人,當然,賺錢能力高強有財力「自購」的女強人屬例外)。隨着財富勝天文數字的「時代退步」(財富不均更趨嚴重是「退」不是「進」),如今只有「三私」──私人保鑣、私人飛機和私人(停泊於歐洲)遊艇才足以炫富。炫耀性商品的「升呢」,一方面由於大量生產(經濟學家所謂「消費物品民主化」(The democratisation of consumer goods;企業上市股票人人可買賣則稱「財富民主化」。經濟學家真會逗人開心);一方面因為仿真的假貨充斥,名車名錶名牌手袋對人數眾多的「有銀中產」(Middle-Class Millionaire)是唾手可得,上世紀後期「紅」極一時的喝紅酒聽歌劇(晉身此階級者必學的「秘笈」),新世紀以來亦日漸大眾化,而環保問題(更重要是人工智能衍生的玩意普及化)令打高爾夫球失去昔日的光彩(以美國為例,打高爾夫球人數已出現了下降軌)。諸如此類在上世紀曾令出得起錢者感覺良

雞鳴
日升

好自以為身份高人一等的消費行為，今俱往矣！

三、

　　新世紀以還，「有銀中產」的消費行為，已不重視人人可得之的有形物品，不再在房子汽車以至名牌服飾上大灑金錢，一般廉價商品已可滿足他們的物質欲望，因此被社會學家稱為「貼地的一代」（The Cheapest Generation，此譯名太粗糙，望讀者賜教）；受過良好教育和財政寬裕的 Y 世代，把可動用的錢花在哪裏？答案是「在提高生活質素上投資」，不惜在「文化資產」（Cultural Capital）花錢，而這意味對教育和種種促進人力資本上的「無形資產」的投入，遠遠多於有形的物質享受。這種消費行為，經濟學家稱之為與「炫耀」相反的「隱蔽性消費」（Inconspicuous Consumption）。

　　最熱門的「隱蔽性消費」是教育、保健及規劃更佳的退休計劃，這類開支，尤其是在培育下一代方面，由於是長期持續性，因此比購買名車名牌衣着和手袋的支出多更多，「美國消費者開支調查」（Consumer Expenditure Survey）的數據，2007年至2015年，最高入息的1%（年入三十萬〔美元‧下同〕以上）消費者，在有形物質上的消費顯著萎縮，而中等入息（年入七萬水平）消費者消費比例不變；而在無形消費中，教育開支的增幅最大，「1%階級」的家庭支出約6%用於此，比1996年的增三倍半（中等收入的比例不變為1%）。

教育指的當然是學費和補習費，後者有五花八門的科目，收費高昂，「港媽」知之最詳，由於名師級別有異，收費不一，因此無法做正式統計，大家知道的是校前（嬰兒）教育（所謂「啟蒙班」——筆者的二歲孫兒剛從啟蒙班畢業！）學費不便宜⋯⋯。據上引消費開支調查，2003至2013年間，美國院校平均學費漲升八成，期間女性服裝價格平均上升6%，可知學費尤其是名校（〔排名愈高〕學費愈貴）是多麼的「金錢掛帥」⋯⋯。

　　一句話，Y世代消費不再那麼炫耀性和自得，即用於本身的金錢甚有節制，而無法「目測」的「隱蔽」支出，目的在於增進本身學養才具的質素，特別是為提高下一代打好「社會流動性」基礎的培養和訓練，因此可以說是對日後社會進步的投資。顯而易見，這種消費傾向值得仿效和鼓勵——香港的「補習業」一枝獨秀，原來象徵了消費模式的變革！

2017年8月17日

雞鳴日升

用法律觀點法鬥法
欠政治考慮難和解

一、

　　涉「新界東北案」及「公民廣場案」的社運分子，被律政司司長袁國強覆核社會服務令刑期得直，改判入獄，包括黃之鋒、羅冠聰、周永康、黃浩銘、何潔泓等十六名犯人收監，加上不在十六人所犯事故的馮敬恩、李峰琦、梁天琦以至岑敖暉……，他們站在我們面前，哪個不是對社會富有責任感的有為青年？可是，他們都在一場佔領運動中，被建制的權位中人，繩之於法，鋃鐺入獄！

　　關愛社會，勇於承擔社會責任的青少年人（黃之鋒成為學民思潮召集人、成功帶領反「國教」運動時只有15歲！），其受強力懲處，令他們的學業、就業以至從公從政的前景，因為添上「坐牢」的標籤而從此崎嶇。比起台北地方法院撤銷率眾佔領立法院的「太陽花學運」二十多名學生的控罪（無罪釋放），香港法院對本港青年在激情下觸犯法律的刑罰，絕對是無情兼重手！

　　陷獄的「雙學三子」（前學民思潮的黃之鋒與學聯的周永康和羅冠聰）公開表示無愧於心、從容服法；他們的父母，忍淚支持說對子女感到驕傲；數萬名（警方的數字二萬二千多名）民眾——創「雨傘運動」後遊行人數新高紀錄——於週日上街遊行，高呼「反抗極權無罪」，聲援「在囚抗爭者」，籌到用作上訴的捐款二百二十多萬元，反映人們在「重典」之下爭取自由公義之心未死，對這班年青人的際遇，港人如筆者心感戚然的，數不在少；而振振有詞說年青人「搞事」須受嚴懲大戒才能按下反動氣焰的，也不乏人。

　　對青年人的狂傲不羈甚至糊塗大膽而墮入法網，一般社會的人情之常，總是傾向比較寬容。一向以來，小者如學生鬧事動粗，很少會被學校開除，而大者如告上法庭的暴力犯法，初犯量刑通常也會得到警戒輕判……，好讓犯事後的年青人能有自省更生的機會，那是過去社會仁厚祥和的香港底蘊。這回上訴庭在短短幾日間重審「雙學三子」，有別於原訴庭法官接受年青人公民抗命不算使暴過甚的看法，改從律政司的暴力破壞社會安寧的角度考慮事由，指出抗爭者一涉暴力，「自以為是」的崇高動機便不值一哂……。年青人陷獄，法律觀點在幾日間的截然不同，不少人的錯愕與憤怒、令林鄭月娥心有所繫的「大和解」變得遙不可及。

雞鳴
日升

二、

　　被判刑的黃、周、羅等站在人前，無一不是予人以年青有為、英氣勃勃的印象；律政司司長袁國強站出來說重審沒有政治干預，其予群眾又是怎樣的形象？仍有思想自由的市民各有答案。而依筆者看來，這位掌管特區政府法律事務的司長，為怕人說他是受到權力專橫的政治擺佈，便連司職應有政治考慮的責任亦一併撇清，不肯面對和承擔。其上訴決定也許真的只是死抱法律觀點而「鬥法」，並在量刑方面「扭六壬」，而不涉政治壓力。可是司法要獨立，政府的律師怎能不問政治因應而失其大體？

　　不識大體的人，錯估大勢做錯事的「機率」，肯定不比一般人少，政府的法律事務不該受政治權勢的播弄擺佈干預和影響，但是取態決定不能沒有政治環境的因應和考慮。律政司的「法律事務」包括大多數刑事檢控、草擬政府提出的法律草案以及為政府提供法律意見；在處理「雙學三子」上訴案亦即不滿原判太輕一事上，有報道指律政司檢控人員本無上訴之意，但袁司長堅持要「覆核刑期」，對此一說，袁氏本人沒有正面回應，行政長官林鄭月娥女士昨天會見傳媒時拒絕證實與否定，強調律政司就違法行為提出檢控是責無旁貸，而袁國強則一再強調，「整個司法程序透明公開，沒有任何政治動機」。

筆者可以相信袁國強確是從「法律」觀點提出「上訴」，但是上訴之舉毫無政治考慮，豈不壞了行政長官上台前後表明要為香港促進「大和解」以達致社會和諧的願景？林鄭政府甫上任便公開表示「準備重開政府總部外東翼（俗稱『公民廣場』〔下稱『廣場』〕）」即黃、周、羅於2014年9月在那裏惹上這場官非的「廣場」（受封閉至今）！林鄭女士一再表示會「積極檢視」重開「廣場」的可能性，強調這事不但涉及保安，更關乎「行政機構」的尊嚴，因為「廣場」被封，令政府官員不能堂堂正正於立法會與政府總部之間穿梭，官員不能在政府範圍內自由去來，是不成體統、遭人竊笑的話柄⋯⋯。

袁司長的職責用不着像司法部門般獨立於政府的取向，他是律政司，是政府的律師事務統領，取態不能不顧政府與群眾的關係，沒有上訴帶來窮追猛打的「政治考慮」，縱使口口聲聲說是憑法律觀點，法院予以「接受」，袁司長贏了，可是卻賠上「大和解」因之變得渺茫的代價。沒有政府與群眾間的政治考慮和適當的因應，這樣的律政司可算稱職？

三、

本着「和平與愛」的非暴力公民抗命，到了奪取「廣場」，佔領行動在本質上起了超乎當初想像的變化，群眾情緒激動失控，被「佔領」後的「廣場」終要

雞鳴
日升

關閉，成了官民不和、長期對峙的印記。行政長官林鄭月娥所以要重開「廣場」，正是為「大和解」邁出積極一步的表態。袁司長是缺乏林鄭女士那份要促成社會「大和解」的政治願景，還是他看到行政長官只是上場「賣口乖」而其意不誠？總之上訴一役，等如在泛民人士的傷口上撒鹽，而且在短時間內，似不經意地掀開原審法官與上訴庭法官在同一案件上的不同判刑觀點，讓一些對「法治」不大了了的人，面對「一案二判」的差別這麼大而感到法律不可靠和不可信賴，甚或因此發出「法治已死」的虛妄議論。林鄭的社會「大和解」決心難底於成，「破壞力」竟然來自法政部門；當然，不能抹殺那有可能是來自特區政府背後更強大、更足以影響林鄭和袁氏意願或不自願地衝擊和諧的力量。袁國強沒有的「政治動機」和「政治考慮」，把香港人帶回到衝擊的「廣場」、那個標誌社會戾氣激盪的起點。

在梁振英棄選落台後，他一手「啟動」的社會分化工程，本來已有緩和下來的蛛絲馬跡，那正是林鄭班子把「開局不錯」掛於口邊的原因，可是，「重審重判」之後，一大批青年人被關起來了，盈千累萬的香港市民又在炎熱的烈日下，走上街頭！

2017年8月22日

機會成本日重
法家重刑治港

一、

　　經「律政司司長覆核社會服務令刑期得直」一役，香港的「反對派」，終於要為他們不滿現狀的行為付出實在的代價！幾位議員因宣讀就職誓詞欠缺誠意及其他不能見容於當局的言詞或身體語言被「DQ」，以至去週「十三子加三子」被改判重刑入獄之前，陳文敏、陳健民和戴耀廷數位教授，已為伸張公義而遭受這樣那樣的攻擊，他們所付出的，可說是「隱性的代價」——表面上他們仍然「若無其事」地在工作崗位上繼續耕耘，實際上，他們的職業生涯已出現前所未見的障礙和困阻！

　　筆者不止一次在這裏指出，在香港當「反對派」的「回報」不錯，「回報」指的是有名有利或名利兼得，這便是經濟學家所說的無形及有形利益。前者可從「暴得大名」等如飲「心靈雞湯」（傳媒對其「行藏」作巨細無遺的報道和議論，令有關人等成為名聲大噪的「公

雞鳴
日
升

眾人物」），後者則是獲取合法金錢收益，比如，躋
身各級議會便有高於「同等學歷」所能獲取的平均薪津
及一般人不易得的「附加福利」……。在那段時期，從
事「公民活動」是令人可以獲得精神和物質滿足的「志
業」。可是，這一切，隨着袁國強司長的「覆核」，已
成陳跡。從今而後，不按政治法制規章「辦事」的人，
都要付出一定代價，而這又回到那個老話題，即在這個
市儈的香港，「機會成本」（Opportunity Cost）的高
下，大體決定了人的行為！

　　不難預期，以後介入和參與「公民抗命」活動的
人數，肯定比過去激進躁動的參與者要承受牢獄之災前
少，因為「坐牢」的代價（包括喪失政治權利如被選舉
權及職業前景黯淡），畢竟是很少人會甘於付出的；當
然，有理想有抱負者，尤其是感到前路茫茫精神窒息的
年輕的一代，他們仍然會鍥而不捨、追隨「犯法」前輩
的手法進行抗爭，但是會比過往人數為少，行動也相對
溫馴，好能避免刑責，那是新常態。不過，壓力愈大反
抗愈強的情況亦難避免，換句話說，日後的「反對派」
將分流，一支對「機會成本」茲茲在念，淪為「動口不
動手」派；一支則「視刑責如歸」，特別是被針對的
「九十後」，會更為勇猛。這種推理如接近現實，則當
權者為了完成權力來源交下的任務，便會用「重典」，
打壓「公民抗命」的犯事者，那等於說，「擾亂公安」
的刑期會愈來愈長；而為達致和諧，「重典」之外，增

加「派糖」，亦勢在必行。刑罰重、福利佳，雙炮齊發、恩威並用，大增市民以行動抗議建制蠻來的「機會成本」，令有滿腹怨氣、滿腔熱血者左思右想，漸漸「噤聲」甚至「禁足」！香港如果是如此這般的酷吏當道，西方政客和媒體現在已對「新界東北案」及「公民廣場案」審判作出反應，香港的逆流招引西方「干預」大有可能。港府有全方位崛興的強大祖國為後盾，任何「干預」都可視若等閒，不過，如果「外來勢力」對「香港法庭成為中共的工具」（《紐約時報》社評）及「中國違背『兩制』承諾」（美眾議院少數黨領袖佩洛西的聲明）變為共識，美國針對香港的立法如《香港民主與人權法案》獲國會通過的可能性便會上升；加上美國已對中國有否進行不公平貿易進行調查，揭開了中美貿易戰爭的序幕，這種不滿中國作風的氣氛，國際社會杯葛香港的「小事」，便有可能釀成對國家不利的「大事」。

不過，形勢比人強，要負責香港事務的決策官員客觀、冷靜、理性地評估香港政策，在國家崛起勢頭大好非小好的背景下，已近不可能。在此前提下，不僅外人對港事的看法，即使多麼符合「普世價值」並「言之成理」，亦會被北京以「國家內政干你屁事」、「不容外來勢力說三道四」，三言二語直接擋回；至於連日來香港不少有識之士發出義正詞嚴的言文，以至週日數以萬計「抗議政治迫害」熱血奔騰的遊行，當然亦不會被

雞鳴
日升

當成一回事！情勢如此，筆者相信這種對「反對派」絕
不手軟的施政方針，只會更強不會軟化，而支持這種做
法的，相信是活用法家治術——法家學說已成管治香港
（和內地）的法治工具！

二、

　　今年1月，國務院發表《關於實施中華優秀傳統文
化傳承發展工程的意見》，指出必須通過中央與地方部
門的努力，保留傳統中國文化；據《經濟學人》的去週
專論〈復興傳統文化締造歷史〉（Reviving Traditional
Culture: Making History）的分析，此舉目的在於古為
今用，加強維護黨的權威和統治地位。北京精選古典著
作中有助馴服人民服從領導、進而有助政權穩固（習核
心）的「文獻」，向人民灌輸，務求成為「乖乖牌」、
讓他們自然而然、服服貼貼地做聽黨的話的順民！

　　筆者對北京這方面的具體工作，沒有心領神會的
特別「心得」，但是在「法治」方面，筆者倒着實感到
北京是以「法家」故智，實行法治，那在內地，彰彰可
見，而香港在重審「社運分子」一事上，亦初見端倪。

　　「法家」是戰國時期（先秦）的重要學派（司馬
談列為「六家」、劉歆列為「九流」），分為「術治」
（代表人物申不害）、「勢治」（慎到）和「法治」
（商鞅）；總其大成的是韓非。這一學派主張以「法
治」代替「禮治」，因名。《史記・太史公自序》說

「法家不別親疏，不殊貴賤，一斷於法。」即法律之前人人平等（與老夫子的「刑不上大夫」說唱反調），此「核心價值」，正合今日北京胃口，而靈活運用此「金漆招牌」，令韓非說君主應「抱法處勢，以勢行法」的主張，成為槍桿子在握者隨意解讀貫徹其「法治」的張本。

「法家」的主要著作為商（公孫）鞅的《商君書》，在〈更法〉篇，他強調「變法以治，更禮以教百姓」，如今北京之於香港，是「釋法以治」，藉國民教育以揚棄殖民時期的「禮教」；〈開塞〉認為「世事變而行道異」，又主張「治國刑多而賞少，故王者刑九而賞一」，值此「世道變」之際，用「刑治」以掃除「歷史障礙」，以利「兩制」香港貫徹北京旨意，看來正是特區政府的「新政」；而「重刑」之後該多派「糖」，事在必行的懷柔策略，目的當然是讓港人看在「機會成本」份上，抗爭不致過於「勇猛」，社會不致太不和諧，令「外來勢力」少了「干預」港事的藉口，香港對北京才有「實用價值」。

不必諱言，「一帶一路」成敗未定、內地債務已釀危機（IMF和外媒的共識），好好利用香港的「長處」，對中國是大大有利的！

雞鳴
日升

風雨如晦 笑聲不已

　　報章雜誌，不管多麼「高眉」嚴肅，為解沉悶、撩人讀趣，多半會加進一點可供「閒讀」的小塊文章和漫畫（美國經濟學會的一份學報亦於底頁刊登有關經濟學和經濟學家的「趣聞逸事」）；這類「小品」的取材，反映編者的品味和價值觀。紙媒這種「編輯方針」，大可說是古今中外皆然。以筆者比較熟悉的《信報》來說，過去便有不少這類東西，楊八妹（故名記者張寬義，時任《信報》編輯主任）和碧琪（名報人韓中旋）的「中區麗人」，寫盡新聞以外的港人港事百態，便曾是讀者追讀的妙品；曹仁超的「投資者日記」開篇那段憑「有時準有時唔準的消息靈通人士」提供的資訊，寫成數百字涉及政經人事「內幕」的閒話，既傳達了一定信息、揭露若干當事人不欲身份公開的私事，令讀者莞爾，區有不錯口碑！如此小品，很早便是英文報刊特色。嚴肅週刊如《新政治家》、《旁觀者》和笑罵人生的半月刊《冷眼》（*Private Eye*；其「丹尼斯〔戴卓爾夫人的丈夫〕日記」，寫盡鐵娘子當政時的

英國政壇內幕,滑稽突梯,令人噴飯),均屬這類專欄,非常出色。「小報」固然全面「小品化」,大報如《倫敦時報》(為免誤導讀者,請勿再譯《泰晤士報》了)、《金融時報》都有這類日記式「閒文」⋯⋯。筆者於「天鴿」欲去未去的時刻寫今文,是讀了奇特去年底出版的《日記五十週年——為新聞解悶》(P. Kidd: *The Times Diary at 50: The Antidote to The News*)「有感而寫」;奇特2012年起為《倫時》「時報日記」(TMS,此為時報社址Thomas More Square 的縮寫,該報數度遷址仍用此名以示懷舊)編輯,本書所輯為五十年來該欄的「範文」,編者梳理數百萬字的「日記」,去蕪求精、棄假揚真,所輯「妙文」,雖然零星雜亂、百味紛陳,卻全為事實而非「小說」。筆者閱畢,選數則供讀者於「風雨如晦」中閒讀。順便一提,奇特的「介紹」細說TMS(兼及其他英報關這類「閒話欄」)的演化史,原來著名小說家Evelyn Waugh及弗林明(007占士邦系列作者)均曾任該欄編輯!

■二戰期間,希特勒為了迫英國投降,採用所謂「空中閃電戰術」(Blitz),持續轟炸倫敦七十六天,造成四萬多人罹難、十多萬幢樓房炸毀;期內倫敦全城戒嚴,當局劃出許多可能成為空襲目標或政府另有用途的、嚴拒閒人進入的禁區⋯⋯。以寫二戰時期英德戰役出名的多產作家里奧·麥建斯特利(Leo

日升雞鳴

McKinstry），於2014年在《老嘢》（*Oldie*，耆英刊物，為已屆退休的《冷眼》老編所創）的座談會上，説了以下這則「笑話」，令一眾「老而不」笑個死去活來——

「義勇軍」巡邏時見一私人房車停於禁區，車中男女相擁「狀若做愛」，遂敲車門喊話：「老兄，你進了禁區」，意思當然是要車主把車駛離禁區。哪知話猶未歇，後座「女事主」高喊：「阿蛇，他尚未進入禁區！」原來「女事主」仍有「防線」，下裳未褪，「男事主」尚未攻入！

「義勇軍」（Home Guardsman）是英國政府在戰事「高峰」期徵集已經超齡、無法上前線的老人、自願組成維持治安的民間組織，60年代末期BBC拍攝的搞笑電視劇《老弱殘兵》（Dad's Army），描述的便是這班大都為第一次世界大戰退役老兵以幾十年前的思維及武器，於國難當頭為抗德盡保家衛國綿力那種不能與時並進因而笨手笨腳烏龍百出的窘態，令人倒絕——知筆者懷舊，數月前好友購贈一套DVD相贈。

■英國工黨要角、2007至2010年出任首相的白高敦（G. Brown），2014年接受母校愛丁堡大學授予榮譽博士學位，致謝詞説：「大學教我以廉潔、客觀、不偏不倚、追求真理和知識；這些質素，我從政時必須拋諸腦後！」

■數度接受關愚謙教授訪問的西德總理（1974-1982年）舒默特（H. Schmidt, 1918-2015），雖享高壽，卻是個煙不離口的老煙槍。不是「小道消息」的「統計」，他是平均每七分鐘便抽一根香煙；2013年歐盟禁售其畢生至愛的薄荷煙，當時已經94歲的老總理一口氣買下三萬八千支香煙，足供兩年之用。壽元盡與存煙罄緊接，何其相近！

■有四百三十四名議員的歐洲議會，工作上耗紙之多，相當於每星期要用八十株大樹的木材。根據紀錄，歐洲議會在1980年10月印發給議員的文件多達一千二百六十一萬九千六百八十頁！1982年，議會又把二十五萬多頁文件，翻譯成七種語文，疊起共達一億多頁——所以這麼多，是議會把同一份文件分送議員的辦公室、住宅（本國及在議會所在地）。這些文件共用去四千八百餘株大樹的木料⋯⋯。

環保分子認為為印公文砍去這麼多樹，是滔天大罪，經濟學家則認為這是環保大喜訊，因為砍掉那麼多樹都有用途，是刺激植林商人多種樹木的唯一誘因——砍掉古樹和有觀賞價值的樹，自然是另當別論！

■牛津大學博德利（Bodleian）圖書館館長邁爾斯（JNL Myres）於1968年6月號的《古文物》（*Antiquity*）發表論文，談及佚名僧侶撰寫的《查理

大帝傳》（中世紀初葉有統一歐洲諸國宏圖的法蘭克斯〔Franks〕國王查理曼〔大帝；Charlemagne，748-814；768-814年在位〕），雄才偉略而且無分巨細事事親躬，當製衣巨賈推出新款男裝迷你裙時（Mini-skirts，當時長褲尚未流行），他大表歡迎，因為短裙令腿部不受束縛，「適合操兵」；不過，當知道短裙與長裙同價，他便大發雷霆，禁止人民購買，表面理由是短裙沒有實用價值：「當我臥倒時，它起不了被單作用；當我騎上馬背時，它無法保護我的膝蓋（腿部因而備受風吹雨打）……。」但真正理由是短裙用料遠少於長裙，製衣商牟取厚利，刮削他的子民，遂禁之。世上第一輪出現的迷你裙因而壽終正寢！

■敍利亞獨夫阿薩德（Hafez al-Assad〔1971至2000年在位〕，今上巴沙爾〔Bashar〕的尊翁），鐵腕統治敍利亞數十年，向來予人以打壓異己絕不手軟而且不苟言笑，哪知卻是個頗富幽默感的人。1995年，以色列總理佩雷斯（Shimon Peres）訪英，與友人羅思財勳爵（Lord Rothschild）午餐，提到中東局勢，他說阿薩德是個冷面笑匠。在一次「和談」後的閒聊中，阿薩德對佩雷斯說：「世人都說我被唯唯諾諾的『傍友』（Yes Men）包圍，其實絕非如此，當我說不的時候，他們人人說不！會說No的人，怎能稱之為Yes Man？」

■「子孫隨侍在側」，是中外訃聞常見的句子，一般人以為這是寫實之記，卻原來是訃聞的「行貨」用語；香港情況較多世故，而在英國，則肯定是不盡不實的居多。當坎特伯雷大主教（英國聖公會會督）羅拔‧藍思（R. Runc）2016年接受《倫敦時報》訪問時，提及此事，指出實情是大主教臨終時，病榻旁只有占士一人，他對着彌留老父讀《聖經‧詩篇》，過不了數分鐘，他感到十分無聊，起身到廚房斟了一大杯威士忌，大口大口喝下，數分鐘後回到臥室，老父已魂歸天國。占士說，「家父也許不願在我面前閉目息氣！」

■意大利南部有天主教堂聲稱藏有聖彼德的顱骨，意北亦有天主教堂說有此物。何以一人——即使是聖人——會有兩副頭顱骨？此前曾於意南教堂見此物的《時報》記者，到訪意北教堂與此物「重逢」，奇而詢之於教堂執事，被告以此教堂所藏為聖彼德年輕時的顱骨?!

（閒讀偶拾）

2017年8月24日

雞鳴日升

發明時少人問津
走勢圖懾服全球

一、

　　生活在這個傳媒全天候報道股市信息的金融都會，股票行情和股價走勢圖表，莫不深入民間，可是知道標示股市股價消費物價，以至民心趨向民望浮沉及經濟去從並預示未來的走勢圖源何而來的，相信十萬中無一；不過，連辦公室貼滿走勢圖的投資專家、走勢圖發明人的晜孫亦茫茫然，要待學者開導才恍然，港人實在不必為此而耿耿於懷。

　　大家碰口碰面的「走勢圖」，術語稱為餅（圓）圖（Pie Chart）、柱形圖（Bar Chart），以及常見的線形圖（Line graph），看似相當簡單實際功用宏大的「圖表（解）」，是多才多藝惟毀譽不一的蘇格蘭人威廉‧貝萊費爾（W. Playfair, 1759-1823）於二百多年前所創！威廉幼年失怙，少年失學，當過「打穀脫殼機」（Threshing Machine，農作物收成因此而大增）發明人米高（A. Meikle）的學徒，獲得機械技術的基本常

識後，跳槽至蒸汽機發明人瓦特（J. Watt）的製造廠當技工，不數年便以「自由工作者」身份，從事多種與機械相關的工作。應該一提的是，貝萊費爾活躍的這段時期，是蘇格蘭思想奔放的「啟蒙期」，「理科文科」和「蠱惑仔」等人才輩出（那個佈下隔山買牛局令萬千投資者購買根本是子虛烏有的「密士西比金礦」的羅·約翰〔John Law〕，亦是蘇格蘭人），經濟活力充沛，社會急速向上流動，是有識有志有膽之士飛黃騰達的黃金時代。

貝萊費爾多才多藝，「周身刀」且無「道德底線」，在此資本主義的「洪荒世界」，大起大落。當過機械維修工、技師、製圖員，還是合格會計師、有多項專利註冊發明權、金屬匠人（Silversmith）、小商人（Merchant，在蘇格蘭意為零售商）、股票經紀（當年稱為Investment Broker）、經濟學家、統計師、時政評論家（Pamphleteer）、翻譯家、廣告員（Publicist）、土地投機者（在巴黎當「美國土地公司」〔American Land Co.〕）代理、罪犯（Convict）、銀行家（在倫敦創設Security Bank）、勒索者（Blackmailer）、記者⋯⋯。令人有點意外的是，被不少經濟學者視為「靠譜」工具書的《新保爾格萊夫經濟學辭典》（*The New Palgrave : A Dictionary of Economics*），用了大半頁篇幅介紹貝萊費爾，主要是寫他的經濟學觀念，對他在「走勢」上的貢獻，只有擦身而過式的提及（只說他對

雞鳴
日升

統計學有研究）。

二、

　　月前購得劍橋大學出版社多年前「千幸萬苦」翻印貝萊費爾初版於1786年、在1801年三刷的《商業及政治圖冊和統計學精要》（W. Playfair: *The Commercial and Political Atlas and Statistical Breviary*），本意在找點原始資料漫寫走勢圖的前世今生及未來，哪知書前長達三十五頁的〈介紹〉，比正文更為精彩，此以蠅頭小字（和翻印的內文形成強烈對比）印出的長文，不但有如傳記，且對經濟學名家如哲逢士（W. S. Jevons）和凱恩斯等對貝萊費爾在統計學及走勢圖上的鑽研與創見，有非常簡略的介紹和正面評介。這本由《商業及政治圖冊》和《統計學精要》合輯而成的書（下稱《圖冊》），其〈介紹〉不但詳細地縷述作者多彩多姿的一生，且對兩位編者如何發掘這兩本早遭遺忘的書的過程，述之甚詳——編者多番尋覓後，終於據賓夕凡尼亞州大學圖書館善本書室藏書影印。

　　《圖冊》編者上窮碧落下黃泉的「尋根」，尋出貝萊費爾生於巴黎、在愛丁堡受教育的兒子安德魯移民加拿大（移民年期不詳，僅知貝萊費爾1823年2月23日病逝倫敦時，安德魯已移民而不能「隨侍在側」），從軍有戰功，退役時獲贈安大略省渥太華市近郊「數百公頃土地」，1820年於此設立磨坊，改地名Playfair's Mills，

後正名為貝萊費爾村（Playfairville）；據官方紀錄，1870年人口二十（大概是安德魯和應他之邀亦移民於此的二兄約翰兩家人的總人口），2015年的人口已達十一萬七千餘。令人大為意外的是，安德魯的玄孫——威廉的舅孫（第五代）羅蘭斯（1944-），多倫多資深會計師，是技術派投資者，其位於金融中心辦公室牆上，掛滿了上市公司股價走勢的圖表，可是直至他在到訪的學者細説下，才意識到圖表的發明者是其高祖——《圖冊》的其中一位編者史賓士（I. Spence）找上門來的原因，是要「查出」約翰藏有其高祖於《圖冊》出版後於1821年至1823年之間手寫的三十六頁解釋走勢的手稿；部份手稿就是收在（介紹）之中。

三、

　　貝萊費爾的《商業與政治圖冊》，1786年初版，作者對書中圖文並茂介紹的柱形及線形圖的功用，大感滿意，然而，他不敢説自己是「原創者」，在此後十二、三年的「明查暗訪」，在圖書館翻書，至1798年才確定自己是「前無古人」，在小冊子《線性算術》（*Lineal Arithmetic*）中，肯定那是他的發明！《圖冊》在倫敦出版後，英國人的反應十分冷淡，皇室也漠然視之（unfortunately chose to ignore），二百多年前，皇室「不表態」，注定有關物事「寂寂無聞」。尚幸輾轉獲得此書的法王路易十六（與王后Marie Antoinette雙雙

雞鳴
日升

被「革命黨」砍頭的皇帝）大為欣賞，認為是劃時代之作……；法譯本迅速面世，貝萊費爾因此移居法國，在商界以至傳媒（出版雜誌）上大展拳腳，創設「銀器工場」，打造各式金屬器皿，而廠地為路易十六所賜！

今人對圖表見慣用慣，不以為貴，事實上，「走勢圖」的發明，確屬世界大事，因為據之繪製的圖表，把數據形象化（Visualization）後，馬上成為清晰簡潔人人易明的「世界語言」（路易十六之言），不論國籍、不論識字與否，一看圖表，馬上對相關物事有概括性認識；然而，西方學界包括法國學者，對此不甚重視，直至美國工程師布靈頓（W. C. Brinton）於1914年出版的教科書《以圖解形式反映事實》（*Graphic methods for presenting facts*），圖表才日受注意；至於把之運用於股票走勢並以之預測股價及大市趨向，則在1934年史丹福大學統計學講座教授獲堅（Holbrook Working）於是年3月號《美國統計學會學報》發表〈供時間序列分析用的隨機差序列〉（刊物及文題太長，不錄；均見拙著《投資族譜》頁一百〔台北遠景〕），當中把商品期貨價格及股價變動繪成走勢，自此走勢圖才被股市評論者廣泛使用，技術派股票分析家由此衍生出數之不盡解讀預測走勢的「學派」──但他們所用的，仍是貝萊費爾發明的餅柱線圖！

四、

　　二百多年前，走勢圖的功能主要在「國家大事」尤其是外貿方面，1801年版的《圖冊》，第一頁便是1700年至1800年英國進出口貿易走勢圖，其「出口線」及「進口線」顯示那百年間，絕大部份時間英國外貿都是「入超」；與個別主要是歐陸諸國（當時遠洋海運尚未全面發展）國家的貿易，有「盈」有「虧」，總的來說，貿易有盈餘……。筆者逐頁翻閱，就是未見與我國的外貿圖，這亦難怪，第一次鴉片戰爭發生於1839年底至1841年初，翌年1842年（道光二十二年）「大清大皇帝與大英君主」的使臣簽訂《中英江寧條約十三款》：「自今而後……，廣州、福州、廈門、寧波、上海等五處港口，貿易通商無礙……。」意味英帝以堅船利炮，迫滿清與之「通商」。兩國貿易迅速發展，惟此已在《圖冊》出版之後；同理，《圖冊》並無股市走勢，倫敦皇家交易所（The Royal Exchange）雖於1571年成立（仿荷蘭安特衛普交易所），但是草創雜亂，實際交易在Jonathan's Coffee House進行，並無「合規格」的紀錄，如今的交易所成立於1801年，書中因此並無相關的走勢圖。

　　下筆寫了三千多字，與當今「閱讀」習慣背馳，但願有尋根意的圖表派信徒有興趣一顧！和小輩談起此事，被告知今年初出了一本題為《線、柱、圓圈：貝

雞鳴
日升

萊費爾如何發明圖表》（*Lines, Bars, and Circles: How William Playfair Invented Graphs*），讀者對象六至九歲——如果年齡後加零，當借來一閱。

2017年8月31日

聶耳作歌俄人譜曲
弱敵環伺高歌壯膽

一、

9月1日，全國人大常委通過於10月1日起實施《國歌法》並據《基本法》附件三引入港澳特區。香港人自認具有中國人身份的不多，按照「常理」，當此「國歌」為一回事的人數有限；可是，國法面前，只要在中國政府轄下地區生活的華人，便無法擺脫此「全國性法律」的約制。

《國歌法》令不少港人（認同和不認同中國人身份的人）擔心易蹈法網，以其訂明故意篡改歌詞或以「貶損方式」奏唱國歌，便有「刑事責任」；至於奏國歌時的「在場人士」應「肅立」、「舉止莊重」，升旗唱奏國歌時的「在場人士」則要面向國旗並行「注目禮」……。甚麼是「故意篡改歌詞」及「以貶損方式奏唱國歌」，雖具伸縮性卻可以理解、接受，但何為「肅立」、「舉止莊重」以至甚麼是合格的「注目禮」，便令人坐立不安，因為這類「動作」都很難作「科學」

雞鳴
日升

決定，一切有待擁有絕對「酌情權」（Discretionary Power）的當權者決定。領教過甚麼人才配稱「愛港愛國」的人，難免惴惴不安。

在法例上留下「酌情」亦即給執法者「便宜行事」的權力，是內地立法的特色。目的有二。一是賦予當權者「看情況辦事」的無上權力；二是由此而生的貪腐彈性，令有關幹部擁有上下其手的空間；這種「留有一手」的立法，因而大受官僚系統的歡迎。但願已受建制派控制的立法會通過的「本地立法」，能讓港人較為安心！

二、

《義勇軍進行曲》原為1935年5月16日在上海首演激勵人心愛國抗日電影《風雲兒女》（Fengyun ernul〔Children of Trouble Time或Sons and Daughters in a Time of turmoil〕）的主題曲，該片導演許幸之，主演袁牧之、王人美（周璇也有演出），編劇為左翼作家聯盟（於1930年10月成立的中共地下組織）中堅、1932年加入共產黨的田漢；據《國歌百科大全書》（書名等資料見去年9月22日作者專欄）紀事，在編劇及寫主題曲歌詞期間，田漢遭國民黨特務軟禁，為其好友、左聯成員聶耳（田漢介紹他入黨）所聞，遂設法取得歌詞（據說歌詞寫在火柴盒上）、請纓作曲，上海地下黨負責人擔心這位才華橫溢的年輕愛國作曲家會墮入國民黨

特務的羅網，設法把他送去日本，讓他可以在不受干擾的情況下安心作曲；聶耳果然很快完成主旋律及簡單伴奏譜，郵寄上海的「接頭人」孫師毅（劇作家）及司徒慧敏（導演）；　不數日，聶耳於游泳時溺斃！現任肯塔基大學中國文學副教授的華裔學者羅靚（Liang Luo；北京師大、哈佛大學）在2010年10月《伊文思雜誌》（*IVENS*；第十六期）發表的特稿〈中國國歌樹立的國際先進榜樣〉（International Avant-garde and the Chinese National Anthem — Tian Han, Joris Ivens and Paul Robeson）透露，此曲譜由時任百代唱片公司（Pathe Records）音樂總監的作曲家賀綠汀（著名作品有港人熟識的《四季歌》和《馬路天使》等〔填詞的均是田漢〕），請該公司的樂隊指揮（寫有數首交響樂及小提琴協奏曲）、俄國猶太裔作曲家阿隆‧阿甫夏洛莫夫（Aaron Avshalomov, 1894-1965，死於紐約）編成銀（軍）樂隊總譜……。

聶耳無緣觀賞《風雲兒女》，當然亦聽不到自己傳世之作的公演！中國國歌國人寫主旋律、外國人譜配樂，與日本國歌《君之代》是德國樂師據日本民謠〈蓬萊山〉譜曲何其相似！？按羅教授2014年出版的《現代中國的先鋒與流行：田漢及表演與政治的交匯》（原名可見亞瑪遜；此譯名很蹩腳！），筆者未曾寓目，大概是從這篇特稿衍化而成。

應該說明的是，筆者並不知道現在國歌的總譜是否

雞鳴
日升

仍採用阿甫夏洛莫夫的版本，因為原解放軍樂團團長、連續十年提案倡國歌立法的全國政協于海，5月初對記者說「目前國歌版本比較混亂，一些存有錯誤的樂譜還在使用⋯⋯。」無論如何，國歌曲調原創人為聶耳，殆無疑義，但何人寫總譜，北京該有正式的交代。

三、

　　《風雲兒女》令容易上口的《義勇軍進行曲》成為流行曲；百代很快灌錄以此為名的唱片，「上海永安百貨有售」。由於創作者「採用了強勁的步操節奏，以激昂的旋律，配合激勵人民團結抗敵的歌詞，塑造出不屈不撓、勇往直前的義勇軍形象和民族精神，鼓舞人們抗敵救國的鬥志」，因此在抗日期間的現實意義特別重大。現在把之法定為「國歌」，反映北京有意使之成為圓「中國夢」的一種重要「軟實力」！放眼當前國境周邊動態，「弱敵」環伺，說地緣形勢險惡，並不過份，此時此刻「把我們的血肉築成我們新的長城」，不正足以顯示「愛國心」嗎？我國的「弱鄰」現在擁有核武的已不只是印度，去週日還加上北韓，美國的核子牙通過關島基地、在中國前門海域游弋的艦隻及「盟友」日本和南韓，瞄準中國，「中華民族到了最危險的時候」，亦寫實之句⋯⋯。今時今日唱國歌也許有怯敵（說卻敵便有點誇張）、壯膽作用，港人焉可不唱！

　　此間反對把《國歌法》引入《基本法》附件三的社

會賢達,頗不乏人,也拿出理據,其中港大法律學院首席講師張達明便在電台節目中指出,行另一制的香港不實行社會主義,又如何能通過「唱國歌」以「培育和踐行社會主義核心價值」?說的大有道理,看來人大又要釋法矣!

從《義勇軍進行曲》到成為中華人民共和國國歌,有一段非常有趣且具教育意義亦可説是政治化的歷程;它之傳入美國(進而歐洲),更是一個動人的故事。

何大章《一個真實的宋慶齡》(香港中和出版社)的〈把你的歌聲留下〉一章有這段記述:「1940年夏,在中國組織抗日群眾歌詠活動的愛國青年、社會活動家劉良模,被派赴美國求學⋯⋯,在紐約,劉良模(引按:可能經林語堂的介紹)見到被稱為『世界歌王』的保羅·羅伯遜。」羅伯遜關心地問及中國抗日的情況,表示「黑人和中國人民同樣是被壓迫的民族」,除了向「堅決抗日的中國人民致敬」,他還要學會「幾支中國歌」。劉良模於是教會(反覆唱給他聽)他唱《義勇軍進行曲》和其他幾首中國民歌(未見提及劉氏有否把百代的唱片帶至美國)。不久後,羅伯遜在紐約露天音樂堂(引按:為位於西哈林的Lewisohn Stadium)開演唱會,結束前這位低音歌王説「我要唱一支中國歌獻給戰鬥中的中國人民,這支歌叫《起來!》」,他用「中文和英文」唱這首歌後,「全場掌聲雷動。」聽眾顯然大受感動,散會後大家繼續唱「前進!前進!前進!」從

雞鳴
日升

此，《義勇軍進行曲》「開始在美國的進步人士中流傳。」

（《義勇軍進行曲》從《起來》
到國歌的政治進化·二之一）

2017年9月5日

唱遍世界有外力
安不忘危定國歌

四、

劉良模（1909-1988年）赴美前是上海青年會事工組主任，職責之一是搞歌詠活動、教會友唱「抗日救亡歌曲」，《義勇軍進行曲》為熱門曲目。當他在紐約見到美國聽眾對《義勇軍進行曲》的反應如斯熱烈，興起為這首歌在美國灌唱片的念頭，於是招募一批「性喜音樂」的青年華工（洗衣、印刷及餐飲業從業員），組成歌詠團，在他的指揮下，學唱「中國抗戰歌曲」；「歌藝」嫻熟以後，劉氏於1941年春把出唱片令更多美國人可以聽到「中國人民抗戰歌聲」的念頭告知羅伯遜並請他擔任獨唱，後者一口答應。於是，由羅伯遜獨唱、劉良模指揮的華僑青年歌詠伴唱，灌錄了用漢語演唱的《起來！》（Chee Lai；以今之羅馬拼音為Qilai）……。知道此事後，「保衛中國同盟」主席宋慶齡大喜，在《起來！》唱片封套寫了一段話：「……羅伯遜唱出了全世界人民的聲音……，我們的劉良模，教

雞鳴
日升

會了中國的大兵、游擊隊員、農民和築路工人，在勞動和鬥爭的時候歌唱。」在宋慶齡引薦下，「國際友人」羅伯遜成為倫敦「保衛中國同盟」的榮譽會員。

劉良模憑《起來！》成為中共「紅人」，據梁家麟的《中國近代教會史十講》（香港天道書樓），1949年8月，龔澎（喬冠華夫人）受周恩來總理之託，發電報給在紐約的劉良模，通知他被邀為政協委員……。回國後不久，劉氏為推動宗教改革的公開信《中國基督教在新中國建設中努力的途徑》的四十名聯署人之一，進而發起基督教三自（自治、自養、自傳）運動，受知於中共，其官運亨通，不在話下。劉良模的官職，捨基督教會之外，還是全國青聯主席、全國政協常委及民盟中央委員等……。可算是憑《義勇軍進行曲》「起家」的第一華人。

五、

荷蘭紀錄片導演伊文思（J. Ivens, 1898-1989），深入大後方拍攝國共內戰以至抗日戰爭的紀錄片《四萬萬人民》（The 400 Million；又名《1938年在中國》〔China in 1938〕），雖是這位「中國人民的老朋友」的嘔心瀝血之作，但內地介紹其生平的文章，很少提及那部在1939年發行的英語紀錄片。這不是說中共已經忘記「老朋友」，而是這部紀錄片中有若干中共不願人民看到的場景而不作廣泛宣揚。然而在學術界，中共

仍容許學者提及這部紀錄片；2008年11月18日北京師範大學舉辦「尤里斯‧伊文思與中國五十年國際學術研討會」，放映四部由他攝製的作品中，便有《四萬萬人民》。

這部正面紀錄中共抗日活動（伊文思翌年經香港赴美國時，請送行的中共駐港代表把他那部當時最先進的三十三米厘手持攝影機轉送剛成立的「延安電影團」）且令《義勇軍進行曲》名揚西方世界的紀錄片，所以在內地民間寂寂無聞，筆者揣測原因是該片有長約十多分鐘的畫面，紀錄一次「升起青天白日旗」的國民黨政府慶典，所用嘹亮雄壯的配樂，正是《義勇軍進行曲》！如今看來，此事確屬不可思議，國民黨政府居然奏死對頭中華人民共和國國歌！然而，此曲為抗日而作，主導抗日的國民黨以之「助興」，誰曰不宜!?

無論如何，《義勇軍進行曲》被美國黑人低音歌王羅伯遜（Paul Leroy Robeson, 1898-1976）唱紅，因荷蘭人拍製《四萬萬人民》令世人認識中國人如何艱苦地奮勇抗日。此曲響遍世界的國際元素如此之重，教人意想不到。

香港大學中國傳媒研究計劃編輯班志遠（David Bandurski），7月初在網誌Quartz發表題為〈中國國歌的美國故事〉（There's an American story at the heart of China's national anthem）長文，對羅伯遜在美國「唱紅」《義勇軍進行曲》一事，述説甚詳，記主角為宋慶

雞鳴
日升

齡的何書所未記的，是羅伯遜（和劉良模）合作灌製的黑膠碟《Chee Lai》（起來）現存中國人民抗日戰爭紀念館，對於這位哥倫比亞大學法學院畢業的歌王，被羅靚教授譽為「中國抗日最有力的發言人」！

六、

　　據班志遠的考證，《人民日報》於該報創刊後約一個月的1946年7月25日，第一次提及《義勇軍進行曲》，原因是紀念作曲的聶耳逝世十一週年（聶氏1935年7月17日溺斃於日本神奈川縣中部的藤澤市鵠沼海岸，得年二十三），所附兩欄高新聞題為〈中央辦公廳集會紀念——聶耳逝世十一週年〉，內容字跡斑剝模糊，幾不可辨。國民黨敗退台灣後，1949年9月，全國政治協商會議在京開會，暫定《義勇軍進行曲》為國歌（力主此事的正是劉良模）——直至有正式國歌為止；同年9月4日，《人民日報》的「人物介紹」欄介紹〈黑人歌王羅伯遜〉，內文雖然難以辨認，估計不外讚揚此公令《義勇軍進行曲》名揚美洲……。

　　《國歌百科大全書》「中華人民共和國」條對如何定國歌的紀述，遠較具體詳盡。1949年初，中共中央組成一個委員會，對外徵求國歌，至同年9月21日，一共收到六百九十四首參選歌曲，為委員會悉數否決；由於截止之期日近，委員會決定起用《義勇軍進行曲》，此議為毛澤東和周恩來贊同；委員會同時表決不改田漢歌

詞,以起「安不忘危」(居安思危)作用;9月27日政協會議,一致通過訂定此曲為代國歌。10月1日毛主席在天安門樓頭宣佈中華人民共和國成立,「背景音樂」用的便是此曲!

《義勇軍進行曲》五、六十年代在內地十分流行,慶典集會升旗集會,不論性質大小,都先奏此曲,直至1966年5月文化大革命,國歌作詞人田漢被打成反革命(與周揚、夏衍和陽翰笙被劃為反革命的「四條漢子」),被囚禁於秦城監獄,作品被定性為「毒草」,從1965年冬至1975年7月24日期間,全面被禁;國歌只能「純奏樂」而不能再唱叛徒所寫的歌詞(期間《東方紅》變相成為國歌)。受盡屈辱(曾被迫喝自己「糖尿」)的田漢,於1968年12月10日死於監獄,1978年3月全國人大通過〈繼續革命的戰歌〉為國歌歌詞,同年12月中共十一屆三中全會為田漢平反;1982年3月人大通過恢復用田漢的歌詞。1982年12月4日人大通過新憲法,指定《義勇軍進行曲》為國歌,至2004年3月14日,政協終於確認此曲為中華人民共和國國歌!

此次全國人大常委二審通過《國歌法》,內地及港澳中小學教材同時納「國歌」為「六大學習範疇」之一的「國民身份認同與中華文化」,作為第一學習階段(小一至小三)的「核心學習元素」,這種規定,比過去「國歌」只收於附錄不在學習範疇之內又大進一步!不過,對於國歌跌宕起伏的歷史過程,又有多少會讓學

雞鳴
日升

生知道？

（《義勇軍進行曲》從《起來》
到國歌的政治進化 · 二之二）

2017年9月6日

政治倫理變！ 年少不知險？

一、

　　新學年開始，大學校園出現了這樣那樣不大正常的狀況，既有「政治不正確」的「港獨」標語，復有刻薄傷人的「標語」（對教育局新科副局長喪子的譏諷），種種肆無忌憚、傷及厚道的小動作，是否校內學生所為，警方尚未摸索、人們正在猜度，可是校長已為學生的作為表露「心痛」，關情人士更跑到地處偏遠、位於大埔的教育大學，以咬牙切齒的神態，對令其「髮指」的污衊行為，向校方施壓，追究責任、要學生受到懲處。讓人感到有人乘機興風作浪的是，竟有「教育界」公開表示不會錄用教大學生為老師，頗有一人犯罪警方未起訴法庭未判決）全校受牽連的封建氣息！

　　不同群體、不同媒體對胡來學生的口誅筆伐，嚴詞斥責，無可避免地讓人嗅到一股在背後發功和教唆行動的勢力，其對學生的過態胡為，擺出嫉「惡」如仇，非要迎頭痛擊不可的強悍，筆者以為那不但不能平復學子出於不滿現實的毛躁，恐怕還會惹來更大的反彈！

雞鳴日升

有些惟恐政治不正確而聲色俱厲或道貌岸然的社會人士說，校園青年濫用「言論自由」的權利，不知道「言論自由」也有規範，與放縱的「胡作非為」混為一談……。這說法確是小覷香港青年的視野和智性。經過「雨傘運動」之後，大學裏的學生，哪個不知道西方國家可能包涵的「違法達義」，在香港已無「存在」的空間?!

如今有些「港青」，一旦有機可乘，便忽爾生事，狂妄失正、卑劣無品的言行，難以得到校內外人士的共鳴和支持；他們對趨炎附勢、服膺建制的群體極盡嘲諷，對明知北京聞「獨」暴跳，更明知故犯，反映了「搞事者」對當前的香港政情極度不滿，心有怨氣、怒火和不平，無從以理性的途徑紓解，只有不問好歹的任情宣洩，不惜挑機犯法。

校園生活是栽培學子完備社會人格和才能的地方，年青人一天未踏入社會，其學生身份就是接受師長的教導、啟發和關愛，縱有失慎的輕微過失，多屬勸戒了事，鬧到法庭，法官也會比一般成人犯法，從輕發落；如今看親京派的輿情洶湧，香港社會已出現一批「專業人士」，一見衝撞建制特別是針對北京主張的言論，便呼嘯成群，進行聲討，力迫校方重手對付學生，咬着不放的狠辣作風，哪像過去香港的寬容與平和？明眼人都意識到，那是中共治下火紅歲月政治運動一個連一個時見怪不怪的常態！香港本有生活方式五十年不變的保

證，可是回歸剛滿二十年，中共權謀的拿手好戲已超前降臨，未來三十年是怎樣的「兩制」，難以忖度。

二、

1997年前後出生的年青人，即使出生證明書標明是在中國特區出生，但是作為特區一員的成長環境，還是英屬時期遺下的一套，保留着以往的生活習慣、傳統和價值觀。香港的國民教育「推」而「不前」，即使他日全面開展，也收效難料。《基本法》的「一國兩制」，循序漸進的「雙普選」，給港人以民主建政、城市公民身份可保的「錯」覺，國民教育風潮出了政治神童黃之鋒以後，他在建制中人看來就是「港毒」，社會意識的矛盾和衝突不再含糊，從此多事。

英殖時期，香港沒有民主，但是非常自由，存有獨立人格的空間不受踐踏，私隱和不同意見會受尊重。成為特區香港後，雖然《基本法》白紙黑字寫明有循序漸進的「雙普選」，可是「民主建政」的承諾，如今安在？感知北京食言，一再借釋法搬龍門，港人以各種方式表達不滿，卻遭京派言文指斥，說些諸如「港獨小眾欠缺理據、邏輯和法律認受性⋯⋯。」還說連言文「表達能力亦不合格⋯⋯亂搬龍門。」年青人聽到這裏，能不反問誰在「搬龍門」!?

以「港獨」作為向北京討回港人「公道」的旗幟，絕對行不通，是非理性的取態，不可亦不該鼓吹。不過

雞鳴
日升

「港獨」之醞釀，卻令人想到何以英治時期、回歸在即的年頭，港人雖被排擠在參與談判之外，無法與聞與港人有切身關係的對話，當時擔心被英國出賣的港人，數不在少，然而並無「港獨」之思，反而回歸後不足二十年，與國內同文同種的香港青年卻喊起「獨立」？

答案其實很簡單。港青爭取的應該不是免受北京管轄的政治獨立，而是個人能有較大自主空間的獨立，因為大家的血液裏，流的是生活上、工作上均有「選擇自由」的基因；可是，從對《基本法》的扭曲，以至循序漸進的「雙普選」變成按照北京規劃行事、一切全由京官說了算數的政制改革，意味港事全憑權位中人擺佈，失去了選擇的空間和自由，機會成本低且不明犧牲之苦的年青一輩，遂有替大多數港人出頭爭取「獨」立的呼聲。

三、

以香港人的理解，「一國兩制」的承諾，意味香港的「一制」是朝着建立公民社會的方向前行，然而，當局鍥而不捨、敗而復舉的國民教育，卻在培養港人作為黨國國民上着墨。香港公民是資本主義制度下的「民」，中國國民是共產政權下的「民」，當中落差之大，是真正的「道不同」。當初有「兩制」的設想，特區政府的設立，說破了，就是維護港人的生活方式不變，與國內的一套保持距離，這是港人預期的權利，可

是這樣的想法，到頭來已漸漸被京派中人視為大逆不道。年前乳臭未乾的黃之鋒領軍的「反國教」之所以成功，皆因他能反映廣大港人之所想。「反國教」一役，看出向來與政治絕緣（英殖民者就是不讓港人與聞遑論參與政治）的年青人，政治意識不弱、水平不差，其堅持和平抗爭也是明智之舉。到了「雨傘運動」，當局先是不瞅不睬，後則出奇動用武力，警棍噴霧齊發，令此一據《基本法》爭取循序落實「雙普選」的佔領活動，下場慘淡。「運動」結束後，筆者主張應讓參與者北上觀摩、學習、受教，也許事實可以令他們對中共的管治有新的不同看法，進而改變想法，哪知北京卻實行封殺，不准他們進入內地⋯⋯。年青人「違法」而「不達義」，受創之餘，去路又被截斷，積怨變為盛怒，自此主張「自決」、「港獨」之聲便假假真真地此起彼落。如此這般的情緒便在大專院校的民主牆（壁報）上呈現！

2017年9月12日

雞鳴
日升

英導演破釜「尋」舟
還中國海員以清白

一、

　　有關1912年4月14日深宵至翌日凌晨二時許觸冰山沉沒的鐵達尼號沉船事故，百餘年來，通過西方記者如親歷現場的報道、作家繪聲繪影的描述，以至多國尤其是美國荷里活電影（特別是1997年聖誕假期推出全球票房達十八億四千多萬美元〔內地票房四千四百多萬美元〕金馬倫導演的那一部）煽情誇張的宣揚，大眾已是耳熟能詳；筆者「插上一手」寫過數文，是拜讀鐵達尼號沉沒九十九週年前夕，三位經濟學者（分別在英國、瑞士及澳洲的大學任教）聯署在《經濟前景學報》（*Journal of Economic Perspectives*）（第二十五卷·2011年冬季第一號）發表題為〈鐵達尼災難，在極端緊張條件下的行為〉（Behavior under Extreme Conditions: The Titanic Disaster〔下稱〈行為〉〕）的論文，「有感而發」。〈行為〉翻查大量史料，梳理出「沉船夜」的船上情況，據之剖析人類在面對危難時的表現進而審

視一些「傳統智慧」的正誤,極具參考價值。

鐵達尼號首航,載着二千二百零二人(計頭等艙三百二十五人、商業艙二百八十五人、經濟艙〔三等艙〕七百零六人;船員八百八十六人),撞冰山沉沒,船上68%即一千五百零一人罹難(按維基的數字為一千五百一十七人,三個不同等級船艙的乘客數目亦有差別;筆者傾向相信學者的數字可靠性),從撞冰山至沉沒的那三個多小時的生死攸關的時刻,船客與船員爭先恐後的逃生,其混亂的情況,夢工場創作了不少「悲壯動人可歌可泣的故事」,讓觀眾如醉如癡五內翻騰,但是社會學家和經濟學家的興趣在於觀察、分析那些面對沉船威脅時的「人的行為」,他們的剖析,以此論文為例,有不少足以啟迪心智的結論。

二、

在鐵達尼號沉沒(或前夕)九十九週年的2011年4月14日,筆者據此在這裏寫了題為〈從「鐵達尼」沉沒看百年前西方「民風」〉一文(收《禍根深植》),六年後重讀,覺得「仍可以」,不過,由於〈行為〉對當時在船上八名華人船員的掙扎與存亡,隻字不提,筆者因此無從着筆,現在想來,當華人船員「不存在」,並非學者們的偏見或疏漏,而是根本沒有相關的資料(西方媒體並無隻字提及)。該文發表後,即接讀者來信,指美國作家羅德1994年出版的「紀錄文學」

雞鳴
日升

《毋忘夜》（或《一夜難忘》；Walter Lord: A Night to Remember），對船上的「八名疑似東方人甚至中國人」，有不少紀述；查書（筆者少讀〔基本不讀〕小說，卻巧合此書為小女中學第九班時的指定課外書，多年後她尚存此書且記得內容，遂為筆者娓娓道來；筆者至今未全讀），果於頁一八九有所見。就此，筆者於同月22日在作者專欄寫下〈香港水手苟且偷生……〉（收上引書），何以有此題目，皆因據《毋忘夜》，六名幸存華人，四人是於黑暗中偷偷爬進C號折合艇（Collapsible C）；由於精壯青年「先落艇」不合「先救婦孺」的社會規範，亦有違船長的指示，負責C艇的海員（二副）命令這幾名「不速客」退出，但他們瑟縮藏身於女性之間，拒絕離艇；二副不敢開槍，以擔心會誤傷女客（艇上包括數小孩共三十九人），這四名中國船員遂得以保全性命！其他兩名獲救華人海員，一人藏身第十三號救生艇，另一名落水，為第十四號救生艇的海員救起。

《毋忘夜》還寫一名把自己的手腕綁在「漂浮物」（可能是一張木枱面或一扇木門）、身材矮小的日本乘客（身份不明），被救上救生艇時身體尚有微溫惟已無鼻息，料被蝕骨海水雪僵尚未凍死，艇上多名白人女性遂大力按壓他的胸腔及手足，終在數分鐘後甦醒；然而，這名死而復生的幸運兒，其日語和「手語」無人明白，他眼露感激目光卻無法與人溝通，當他看到身旁划

艇的水手疲累乏力時，自告奮勇接槳划船，直至他們獲救！負責該艇的海員後來在沉船聽證會上說，這名日本人「拚命划艇，像個英雄」（...worked like a hero）。這段描述令人對日本人另眼相待！

三、

上述有關華人船員「偷生」的描述，從未受到質疑，加上荷里活電影把早期在美當苦力的華工生活「隱善揚惡」形象化，強化了外國人對華人的鄙視。不過，西方社會對天災人禍時「婦孺優先」的「民風」，則有學者以事實顯出那不過是為宣揚「白人至上」而加工的塗脂抹粉而已，事實並非如此。瑞典斯德哥爾摩Uppsala大學兩名經濟學者在鐵達尼號沉沒百週年的4月，發表一份題為〈人不為己天誅地滅——從性別和行為規範看海難生還〉的「工作報告」，作者雖未細加說明而有此想法，卻完全符合阿當·史密斯（A. Smith）、嘉里·貝加（G. Becker）和理察·道金斯（R. Dawkins）的教誨。史密斯指出人們最先考慮的必是利己的事（尤其在生死關頭，哪來推己及人的〔「同理心」〕湧現？）；貝加認為捨家庭成員外，世上並無利他主義這回事；而道金斯的「自利基因」說，早已成為常人共識。換句話說，這類學說彰顯了我國先賢看透人性的睿智之言「人不為己天誅地滅」！受此思維推動，作者爬梳船公司檔案、比較生還者的「口述歷

雞鳴
日升

史」，得出「在性命攸關的時刻，保護自己的基因以令『有後』而世代繁衍的天性，促使人不顧一切，先救後代……。」意謂沉船上白人紳士如何不理自身安危奮不顧身先救婦孺，是「小說」而非紀實！順便一提，張五常教授的傳世巨構《經濟解釋》卷一第二章：〈從自私說起〉（即終極修訂版〔第四版〕的五卷之一的〈科學說需求〉第二章〈自私的武斷假設〉），對經濟學家假設及演化生物學家證實人有自私天性的論說，剖析甚詳。

沉船百餘年生還者全部謝世後（最後一名生還者M. Dean女士於2009年去世），有英國人上窮碧落下政府檔案室，花數年時間，拍成紀錄電影，展示了鐵達尼號上那數名華人海員，不是如前所述般不顧他人死活苟且偷生的懦夫小人，同時亦可看到白人並非那麼有「紳士風度」，西方人尤其盎格魯‧薩克遜人的騎士精神，可以休矣！有這些新材料，筆者要為自己的文字「翻案」而撰本文。

（沉舟百年　沉冤得雪‧二之一）

2017年9月13日

消息來源不可靠
報道文學失實多

四、

　　上海英文網誌Sixth Tone，8月23日刊出林姓作者（倫敦經濟專校研究生）的特寫〈鐵達尼號生還華人從歷史深處重現〉（Nuala Gathercole Lam: Titanic's Chinese Survivors Resurface from Depths of History）。真是意想不到，英國紀錄電影導演阿瑟‧鍾斯（A. Jones）對船上華工爭先恐後不顧他人死活的「搶船逃生」一事，感到事有蹊蹺，於2012年開始，與其團隊「環球探索」，尋訪冰海餘生六位華人的後代，從曼谷到廣州，從威斯康辛到利物浦和倫敦，勞師動眾；可惜，幾位大難不死的海員，在當年歧視甚至迫害華工的客觀環境下，對後輩絕口不提舊事，鍾斯團隊因而所得有限，倒是船公司和海關的資料，特別是來自在紐約港外把一眾「冰人」救上船送進紐約港的救生船喀爾巴狄亞號（Carpathia），存有當時美國救援隊做的完整紀錄，令「歷史重現」，拍成一部

雞鳴
日升

由LP Docs/Merryman Films製作、將於明年播映的紀錄片《六人》（*The Six*），揭開百餘年前「沉船夜」的一角真相！

　　船上「八名疑似華人」的名字，寫於一張三等艙編號一六○一（八人票價合共五十六鎊九先令十一便士；船員當然不必付錢）的船票上（一票多人合用，是當年三等艙的慣例），據字跡稍可辨認的影印船票，他們的名字如下Ah Lam/Fang Lang/Len Lam/Cheong Foo/Chang Chip/Ling Hee/Lee Bing/Lee Ling（與《毋忘夜》所記略有不同）；除了Len Lam和Ling Hee葬身冰海，其餘六人生還。在2011年4月20日拙文，筆者從這些名字的英文拼音，想當然地估計他們是香港新界人，但《六人》證實是從寧波、海南和香港招聘的海員，不一定是新界人，他們名字的英文拼音看似「香港發音」，顯然是略識ABC「港式英文」的英國南開普敦海關人員的傑作。

五、

　　據《六人》搜羅的資料，八名鍋爐工均曾在行走中國至歐洲的貨輪上工作，遠涉重洋的最終目的，可能是為偷渡到美國的金山。當年輪船的三等艙是在船首下端，沒有窗戶，當鐵達尼號於伸手不見五指的黑夜撞向冰山時，三等艙真是首當其衝，冰冷的海水湧入，船員在本能上知道大事不妙，因不諳外語，無法看「告示」

亦聽不懂船長的「緊急通知」，只知大難臨頭……；此時頭等二等艙的客人，見船身搖晃傾斜而船長卻宣佈只是小意外（amiss），要大家冷靜，乘客許或驚恐而躁動，可是哪裏料到以「不沉郵輪」招徠的巨輪竟然沉沒了結！「死得人多」！統計顯示生還率是頭等艙62%、二等艙48%、三等艙25%；但八名華人有六人生還，生還率比例全船最高——這不足顯示華人漠視船規搶奪救生設備逃生嗎?!

　　說華人海員藏身女性之間偷生的故事，原來是一再對外宣稱鐵達尼號是不沉舟（unsinkable）的船東布魯士·伊士梅（B. Ismay）所捏造（他確信此船不沉因此船上救生艇嚴重不足），他有膽如污衊是因為獲救華人海員在進入美國國境的二十四小時內必遭驅逐離境，那是1882年至1943年生效的《排華法案》（The Chinese Exclusion Act）的規定。「事主」既然不在現場，伊士梅便以中國海員的苟且偷生來彰顯他是如何的「婦孺優先」……。《毋忘夜》的有關描寫，便是以這類「目擊者」的口述加工而流傳。事實是當三等艙門被打開後，華人海員隨艙客一擁而出，「各奔前程」，竄上甲板的華人海員，被持槍的白人船員趕開，不准他們跳下救生艇，紛亂中他們看到一損壞而被棄置的小艇，在絕望之下，合力將之推到海裏，隨之跳海並抓住艇身，隨水漂流，後來遇上救生艇，由於天黑，艇上人不辨白種黃種，救起五人；另一人抓住一扇木門，他便是上述

雞鳴日升

那位被誤為日本人的華人海員Fang Lang……。大難臨頭，不獨夫妻，所有人都會「各自飛」，鐵達尼號沉沒時船上的情況亦大致如是，被歧視的華人海員有機會衝上甲板後拚命抓着求生的漂浮物，因為是黃種人，結果只能撿到一條被棄置的爛船，是「老天眷顧」才不致葬身……。這種「敍事」應與事實相近，進一步的實況要待看過《六人》那齣敍事式紀錄電影。

怒海餘生的六名華人海員，不能進入美國，有關海難種種，傳媒只有聽白種「難友」片面之詞，而他們當中有人為突顯見義勇為的紳士精神，加油添醋說自己是如何奮不顧身先救婦孺……。百年以前，華人在海外的地位與牲畜距離不遠，加上抱有「槍打出頭鳥」的明訓，事事不敢出頭，別說對傳媒，對他們的子孫亦矢口不提——這是在《六人》現身說乃父Fang Lang（令筆者想不通的是，林文見他的少年相片，有書卷氣、英氣勃勃，西裝適體，與在遠洋船上當最「低賤」的燒鍋爐工，絕不相配）的兒子Tom Fong（Fang）透露的「史實」！

六、

西方紀錄文學「出事」（在科網時代，這種可能性已降至最低），這已不是第一次，大家若不善忘，應記起筆者就荷蘭鬱金香狂潮，前後十多二十年，寫過三組文章。第一次據名記者麥基那本膾炙人口的《瘋眾》

（C. MacKay: *Extraordinary Popular Delusions and the Madness of Crowds*），令人覺得荷蘭人獸性衝動，為花瘋狂，失卻常性；第二次是讀布朗大學一位經濟系教授爬梳阿姆斯特丹證交所統計，澄清鬱金香價格波動，不若《瘋眾》所記；第三次據大英博物館一名研究員憑史料重寫炒賣鬱金香的細節，證實《瘋眾》紀事內容不盡不實，因其資料來源是以擅長造假吸引讀者及凡事無風三尺浪「小報」誇張失實的報道，不可信。一句話，荷蘭人絕非如《瘋眾》所寫，當年炒鬱金香炒得日月無光、天地變色，令不少人自殺更多人傾家蕩產（那位誤吞價值連城鬱金香花球莖闖下大禍的海員，當然亦是無中生有的故事），皆是「小說」而非紀實⋯⋯。如今《六人》天涯海角追尋「六人」的後代，推翻歐美傳媒據白種餘生者自我貼金之詞所寫的報道，亦令《毋忘夜》及數部彰顯白種人不理自身安危只顧婦孺的電影所傳達的白人優良傳統紳士風度成為笑談。就如其他種族一樣，白人亦有不少優點，但肯定並非最優秀的人種。「白人至上」是數百年來西方文化宣揚塑造出來的假象！

百多年前沉船上華人海員的沉冤，終於大白於天下（假定鍾斯的團隊已找出真相）！鍾斯不惜工本查找真相的毅力與識見，固然值得大家敬重欽佩，然而，對當前自由受到挑戰威脅的香港人來說，最值得珍惜的，還是有一個絕對自由的環境，讓鍾斯和他的團隊竭盡所能

雞鳴
日升

自由地「發掘歷史」！

（沉舟百年　沉冤得雪・二之二）

2017年9月14日

整合華人慈善事業
強化軟實力顯國威

　　「全球華人慈善行動」將於明天（21日）在香港召開成立以來第一次會議，此一由美籍華裔人士主催的團體，9月6日已在洛杉磯正式成立；繼香港之後，下次會議將於北京舉行……。中國已站起來，美籍華裔設立的慈善基金如雨後春筍，在中國現代化過程中獲利甚豐的美籍華商捐贈公益之數大增，他們成立慈善基金，展開以「促進美國和大中華地區」的慈善活動，看情況，不少這些組織通過在美國等地的活動，發揮過往美國人透過基金在中國大地上辦學賑災設醫院，進而樹立大美國形象的作用，以現在的「術語」，是通過善舉彰顯國家的「軟實力」，改變一般人對中國的不良印象。

　　此事令筆者想起內地的民間慈善事業，因作本文記之。

一、

　　鄧小平1992年「南巡」的豪情壯語「讓部份人先

雞鳴
日升

富起來」，四分之一世紀後，內地「先富起來」的人，日有所增，到處可見。當然，富有「大」、「小」，所謂中產特別是中上階級（Midde Upper Class），這類「小康」之家，應該稱得上「小富」。麥健時諮詢公司的有關報告顯示，2012年，內地富裕家庭佔家庭總數3%、中上階層佔14%、中間階級（中產）佔54%、貧窮佔29%；至2022年，據該公司的推算，依次是9%、54%、22%和16%。麥健時的定義是，富裕家庭年入三萬四千以上、中上一萬六千至三萬四千、中產九千至一萬六千、貧窮九千以下（美元·下同）。除了貧窮數目下降，其餘均大幅攀升，其中尤以中上收入階層增幅最為可觀。連串簡單抽象的數字，反映這些年的經濟政策確有創富效果，「能者致富」，十分顯然，隨着經濟持續高度增長，「先富起來的人」愈來愈多，不難預期。

經濟增長個人財富累積的同時，貧富差距日趨明顯，這種世界通病，雖非金錢掛帥的中國亦不能免。事實上，只要自由「一息尚存」，貧富殊途，自然發展。北京大學中國社會科學調查中心始於2010年的「中國家庭追蹤調查」，「追蹤」二十五省一百六十地區的一萬四千九百六十個家庭的財政狀況，2015年的報告，顯示1%家庭擁有全國（私人）約三分之一的財富，而底層25%家庭的財富佔有率僅1%。財富不均情況，以內地執政黨的使命和政經結構，可說非常嚴重；然而，和國際平均數比較，中國的情況仍「可以接受」。瑞士信貸

同年的《全球財富報告》，顯示1%的富裕階層所佔全球財富過半，而底層七成的成年人年入不足一萬元！貧富鴻溝之深之闊，概可想見。

客觀條件如此，慈善事業的功用便顯得很重要。

二、

哈佛大學甘迺迪政府管治學院雅殊中心（Ash Center）中國項目主任簡年漢（E. Cunningham），月初發表特稿〈了解中國的慈善概況〉（Understanding China's Philanthropic Landscape），以筆者有限的閱讀範圍看，似為少數詳細評介內地慈善事業的文章。在「先富起來的人」不計其數及躋身世界富豪榜者日多的情況下，加上受《易經》「積善之家必有餘慶，積不善之家必有餘殃」的影響，隨着財富的大幅累積，加上2016年3月人大常委通過《慈善法》，成了「合法事業」的慈善工作在內地大放異彩。我國的慈善事業真是古已有之，漢朝已有「賑貸鰥、寡、孤、獨、窮困之人」的「詔令」，即皇帝頒令有關部會低息貸款給急需援手的人；至南北朝，建「六疾館」（按六疾為寒疾、熱疾、末〔四肢〕疾、腹疾、惑疾〔精神病〕及心疾；類似時下的全科醫院）、「孤獨園」；唐朝設「悲田養病坊」；宋元則有「福田園」、「安濟院」、「孤老院」和「養濟院」，這便是今之療養院和護老院的雛形⋯⋯。香港人對國人這種養濟鰥寡、慈幼撫孤的事業

雞鳴
日升

絕不陌生，東華、廣華、保良、樂善堂，仁濟以至馬會及公益金等等，便是大家耳熟能詳以行善為樂的慈善機構。值得注意的是，那些團體的善款均從「眾籌」而來（馬會和公益金尤為顯著），惟本港「獨資」──由財閥自掏荷包組成的慈善基金，投入的資金似乎更多，在慈善活動上貢獻更是不容忽視。

三、

　　與歷來所有不同時期有別，過去財富聚斂較慢，累積龐大財富者大都上了年紀，當今之世，只要捕捉到一個機會、看中一個潮流，財富便滾滾而來，美國微軟的蓋茨、臉書的朱克伯格，內地的馬雲、馬化騰，幾乎是家傳戶曉、年輕有為而發達的大財主，其同輩甚至是更年輕而發財致富者，亦數不勝數。那些富可敵國的英發富翁，離衰老之年、退休之期仍然遙遠，他們的識見熱誠和魄力，對為自己成立的基金，擁有滿腦主意，計劃和動作，比起基金「管治權」交由宗旨有章程可依、營運由委員會管理的組織，肯定更為積極，更省行政開銷，幾可肯定。以蓋茨夫婦為名的基金「主攻」環球窮困及疾病，便是現成的顯例。該基金年報由蓋茨夫婦親自執筆，頗堪一讀。

　　簡年漢的長文，具體地介紹內地各省市慈善基金的運作，筆者的印象是，它們的捐助對象大都以本地（省、市）為主，偏遠地區如西藏如新疆如寧夏，無論

林行止作品

在環保、教育、福利、文化、醫療,以至天災方面,所得善款,微不足道——內地十大捐款者2015年捐給西藏和新疆的善款,分別佔總善款0.01%和0.04%,聊勝於無而已!

內地財主的捐助,厚「本地」(企業總部)以外,北京和重慶獲得最多總部設於外地企業的捐款,此中理由——「你們懂的」!捐助的項目固然要配合當前的國家政策,而捐款集中於「本地」與「皇城」,有助提高企業與個人在統治者眼中的地位,或許足以輕易掃除拓展業務的障礙。這種捐款意向,解釋了何以偏遠山區遭逢重大天災時要香港(政府和個人)甚至外國出手相助的原因!

統計顯示,內地慈善家約四成是物業發展商,依次為廠商、科技、能源、消費品、金融、教育及交通運輸……,他們一共成立了五千五百四十五個慈善基金,在2006年至2016年這十年間,總共捐出一百六十七億!以1949年後慈善事業突然消失的內地,這種捐款不算少,且在相當程度上反映了內地經濟發展的實況——1997年,房地產業佔GDP約4%,2014年佔15%;經貿工商大發其財,新富踴躍捐輸,成為善款的最大來源,來得自然。

看中富裕及中產階級的壯大,現在尚未成氣候的「眾籌」慈善事業,在內地是有無限發展的空間——如果內地能立法在稅務上優惠慈善捐款者,肯定「善款」

雞鳴日升

會有更增幅。

四、

「全球華人慈善行動」（Global Chinese Philanthropy Initiative; GCPI；行動改為動力，似較恰可）明天舉行的香港會議，是華人和美籍華裔慈善家的聚會，旨在探索慈善活動在「美國和大中華地區的貢獻」。華裔慈善家近年也活躍於美國；華裔美國人（先祖從內地、香港、台灣及澳門移民）的慈善基金在2000年至2014年間大幅增長好幾倍，達到一千三百餘家（約八成成立2000年後），其中於2008至2014年捐出百萬以上的有六十多家（佔美國總捐款1.2%）。這趨勢似乎與中國提升「軟實力」的國策有關，那意味包括內地的慈善基金今後將更積極地參與有助提升「國威」的海外特別是「一帶一路」沿線國家的慈善活動⋯⋯

香港這麼多以個人或家族名義成立的慈善基金，不要錯過這個可以「為國爭光」且受「知」於北京的機會！

2017年9月20日

市場不由大行指揮
人民幣強內航優勢

一、

在投資市場討飯吃的機構投資者，其對市場去從的評論，愈來愈不能「照單全收」；筆者這種看法，「自古已然」，早在近四十年前的1978年2月，便為《信報月刊》寫過〈機構投資者不是常勝軍〉的短論，剖析這類財力雄厚、人才濟濟的投資機構，在其公關人員的推廣下，營造了一買一賣足以左右大市的形象和「商譽」，但是實情卻大有出入，「跟蹤」投資成績的人們指出，他們的投資有贏有虧，一如「盲俠」！

數天前的消息。在華爾街呼風喚雨的摩根大通行政總裁戴蒙（J. Dimon），公開抨擊「比特幣」（Bitcoin）是騙局，斬釘截鐵指出其泡沫很快爆破；翌日該行更發表「研究報告」，指斥「比特幣」是「金字塔騙局」，溫馨提示市場人士小心，擺出一副苦口婆心「為你好」的架勢。單位「比特幣」的美元價，在此「大行」的言文攻擊下，從近五千（美元·下同）急挫

至三千元以下；而與此同時，摩通的投資部門大手入
貨，「知情人士」跟風搶購，其價遂「反彈」至四千
元水平。顯而易見，「信譽」昭著的摩通，和普通股
市「大鱷」般，帶有唱衰推跌然後「趁機」吸納「補
倉」之嫌。此事令筆者想起若干年前，摩根史丹利（時
未與大通「合體」）享譽甚隆的首席策略師畢格斯（B.
Biggs，其論市短文『經常帶讀者遊花園，但這是百花齊
放令遊人開懷的花園』，一度成為中環人的「聖經」）
的欺世傑作，就是在介紹投資者購進蘇聯債券的同時，
沽清公司持貨。此事為美媒揭露，畢格斯只有「不予置
評」的回應⋯⋯。

　　機構投資者「講就無敵」的新例，是賺錢能力「跑
輸」指數。有「奧瑪哈宗師」（Oracle of Omaha）之
稱的「股聖」畢非德，2007年和管理五個投資基金的
負責人賽德斯（T. Seides）輸賭十年後標普指標較他的
基金回報佳。結果老畢大獲全勝——雖然今年年底才到
期，但賽德斯已扯白旗願意賠款，畢非德贏百萬賭注已
無懸念。期內有關基金平均年回報2.2%、標普指數達
百分之七強；百萬元的投資，前者賺二十二萬，後者賺
八十五萬四千，升幅69.1%；同期畢非德的巴郡‧赫得
威股票升91.5%，看似極佳卻非最佳，以巴郡從不派股
息，而標普成份股大都派息，那意味加上股息，升幅高
達110.7%，勝巴郡不止一個馬鼻！

二、

最近機構投資者又頻頻「看錯市」，大約十天前，它們集體「唱淡」英鎊匯價（背後似有人「統籌」），認為其與歐羅平行之日已屆，但是英鎊匯價日前便創下「脫歐」決定後的新高價；當然，以英國和歐盟分手不可能不分家（最新消息是英國願賠「分手費」二百億鎊〔為歐盟叫價三分之一〕），而談判必定夜長夢多，前景模糊，那會拖慢增長，貨幣匯價受累；不過，那是「長期而言」，說之並無實質意義！

現在英鎊在一片「唱淡」聲中重現強勢，在「遍吹淡風」之中，以行動看好並「大購」英鎊資產的，以超大機構投資者而言，只有資產近萬億的挪威主權基金（Norway's Sovereign wealth fund），它公開看好英鎊並宣佈調整投資策略，減少日債、增持英國債券及物業（購進倫敦蘇豪區一幢億多鎊的商廈），短期而言，挪威基金的逆市決定正確無誤，但看遠一點便很難說。應該一提的是，「挪威基金」長期錄得盈利，滾存能力極高，惟年增幅並不耀眼。

財經界無人不聞其名的信貸評級公司穆迪，投資者也許對這家「投資者服務公司」存有一言九鼎之力的「認知」，但其「事與願違」的例子，不勝枚舉。今年5月下旬，它把中國長期人民幣及外幣債券的評級從Aa3降至A2，不少人以為人民幣匯價有下降壓力，哪知「評

雞鳴
日升

級機構經常出現與大市背馳（contrary）的評級」，誠非虛語，即市勢與其看法南轅北轍，「各走各路」；穆迪就是把人民幣降級後，人民幣匯價不跌反升，持續上揚！不由得不令筆者想起2011年8月標準普爾把長期美債穩得——自從1941年開始持續超過半個世紀——的AAA級調降至AA+級，轟動國際，以為美元作為世上最熱門貨幣的地位「玩完」，哪知竟是從此敲響美元進入長期上升軌的鐘聲！美股和美債搭上這趟「順風車」，升個不亦樂乎。如今穆迪把中國債券降級，是否有此效應，筆者不敢說，惟看人民幣匯價轉強則符合特朗普的「要求」（抨擊人民幣匯價走弱是他的老調），且「升勢亮麗」，眾多借外幣賺「人仔」的行業可以看高一線，幾可肯定。

三、

　　穆迪「發炮」後，人民幣兌美元反覆漲升百分之六強，上海股市綜合指數升幅更達百分之十弱，如果在穆迪「唱淡」時投入上海股市，迄今盈利（匯價加股價）已在16%的水平。當然，筆者不是說「人仔」和上海股市升勢未竭，只是指出約三個月內有此回報的時機，着實不錯。人民幣匯價在穆迪揚「棄」（？）後持續走俏，「賺人仔」的行業，多以內地市場為主的企業，民航公司是其一。內地民航公司租購民航機，迄今均以波音為主，它以美元計價，加上燃油亦以美元定價（兩三

年前，伊朗在反美聲中，曾經倡議以人民幣定油價，可是和應者少，不數日便聲沉影寂），即其直接成本開支俱用美元；另一方面，其收入不論國內海外航線，都收人民幣。這情況顯示人民幣對美元升值，內地民航公司支出萎縮，實質收入相應上升。

除了有匯價的額外收益，內地民航企業還因經濟蓬勃，中產以上的新富階層急速增長而受惠，因為搭飛機公幹外遊者趨增；國際航空運輸協會（IATA；1945年創於古巴，總部現設加拿大蒙特利爾）去年底的關於中國市場的報告指出，以當前的成長趨勢推算，2024年的時候，內地民航載客量將超越美國——2015年，內民乘客四億八千七百萬，估計到了2025年，將會增至九億二千七百萬；2035年更達十三億（！）；同期美國是從六億五千七百萬增至九億零四千萬（沒有2035年的數字）。

內地民航業遠景璀璨，那從波音本月上旬據市況預期未來二十年，中國會購買總值一萬一千多億的七千二百四十架波音可見。如果此估計接近事實，未來二十年中國民航業增長將為世界之冠！

若干投資專家因此主力應吸購進內地民航公司股票，筆者頗然斯說，不過，見過太多「專家」看錯市，所以並非毫無保留，這是因為，第一、人民幣匯價不可能長期保持升勢，那即是說，有利的匯價因素隨時減弱甚至失去；第二、內地積極發展高速鐵路，加上飛機經

雞鳴
日升

常誤點（搭客在機場浪費太多時間），不排除無處不達的高速鐵路將會搶去不少乘客。

因為勝算沒有把握，投資市場才吸引無數試圖擊敗市場的精英之士加入！

2017年9月21日

擁槍派不無道理
豬欄效應平民憤

一、

　　每當發生導致人命傷亡的槍擊案，美國官民便會展開一場應否管制槍械的辯論，而最後佔上風的，莫不是「擁槍派」！10月1日賭城拉斯維加斯那宗造成近六十人死亡、約六百人受傷的慘劇，循例引起對問題的激烈爭論——由於死傷人數多，唇槍舌劍，特別「悲壯」——總統特朗普表示對此事極度關注，甚至專程飛往出事地點「視察」——全國下半旗致哀，白宮發言人嚙着淚水對傳媒述說不幸事故。不過，筆者認為「擁槍派」贏得這場「爭辯」的機會甚高，因為死傷人數多寡，是「技術問題」，原則性問題是「為了保障自由，全民都有權擁有槍械*」。把擁有槍械與保障人身自由掛鈎，成為好槍者和深信有槍械才會免受槍械威脅，甚至傷殺自由的人「買槍自衛」的最佳口實。這種看似荒謬的理由，實在不易推翻。

　　近二十年前，作者專欄題為〈以槍制槍罪案大減〉

雞鳴
日升

（1999年8月18日，收《內部腐爛》），談的便是這個問題。筆者認同題目揭示的定論，所據為經濟學者約翰・駱德的《槍械多　罪案少》（John Lott, *More Guns, Less Crime: Understanding Crime and Gun Control Laws*）。駱德曾在芝加哥、耶魯、華頓等名學府任教，現為「美國奮進學社」（American Enterprise Institute）高級研究員；已故大師佛利民稱駱德為「極少數對爭議性公共政策具辨識力」（Perceptive Analyst）的經濟學家，可見駱德在象牙塔內外都有一定認受性。留意經濟學界動態的讀者當知道，1998年駱德這本肯定「擁槍權」的專著出版後，反駁者眾，當中以指控他間接接受與槍械公司有關組織如「全國來福槍協會」（NRA）的「研究費」，此書所用統計弄虛作假，以至指他「資助」學術性刊物發表一面倒贊成他所鼓吹的「理論」的特輯等……。雖然種種對駱德的抨擊最終均不了了之（？）——特別於他去年那本進一步為「擁槍權」辯護的《槍戰——為反槍控增彈藥》（*The War on Guns-Arming Yourself Against Gun Control Lies*）出版之後，反駁的聲音轉趨沉寂。不過，涉嫌「醜聞」已在其學術生涯留下不光彩的一頁！

　　撇開對學術不忠的「人身攻擊」，就事論事，現在重讀駱德的相關著作，筆者仍然以為他的論證，大有道理，這也許是該書已經「三刷」的底因。換句說話，

在一個人民相親相愛和睦共處的社會，平民百姓根本沒有藏械的需要，但是處身階級矛盾社會衝突是常態的社會，藏械的作用有如家門掛上「內有惡犬」招貼，可有一定阻嚇力，人民藏械的權利因此不會亦不宜取消！從這幾天來事態發展看來，筆者相信美國會立法禁售可令半自動槍械變成全自動的「撞火槍托」（Bump Stocks），此配件令殺人武器升級至大殺傷力武器，廢之無損「人民擁槍自衛」的目的，並不違背「古已有之」即於1791年國會通過的「憲法第二修正案」規定政府不可干預侵犯「人民持有及攜帶武器」的權利；而擁械人家應把槍械收藏於未成年人無法自取的地方，相信亦會立法。加上規限，雖然會令軍火商做少一點生意（尚未見「撞火槍托」的市場數據；該配件為退休空軍士官 J. Cottle於2010年發明，零售價在一百美元水平），但此際因此慘劇導致「全民怒吼」，主張槍管之聲甚囂塵上，軍火商稍退一步、國會多立一法，便可收「豬欄效應」，令民憤稍息，何樂不為！

二、

　　受荷里活西部（牛仔）電影的影響，世人均以為美國人自古以來便以擁槍為樂，事實不然，學者爬梳18世紀數以千計的「遺產清單」，發現當時有槍械的不足百分之十五，比例絕不算高，適足顯示在那半開化時期，民風純樸治安不錯，人民基本上毋須攜械防身，加

雞鳴
日升

以當時普通槍械是要高價備用（非常用，可有可無），
屬奢侈性物品，擁有者寥寥可數。美國的槍械氾濫，始
於內戰及其後的工業化，而更重要的是1836年第一家私
營槍械製造廠開業，那便是著名的高爾特（Colt）槍械
廠，該廠靠發戰爭財起家，在1862年至1865年的南北戰
爭期內，向「北軍」賣出數以萬計槍械，而工廠產量愈
多，規模效益愈大，槍械成本遂降，所以當內戰結束時
的1865年，高爾特已成為自動手槍的代名詞，其時售價
十七美元，約為勞工兩個月薪金——至2015年，同類槍
械售價僅為三天平均工資，人人有買槍的財力，是全美
平均約九成人口擁槍的根本原因。

令自動手槍風行全國的功臣，當然是高爾特
（Samuel Colt）本人，他是個天生的宣傳家，絕不放
棄任何拓展業務的機會，把自己的自動手槍定名為「和
事老」（Peacemaker），直至現在，人們擁有槍械的目
的，還是為了安寧，為了免受槍械威脅的自由，那等於
說槍械仍在扮演「和平締造者」的角色！事實上，讓人
民合法擁有槍械，和國家發展核武的道理並無二致，惟
有擁有犀利武器（不同時代有不同定義），產生有能力
「與汝偕亡」（Mutually Assured Destruction, MAD）
效應，敵人（兇徒）不敢來犯，「和平」才能達致。眾
所周知，這種想法導致世界核武大競賽，同理，高爾特
的「和事老」一出，亦漸漸形成買槍防身才不會被人欺
負的想法和潮流，不難想像，不僅高爾特廠生意滔滔，

槍械款式多樣化，在市場需求急增下，槍械廠的成立如
雨後春筍，更重要的是，在廠商支持下，擁槍人成立了
NRA，並且慢慢演變為強力的游說團體，說服議員通過
人民可以合法擁槍自衛的法案。美國並非人人有槍，據
民調組織皮尤（Pew）的數據，目前全球「私家槍」約
為六億五千萬支，其中47%為美國人所擁有；同一調查
顯示，「私火槍」落入22%至29%的美國人手中（賭城
兇徒帕多克藏槍數十，便是其一），換言之，大部份美
國人是沒有槍的。

　　在一般人的印象中，美國人會一言不合便拔槍相
向，其實那只是受荷里活牛仔片盛行、時有話不投機
便拔槍互轟的場景所潛移默化。實情相差甚遠。駱德
在書內舉出無數例子、繪下以十計的圖表，顯示就罪
案發生多寡而言，沒有管制遠勝設有管制；而對購買
槍械的種種限制如「冷靜期」（waiting period），
身份審查，以至回購（如90年代中期美國某地方警
局曾以每槍百元向藏械者收購）等等試圖減少民間持
械的方法，駱德認為這種種做法和減罪完全扯不上關
係；人民有權擁有槍械同時只准隱蔽懷械（concealed
handgun）的現行法例，是最有「成本效益」的減罪
方法。當然，武器──不論是刀、槍、導彈，甚至核
彈──一旦落入非理性（遑論精神有問題或宗教狂熱
分子）者之手，人間悲劇便發生，因此，管制槍械而
又不致剝奪人民擁槍權利的辦法，莫如鑑定並定期檢

雞鳴
日升

查購槍持槍者的精神狀態！

2017年10月10日

* 　據美國國會統計，2015年世界首五個擁槍最多國家（每百居民擁槍數〔以成年人計，數字當大增〕）如下——美國88.8、也門54.8、瑞士45.7、芬蘭45.6、塞爾維亞37.8。中國和台灣分別為4.9及4.6；香港0.03！

自私基因無形手
定價竅妙出人龍

一、

　　阿當・史密斯的傳世巨構《原富論》，演繹經濟學的大前提，是假定人的行為都是基於利己心出發，因此均為「經濟人」（Economic Man〔homo economicus〕）；「經濟人」所作所為，莫不出於為自己增加財富、便利或其他於己有利的動機（即人有進化人類學家道金斯所說的「自私基因」）；在史密斯的邏輯框架中，私利與公益，最終必在「無形之手」引導下，達致和諧互惠的境界。過去二三百年來，資本主義經濟賴以向前發展而事實上社會確是日日進步，正好說明史密斯的立論無誤。可是，人類在作經濟決策上都以自利的理性為出發點作「經濟人」假設，自上世紀80年代開始，遭受連串學術性挑戰，「理性預期理論」是其一（Rational Expectations，將之發揚光大的盧卡斯1995年獲諾獎），把它「完全攻陷」的，卻是強調社會人大都不是全理性而是半理性（Semi-rational），

雞鳴
日升

因此行為不易捉摸，而提出這種理論「行為經濟學」（Behavioural Eonomics）的奠基者李察‧塞勒（R. Thaler, 1945-）剛於9日獲諾獎，令這種形成於約三十年前而被「衛道之士」斥為「離經叛道」（Heretical）的學説（塞勒則被視為「癲佬」〔crank〕），正式進入經濟學聖殿！

經濟學教科書告訴我們，人們從購物（有形的和無形的）中獲得效益（acquisition utility），此中的道理很簡單，比如購買汽車便「獲得」行動快捷方便（和提高身價的無形）的「效益」；可是，行為經濟學家則認為，當中還隱含有「交易效益」（Transaction utility），即交易本身亦能滿足購買者的心理需求。一般來説，消費者會因為「大減價」而購物，從中「獲得效益」，但當他知道「大減價」不過是大幅提價後回復正常價，或只有次貨才「大出血」時，即使有關物品對他的消費效益不變，他亦可能不會購買，因為他有被騙的感覺，用經濟學語言，就是交易過程中存在「非效益」（disutility）成份，打消消費意欲——或造成此次買賣後今後不再在這裏購物的決定。

這種微妙的消費心理，令不少商品——從街邊大牌檔到三星餐廳六星酒店——的定價，都比市場的預期價略低，這是何以「名店」門前經常排長龍的原因；定價略低於消費者預期形成的長龍陣，有製造「口碑」的自我推廣作用，因為消費者乖乖排長龍，肯定是覺得「物

有所值」，而得出這種觀點的一項決定性因素，為價格比其心目中的「參考價」（reference price）低，即他感到「物超所值」，這使消費者有獲得「公平待遇」的感覺，沒有被「搵笨」（被欺騙、被佔便宜）的心理負擔，長龍陣遂經常出現。因為這種緣故，度假勝地的酒店定價一般都較合理，這雖然令度假者常常訂不到房間，但「聖誕節把他宰了，復活節他便不會來光顧」。同理，在經濟繁榮的週末，著名食肆客似雲來，但店東不會加收「週末附加費」。很多經濟學家認為提高價格可解決長龍問題，筆者亦深然斯說，且曾為此寫過數篇文章；可是，現在了解經常性和一次過（one-time affairs）服務的收費應有分別，經常性如餐廳的定價應以顧客今後仍會光顧為最高準則，一次過的如拳賽（或音樂演奏會）的入場券，理論上應收取「最高」的，可是，由於觀眾決定買票與不買票的定價水平不能準確預計，定價太高令消費者反感而不買的可能性不能排除；因此，為了賣個滿堂紅，「非看不可的拳賽」（或「非聽不可的演奏」）的入場券定價只是「很高」、不可能「最高」，那從入場券高昂的表演場地門前經常仍有買不到票子的「向隅者」可見——如果門堪羅雀，在自由社會，肯定是票價定得太高（或表演者根本不叫座）的必然結果。

讓顧客感到「公道」沒有被「搵笨」，是提供商品服務行業能否興旺的要素，亦是何以在經濟衰退失業率

高企時，未被公司辭退的員工薪酬很少被削減的原因。有經濟學家稱，公司寧可少賺亦不會減薪或凍薪的做法為「無形的握手」（invisible handshake），通過這種「盡在不言中」的善待員工方法，公司希望獲得生產力提高的回報。

二、

受薪階級對「凍薪」都會感到不滿意，為甚麼？塞勒指出低水平的通脹對勞資雙方都有利，因為這樣的經濟條件，資方有能力提高營業收益，因此有餘力提高名義工薪，即使加薪幅度小於通脹，員工也許只會抱怨而不會反對。這種專注於名義而非實質（扣除通脹率）工資的傾向，被首先提出收入應分名義性質及實質兩範疇的經濟學大家費沙（Irving fisher, 1867-1947）稱為「貨幣幻覺」（money illusion），但塞勒則稱之為「精神（心理）計算」（mental accounting）。在《贏者輸也》（*The Winner's Curse*，又譯為《贏家的詛咒》）一書，塞勒以下例（筆者略作改動）試測被訪者的反應。甲君的汽車被撞壞了，修車費二千元；同日甲贏六合彩二百元；乙君的汽車亦被撞損了，修車費一千八百元，是日他並無「意外之財」。究竟同樣損失一千八百元的甲乙二人，誰會較為不快？大多數人認為乙。何以致此？塞勒的分析是後者為淨損失，前者損失數目雖然較大，但另有收益，令他在「精神計算」上較為「過

癮」。

　　同理，一般受薪者如獲10%加薪一千元，會很滿意，對通脹吃掉等值二千元的購買力，卻不大介懷；這正是通縮之下資方無力加薪，雖然勞方收入的購買力不變，仍會對資方滋生不滿情緒的原因。這是勞方非理性行為的表現，如果他能理性計算，便會滿足於現狀。

三、

　　不聽從精算師父親的勸告，本來喜歡心理學的塞勒，捨精算及心理而念經濟，因為他不想當錙銖必計的算小「商人」，而了解經濟學位較心理學位易找工作；由於對心理學「念念不忘」，他在1977-1978年向大學請假一年，到史丹福參與兩名以色列心理學家Daniel Kahneman（2002年諾獎得主之一）和Amos Tversky（1996年病逝）的研究工作；全情投入、大受啟發，創下與心理學關係密切的「行為經濟學」，令學界稱他為溝通心理學與經濟學的橋樑！

　　一如文前所及，80年代塞勒否定人皆為「理性人」，推翻經濟學鼻祖的假說，遂備受歧視，但和所有有真材實學的學者一樣，他堅信自己的研究所得，通過不同渠道弘揚所學，1987年，他「說服」權威刊物《經濟前景學報》（*Journal of Economic Perspectives*），為他開闢專欄，寫經濟學的「奇難雜症」（Oddities），從1987年寫到1990年；由於大受歡迎，短論於1992年結

雞鳴
日升

集，是風行一時的《贏者輸也》。

塞勒著作只有點綴性的計量程式，而以滿紙的「普通常識」為主，因此以可讀性極高見稱；他與法學家友人合撰《誘導》（Nudge；輕推），寫作意念是光顧芝加哥五十七街的「麵食專門店」（Noodles Etc；賣中、日、越式麵食及春卷等）後想出來的。塞勒嗜紅酒，惟數年前已不購入若干年後才算「醇釀」的酒，年近七十，他說已達「飲盡存酒的階段」（drawing-down-Inventory phase）……。此間的「好紅之徒」是否有此智慧?!

順便一說。1999年1月開始，筆者便斷續評介「行為經濟學」（及「行為財務學」）；當時把Thaler譯為朵拉，現在看來，塞（塔）勒也許較為音近。不過，朵拉之得，是從Dollar而來。原來波希米亞盛產白銀的Joachimtal鎮（今斯洛伐克的Jachymov）於1519年開設鑄幣廠，鑄造一盎斯重的銀幣，名為Joachimsthaler，由於「含銀量足」，被歐洲人納為「（流）通貨（幣）」，稱Thaler。準此，李察·塞勒的祖上必為「中歐移民」。Thaler傳至荷蘭，成為Daalder、瑞典則為Daler，英國則稱之為Dollar——美國步「祖家」後塵，其貨幣稱Dollar。朵拉之名，因此而得。

2017年10月11日

施政指標政治正確
一帶一路文字簡體

一、

　　《施政報告》以「新思維和新角色闡述各政策範疇的施政理念，並提出新角度和創新措施解決社會關心的經濟和民生議題」，看《報告》的內容，林鄭政府在十三個包括「經濟發展」以至「鄉郊保育」等的大項目上，投入不少心力，為未來香港作具體而微的規劃建設。正因為政府如此費心營造「希望」讓港人享有「快樂」的香港，作為立法會議員，不論民選的還是功能組別選出的，當然更不可糾纏於「建制」與「泛民」的「道不同」，那即是說，所有議員都該集中精神、提起幹勁，認真審議當局如何有效落實其提出的每一項建議，為港人能夠分享成果而盡最大努力。筆者認為，做好這份工作，才盡了議員引領港人在追求美好未來上「同（步前）行」的責任。

　　林鄭政府着力建設香港的鋪排，能否順利前行？大體看來是問題不大，而筆者心存疑慮的，是「創新科

雞鳴
日升

技」、「智慧城市」及「創意產業」；除了「智慧城
市」是基礎建設，應由政府引領其事，其餘兩項，是否
該由商界啟動才有效益？因為市場的需求，唯有商界摸
索最為着力。而對落實這些項目並不樂觀的理由，主要
因為香港鄰近深圳，是過去三十年世上經濟發展最快的
城市，是內地科創產業的龍頭（有中國矽谷之稱），又
是內地海陸空貨運中心。香港與其在這方面大事擴張與
之一爭雄長，何如另闢蹊徑，走香港具有優勢的道路！
值得注意的還有，看似如如不動的前海已漸見規模，目
前來自世界各國的註冊企業已超過十四多萬家，大有升
火待發的勢頭；大家不可或忘的是，前海是「今上」
習近平的寵兒，他於2012年上任後不久的「南巡」，
首站便是尚未成形的前海，他鼓勵前海領導要有敢為天
下先、敢吃螃蟹第一人的精神，大膽作為；又說前海應
利用中央給予「比特區更特的政策」，大力發展……如
果十九大後習主席再度「南巡」，深圳和前海的發展，
香港肯定難以望其項背。在這種情勢下，香港憑甚麼在
類同領域與之競爭？最令筆者擔心的是，領導香港創新
科技的那位把近距離見過蘋果創辦人喬布斯一面便記入
「口述履歷」的高官，「底氣」露底之大大不足，要他
領引香港在這個範疇有突破性發展，許比牽牛上樹還要
難！

　　數十年的經濟繁榮，令大部份港人對創富充滿自
信，然而，想深一層，除了物業發展，香港在製造工業

不再後，還有甚麼可以傲世的營生？實在想不出答案。筆者常說物業發展容易致富，因此令少數財閥從一無所有於短期內躋身國際級富豪之林，確是值得他們「自豪」，但是香港無法與有榮焉；加上物業發展為香港經濟留下不易紓解、難以抹走的消極後遺！在土地供應有限且受政府操縱的條件下，盲目看好物業（盲從「麵包一定比麵粉貴」為市場鐵律）發展的人，都「富可敵國」，可是，「賺錢易」的傳統，從「分餅仔」（地產商圍標官地「分肥」）到賣「發水樓」等的不誠實的手段，種下的禍根是他們的後代不會亦不願致力於開發需要絞盡腦汁經營的辛苦錢。數十年下來，港人刻苦耐勞謀生的「香港精神」已蕩然無存；現在要泰半已由第二代第三代接掌的企業，在需要投下大量時間精力及資金的創新領域投資，豈非緣木求魚？而即使有所投入，亦因缺乏先輩不辭艱苦奮鬥的精神，亦不易與內地人信心滿滿朝氣勃勃對前途憧憬無限的幹勁沖天的同業競爭！如果林鄭果真要在這些項目上投放心力、造福香港，筆者勸她慎思勿行，為港保存實力。

二、

　　總而言之，作為負有監察政府施政責任的立法會議員，現在應把一度全力以赴大搞政治（如爭取「真‧雙普選」）的活動重點，作出「巨調」，少談民主（談之已屢，行之有牢獄之災的風險，而到頭來總是只有反

效果）、多多關心民生。《報告》中所提各項與港人物質福祉有關的措施，能否切實貫徹，與議員是否有效監督，關係直接。議員在這方面多耗心力的同時，應理解這是實事，與政治奢談和上街抗議可贏民望不同；這些工作不能天天上電視、見傳媒，即沒有「無形得益」。筆者要鄭重聲明，民主政制是不可取代的良政，但現在不是腐敗無能的清末，在專制大國（也許是「令西方黯然失色的進步民主中國」）崛起及奧斯汀「控制法治理論」（Command Theory of Law）的陰影在北京上空飄盪的情形下，泛民不如收拾心情，為香港生民民生盡力！

筆者以為立法會議員的首要工作，是不可讓政府繼續胡亂派糖，雖然財力不成問題（有豐厚盈餘及可以編制赤字預算），但問題在如果香港無論在稅制及福利上均優於內地，當香港與內地合軌時，豈非彰顯香港制度比內地為佳?!另一方面，內地人民嚮往香港的「免費午餐」，中國若不甘後於港人而急起直追，欲與香港比肩，以十四億人口，財力便不勝負荷且有養懶人的後患，因此不是好出路。防範這種足以影響內地民心情況的出現，香港種種惠民而不厚生的政策要適可而止！

議員們可做的事，筆者認為起碼還有下述兩樁。

甲、主動提出新動議，定期讓簡體字成為香港的法定中文——與其未來（遲早）由北京發辦，何如港人「當機立斷」，先行此一政治肯定正確之政策。這種轉

變其實大有必要，那從本港內地移民以十萬計及各級學校（大中小幼嬰）內地學生盈萬上千形成的需要壓力；此外，亦是為約三十年後中、港無縫合體做好準備工作。

乙、據說《報告》中提了數十次的「一帶一路」，顯見林鄭市長身在香港心懷祖國；議員們豈能遠遠落於領導之後，動議以公帑組團（分批分期但不可分建制、泛民）赴「一帶一路」沿途六十餘國「視察」，看看港府有甚麼可以効勞、工商界有甚麼可以投資。這六十多國，不少是落後地區，旅遊條件不是最好，但為祖國的千秋大業鳴鑼開道、盡點綿力，議員們便辛苦一點吧！

少談想不來的政治、勿搞沒有建設只有傷情的政治，議員仍有很多有益有建設性且「政治正確」的事可做。

2017年10月18日

雞鳴日升

迦藍不是橄欖　歷史就是賓周

■ 9月號內地《書城》月刊有周松芬長文〈晚清民國的潮州菜〉，搜羅多種「文獻」，對潮州菜的評介甚詳，其引述徐珂的〈茶飯雙敍〉，尤其精彩。文章記作者應邀赴僑居上海的潮（陽）籍友人陳質庵家宴的「食情」，寫餐前飲工夫茶的「功架」種切，令人大開眼界，此間以「功夫」茗茶的「茶藝專家」，更非細讀此文及見於周文俞蛟的〈工夫茶〉不可；惟記茶後的「潮饌」，除此間食客趨之若鶩的「龍蝦片以橘油（味酸甜）蘸食」外，尚有「炒迦藍菜」（一名橄欖菜）。引號內的說明，顯然出錯，迦藍菜應為廣東土特產芥藍菜，與橄欖菜諧音因有炒芥藍為炒橄欖菜之誤，而此誤真有差之毫釐謬以千里效應！

據許永強《潮州菜大全》（汕頭大學出版社）的「橄欖菜」條：「橄欖菜的出現，是由於過去一些雜鹹（引按：雜鹹為潮州話「佐飯小菜」，今日本和食早餐奉客的數小碟，正是潮州「雜鹹」的改良版）舖賣剩一些鹹菜，棄之可惜，再保留又會變色變味，店主便想辦

法，把它洗淨曬乾；空心菜用鹽水灼熟曬乾，留到每年農曆五、六月夏收夏種後，那是颱颱風的季節，一些未成熟的橄欖被颱風打落，便把這些嫩橄欖灼熟醃鹽後，和切碎的鹹菜乾、空心菜乾一起加水加鹽（其比例是三公斤嫩橄欖，七公斤鹹菜和空心菜乾，三公斤鹽），同放鼎中熬後撈起，鼎中再放入一公斤食用植物油，炒熱蒜頭茸，再倒入橄欖、鹹菜乾、空心菜乾同炒，調入適量味精即可。橄欖一般可存放半年多時間。」

許氏所記，肯定不是「通論」，其引述與鄉間從前家傭的製法也不盡同，主要是不加空心菜乾（如今香港市場所見亦無此物），橄欖亦非「颱風打落地」而是樹上熟的果品，不加味精；此是筆者「耳食」所得，不一定全對。無論如何，橄欖菜鹹香，冶味醒胃，可以食糜（吃粥）下飯，是清貧人家買不起大魚大肉的「雜鹹」，冷吃為主，並無炒橄欖菜的食制。不厭其詳說橄欖菜，是因此物適足以反映潮州人「知慳識儉」，是「廢物利用」之極致。如今作為「配菜」及佐粥小菜，橄欖菜已為不少老香港受落。

■説起「廢物利用」，不能不談潮州「魚飯」。潮州（汕）由三江（韓江、榕江和練江）貫穿，盛產河鮮，加以面對一碧萬頃的南海，海產甚豐，更不在話下。在造冰未普遍、漁船沒有冷藏倉的年代，海產河鮮很易腐爛發臭，遠比冰島人聰明的潮州人「發明」

雞鳴
日升

了炊魚——隔水將魚蒸（炊）熟，存放於避蟲通風處，炊魚便成了「魚飯」，可「保鮮」多日且可口……。冰島臭氣熏天味道恐怖的Hakarl（發霉的魚肉），皆因人丁稀少而魚產甚多，食不完又無法妥善保存而棄之可惜，古代冰島人遂把之（鯊魚及其他魚類）拋進石灘（冰島海灘多碎石）淺洞，覆以石塊，數月後挖出，吊起風乾數月後當「佳餚」，以其仍有非常強烈阿摩尼亞味，加上魚肉早已腐爛惡臭，雖風乾而不稍減，飢不擇食的非冰島人，寧願餓死亦不食！世界知名廚師兼食評家保登（A. Bourdain）說此物味道令人倒胃（Most disgusting）、「粗口大廚」溫榭（Gordon Ramsay）說是世上三種不能下嚥的飲食之一（其餘為牛鞭〔bull penis〕、老撾蛇酒〔Laotian Snake Whiskey〕）。數年前筆者在冰島「參觀」某處「霉魚製作所」，未見「全相」便掩鼻、閉息、轉身、疾走……。冰島人甘此「異味」是後天養成的品味，所以超市袋裝「臭魚」大行其道！

　　不過說尿味濃烈的冰島臭魚令外國人避之惟恐不及，形容冰島人為逐臭之夫，雖然是聞過那種魚味的非冰島人士的共識，可是回心一想，潮州人如珠如寶的橄欖菜，非潮州人尤其是非華人又有甚麼感覺!?

　　■周文寫梁實秋的《雅舍憶舊》談潮州菜，亦有可觀。梁氏在國立青島大學任教時（1930-1932）的同

事、富二代黃際遇（潮州澄海人，留學日本、美國的數學大家兼通國學，是琴棋詩書畫皆有相當造詣的「博學鴻儒」），他有「潮汕廚師一名，為治炊膳，烹調甚精」；黃曾設家宴請梁「小酌」，後者「印象甚深」的菜式有二。其一是「白水汆大蝦」，去皮留尾，汆出來的蝦肉，白似雪、蝦尾，紅如丹，梁氏大快朵頤，不在話下；一是清炖牛鞭，梁氏說他「未願嘗試」——筆者做了七八十年潮州人，不是未願一試而是未有機會嘗試，以此物實非尋常人家能得之。

牛鞭如何入饌？這種梁實秋教授「未願嘗試」的菜式，向被迷信「以形補形」的國人視為「壯陽補物」，潮州人未能免俗，也大多相信是「大補品」。這種「思維」毫不足取，以國人喜吃豬腳、雞腳、鵝掌、鴨掌、豬腦及猴腦（甚且活猴腦），但是「腳力」、「腦力」與不嗜此物的華人和外國人相比，不見優勝突出。足證「以形補形」是想當然的無稽之說而已。

馬家輝博士那本被哈佛大學比較文學系講座教授王德威為此書所寫「導讀」的〈歷史就是賓周〉譽為「寫得葷腥不忌，堪稱近年香港文學異軍突起之作*」的長篇小說《龍頭鳳尾》（台北新經典圖文傳播出版社），開篇便這樣寫道：「是十五六歲那年吧，一個晚上，我外公把一個碟子從廚房端到客廳，碟裏盛着一根長條狀的粗黑物，像塑膠不是塑膠，似木頭並非木頭，大約有八九吋長，像烤焦了的香蕉，微微冒煙，發出吱吱細

雞鳴日升

聲，彷彿仍有生命，隨時會突然跳到半空敲打我外公的頭……「『阿公，食乜？好唔好味？』我邊看電視節目《歡樂今宵》邊問……

「『牛賓周，你依家仲後生，唔使食住。』我外公含糊答道，似乎擔心我跟他搶吃。

「我們廣東人把陽具叫做『賓周』……這更引起我的好奇了。我把眼睛從電視屏幕轉移到我外公的臉上，認真觀察他如何把牛賓周一吋吋地吞進肚子。他張開嘴巴，把牛賓周的前端慢慢塞進去，用舌頭舐幾下，始咬一口；再舐，再咬。牛賓周在我外公的嘴裏愈縮愈短，看着看着，我年輕的腦袋湧起無數問號，賓周的主人到底幾歲？是初生之犢？年幼的牛已經有這麼粗大的傢伙，老牛的撚豈不更巨大如柱？可怕呀，但也可羨呀，為甚麼牛有這樣大的東西，我卻沒有？可是，這麼大的陽具，有甚麼用途？會生很多小孩嗎？生得比我外公的還多？」

小說中的少年馬教授不知此物「有甚麼用途」，稍長後當然知道是國人多有共識的「壯陽大補品」。當然，梁教授所見之物是湯中清燉之鞭，而馬教授所見的是「鐵板燒」，惟其存於幻想中的「壯陽」功效，該說是一樣有效吧!?

（閒讀偶拾）

2017年10月19日

* 王教授認為「歷史……亢奮有時，低迷有時」，因得此題目。

教育國人亂放馬屁
擁護領導拍手起繭

　　習近平主席18日在北京召開的「中國共產黨第十九次全國代表大會」上發言，「標定了我國發展新的歷史方位，也吹響了向新目標奮進的嘹亮號角」，他提出十九項「新提法」，概括了「辦好中國的事情，關鍵在黨」，再次確定中共無可取代的領導地位；而中共的「初心和使命，就是為中國人民謀幸福，為中華民族謀復興」。他宣佈「中國特色社會主義進入新時代，中華民族迎來了從站起來、富起來到強起來的偉大飛躍……」。在習氏的領導下，中國全方位崛興，相比之下，經過三二百年的發展，目前西方政經模式已呈疲態。新華社的評論指出西方社會「是時候反思蹣跚的民主帶來的弊病；即使西方民主沒有倒下，也需要重建復興」。中共充滿自信，溢於言詞、躍然紙上！對資本主義心存疑慮的西方知識分子，固然要進一步研究、了解中國的制度，決心爭取在香港落實西方民主政制的各界人士，更「可休矣」！

雞鳴日升

習講話發表後，把他視為超越前二代領導人「江澤民和胡錦濤的治國理論、新時代改革開放和現代化建設的總設計師、黨的一代核心」，大不乏人；讚揚習近平可與毛澤東和鄧小平同為「英明領袖」之聲，此起彼伏。而歌頌聲中，北京市委書記蔡奇（用句通俗易懂的粵語，他於70年代在福建開始便「跟習近平搵食」）的話，把習的地位推至頂點。蔡奇指出，中共和國家所以有此突顯制度優越性的成就，皆因習近平掌舵之功；他說：「習近平總書記具有馬克思主義政治家、思想家、理論家、戰略家的雄才大略、遠見卓識與堅定信念，站在歷史的高點，嫻熟運用馬克思主義的立場、觀點和方法，指引我們進行偉大鬥爭、建設偉大工程、推進偉大事業、實現偉大夢想。」習氏因此「得到了全黨全軍和全國各族人民的衷心擁護愛戴！」

作為一個旁觀者，筆者認為這幾句話是歌頌習近平的極致。習思想將入黨綱，習近平超越鄧小平而與毛澤東比肩之期已至！

今天漫說數宗與「十九大」有關的「小事」。

甲、

看習氏五年管黨治國的成就，蔡奇之言，雖嫌八股誇大，卻不算遠離事實。中國的政治穩定、經濟興盛、軍事急起直追，以至在國際事務上舉足輕重等，在在令世人對中國尤其是中共另眼相看，但如果國人

因此自豪感「爆燈」而趾高氣揚、不可一世，恐怕很快便會後悔……在內地舉國為政經成就而騰歡且自信成為「世界第一大國」已近的此際，筆者建議北京宜從速在內地推動新的國民教育——即使不先於香港起碼亦應同步——惟有通過全面客觀的教材，有系統地讓國人收拾膨脹的愛黨（國）情懷、過度雀躍的民族情緒，如此才不致在世人面前出醜。中國的「老朋友」故李光耀生前一再痛斥中國人稍見成就，無論對人對事便擺出一副紆尊降貴、高高在上、傲慢無禮、令受者尊嚴受壓（Condescension），以如此架勢處世待人，令人反感，欲與世界接軌只會令好事變壞事甚且因而種下禍根。

教導國人如何把輕薄的優越感藏起，厚積「底氣」、減少浮誇，是令中國步向為世人所接受、受敬重的領導大國所不可或缺的一着！

乙、

「十九大」進一步強化黨的領導，收緊對港澳的控制，彰彰明甚，那意味香港一切質疑北京意旨的反對聲音，不是無效便是很快歸於沉寂！中國如今這麼自信，如果連已是囊中物的香港亦「管治」不了，豈非反證其「強大」名實不副、虛有其表，這是執行習近平「牢牢掌控」、「全面管治香港」指令者所不願見，有力人士進一步用他們與普世價值相違背的「道理」加諸港人身上，勢所不免。令不少港人感到荒謬荒唐的是，京官是

雞鳴
日升

在堅持「一國兩制」和「港人治港」的前提下這樣做！

事到如今，港人爭取實行西方政制的，應已看清形勢比人強的現實。其實對「一國兩制」的解讀，「中國觀點一向有所不同」，而且中國「擅長自製專門名詞……掌握演繹名詞的話語權」。中國「抗拒使用西方學術用語演繹『一國兩制』，除了面子問題也是實際情況使然」。（見沈旭暉教授的〈「一國兩制」是甚麼〉，收《平行時空》第二集，《信報》出版社）。換句話說，中國會以自己的「看法」解釋「一國兩制」（及「港人治港」……）。香港人因此不可偏執理直。有銀彈有炮彈還加上奧斯汀的「實在法」，香港在「英明領導」的指示下，「反對派」應另覓渠道，為港人爭取權益！

再次提醒反建制的各路人馬，對法律界人士會無償挺身而出維護公義的想法，應趕快修正。今年1月17日，大律師公會與香港中企協會簽署「合作備忘」，加強彼此在法務工作上的交流合作……出席「簽約」儀式的律政司法律政策專員黃惠沖表示：「十三五規劃及『一帶一路』建設，為香港與內地法律專業服務合作的優勢互補帶來新機遇……。」中聯辦法律部副部長余學傑亦有內容差不多的發言（見18日《大公報》）。法律界將難分身投入本地非法律事務，這是對他們有期待者應留意的發展！

在宗教問題上，中共要「貫徹宗教信仰自由」，但

堅持「宗教中國化」，那等於說「神」（不論哪一位）要服膺中共領導。中共中央統戰部常務副部長張裔炯指出，北京會「確保宗教活動在憲法和法律範圍內有序開展……加大打擊利用宗教危害國家安全、宣揚極端思想及進行暴力恐怖活動……」。看來現在是本地宗教人士組織「愛國教會」的適當時機了！與其不久後由北京下令，何如現在由香港教徒主動提出請北京確認！

丙、中國首富（有時次富）馬化騰的騰訊，月前因推出涉嫌「令當局不快」的手機遊戲《王者榮耀》，遭官方「批評」，其後復有旗下微信可能違反「網絡安全法」，被立案調查，頓令該科網龍頭企業前景蒙上陰影；不過，這層不算厚重的「霧霾」，已因其及時推出「為習近平鼓掌」而頓然開朗。據網媒《HK01》報道，此一標榜「（十九大）報告真棒，為習近平鼓掌」的「遊戲」，玩家點擊「我要鼓掌」的按鈕，一般在「十九秒」（與「十九項新提法」一樣，均寓意「十九大」）可按一百五十次點擊。如此這般，在「講話」後短短兩天內，為習近平鼓掌的累積次數已達十二億次……

騰訊以此方法表示擁習，聰明且有「西意」，以鼓掌並非我國「古已有之」的國故（國人——古人以至今人——以打躬作揖，甚至跪拜表示對同輩的敬意和對領導的臣服）而是古羅馬人的發明，對此，筆者去年曾作長文記之（2月23日〈掌聲采聲抑揚頓挫……〉，收

雞鳴日升

《英文烏龍》），不贅。在沒有一人一票民選制度下的群眾，為表「心中情」，惟有代之以鼓掌；這是何以「習講話」有近八十次被鼓掌打斷，而騰訊相關的手機遊戲大手歡迎的程度是以十多億計的底因。也許，不久之後，港人亦要以鼓掌表心意、訴心聲！

2017年10月24日

軍火工業越亂越好
避險投資基金式微

投資雜說兩則。

一、

　　筆者不止一次指出，世局一趨緊張，國際「熱錢」便湧向美國「避難」，那不等於說美國必勝且坐收漁利，而是烽煙四起或戰火隨時點燃的地區，皆離美國國境甚遠；而美國縱有千般不足，其對私產的保護，確是不遺餘力，這些他國不易兌現的優點，令「閒資」碰上不明朗的前景變化便直奔美國，美國投資市場遂「百物騰貴」；不過，所謂「百物」，是籠統說法，那些內地「先富起來」的高官（？）巨賈所沾手的項目，其價格升沉，與政情政策關係至大，「不知甚麼緣故」，內地資金自今年下半年開始，突然減少投進有目共睹的海外物業市場（有否在肉眼難見的項目則不得而知），遂令那些內地「大款」（包括國企）興趣勃勃的高樓大廈，也成交萎縮價格牛皮

雞鳴
日升

偏弱。眼前顯例是等同中環的紐約曼哈頓商業區，今年第三季成交額只有九億九千一百餘萬（美元‧下同），比去年同期跌了67%，較高峰期的2015年第一季，跌幅達90%！

過去一段不短時間，不少投資界精英，以為跟內地豪客在海外投資便萬無一失，想不到「政策市」這種中國特產，一樣左右美國市況的三衰六旺。內地客大多搭通天地，有內幕消息，在市場出入遂着先機；此間跟風客有否這種神通，難説。

大體而言，湧入美國的「熱錢」仍多，而令人感到惶惶不安的是世界巨頭——除了美國總統特朗普——都在公開表示要通過外交政治而非軍事手段，解決地緣衝突；岌岌形勢，令美國軍火工業的股價一枝獨秀，跑贏指數何止以倍計。今年開市，標普五百指數企於二千二百六十點水平，昨天以近二千五百七十點收市，升幅約12.6%；但「太空及國防工業指數」，期間由九千七百三十四點升達一萬二千五百八十點左右，漲升百分之三十三弱。

除了軍火股，資金購進一般美股，似與「每股盈利」無關，主要原因當在減税一旦通過，可令企業盈利有較大幅度的增長，期望公司利潤有所得着而「入股」，（股）民情之常；而一次過減税效應降溫後，由於特朗普信誓旦旦要大搞基建，又令樂觀者對美國經濟憧憬無限，有此想法的人，在利息孳息都不會令人致富

的情形下，遂對股票情有獨鍾。

美國是世界最大軍火販子，其軍工股票為投資者垂青，而且在美國增兵阿富汗後並無「消息出盡應獲利回吐」之象，可知世上最精明的人（資本主義庸俗世界觀認為財富愈多的財主愈精明！），仍覺得混亂的世局最終要在大打一場中解決。世界愈亂愈步向險境，有財力有辦法的國家，不管用作外侵或自衛，莫不擴軍黷武——「擴軍」也許可代以智能機械人，「黷武」不論常規或高端，美國產品最搶手。統計顯示F16、F22、B2（轟炸機）及愛國者導彈銷情最旺，難怪其生產商如洛歇馬丁、波音、雷神和Northrop Grumman，其門如市、股價騰飛——它們的股價今年以來的升幅在30%至50%譜！

「有趣」的是，特朗普目無餘官，狂言癲文（推特），極度「自信」，以為天下無敵；如此猖狂，看似「失禁」，卻非並無所本。在政府不能亦無法（除非出動「制服部隊」）干預市場的西方股市，其升沉在很大程度上反映盛衰；特朗普去年11月8日當選後，雖然與各方尤其是媒體的關係惡劣，有一段時間天天與記者隔空對罵，但是華爾街照樣呈現旺盛之象，迄去週五，標普升約20%、道瓊斯升26%、納斯特升28%；這種升幅，以具體數字算來，是令華爾街股市增值五萬二千餘億，總市值比11月8日之前增加25%！短短十一個月有此成績，股民盡展歡顏，他們的笑聲把「批特」「噪

雞鳴日升

音」壓了下去……。

　　「市儈」出身的特朗普，對這些數字，喜形於色，說話更無分寸了！

二、

　　投資界正在起革命，叱咤股壇數十年的基金公司慢慢式微。原因是除了歐盟將於明年實施第二期的「市場財政媒介指引」（MiFID；第一期於2004年推出），進一步規範基金活動及收費，同樣重要的因素有二。

　　第一、更多的大型基建項目及物業集團上市，令投資者可以不通過「中介」，直接投資入這類有增值前景及收益穩定的投資產品上，美國商業顧問公司State Street 9 月中旬的民調（對象為環球一百零五家「機構投資者」），超逾半數受訪者指出將會不經基金公司直接在市場買賣；而此中對基金公司收費太高而提供研究報告可信性不足的，以加拿大和澳洲退休基金居多。這趨勢將促使機構投資者組成自己的研究部門，但更多是向專家（包括基金公司）購買研究報告，那比交由基金公司投資較實惠，以基金公司收費昂貴（Charged hefty fees）而成效沒保證； 或購買研究報告，成績優劣是決定會否繼續光顧的唯一指標。

　　第二、同樣為了迴避不一定成效好而收費高昂的基金公司，購進「交易所買賣基金」（ETFs）的投資者愈來愈多——投資者的人數雖未見統計，但相信數不在

少，那從投入ETF的環球資金已達三萬五千餘億（比金融危機前的2007年增加三倍）及ETFs共有約五千家可見。

迄9月底，今年投入ETF的資金達到三千三百多億，業內人士估計至2021年，世界ETF管理的資金將在七萬億至十萬億之譜。

「交易所買賣基金」按照股票所佔指數權數的比例，「平均」購入指數成份股，即所謂「被動投資基金」（Passive Investment Funds）；由於沒有市務部、研究部，行政費用又低，因此收費低廉合理，令避險（Risk averse）投資者趨之若鶩。ETF於1993年首創（買賣標普五百指數成份股），雖然仿效者眾，但至2008年雷曼兄弟破產令更多人看清投資基金如何以近乎欺騙手法佔盡客戶（投資者）便宜後才大興。

購進一籃子指數成份股，令投資盈虧與指數同步，只要股市上揚，投資者便有所獲，不思「進取」只有穩陣保障者都樂於投入，其資產（投資者的投入加股息及利潤）相應上升。對管理者和投資者來說，是完美的投資，可是，這種購進指數成份股的方法，卻令管理人員不理會個別股票的優劣，以至有些在精明投資者眼中根本不值一哂的股票，因ETF的持續購入而令其股價升至與現實（每股盈利）脫節的不合理高位，因此推高了整體指數的數據，比如目前「舒拉循環調整標普五百指數」（Shiller CAPE Ration for S & P 500）P/E便高達

雞鳴
日升

三十一點三五倍，雖然比1999年的四十四倍為低，卻已
進入高危區。

2017年10月26日

莫名其妙大不妙
香港求變變不通

一、

　　自從張曉明高升、梁振英所創的「港獨」從幻影變為北京確認的「實體」，以至林鄭市長的施政綱領，把政治事務「上繳」北京而着力於大做「公帑布施的善事」後，種種事實使那盤旋筆者腦海已久的憂懼，變得明確，那就是北京對香港的牽制和督導，將會愈來愈嚴厲，這樣的大環境下，只有觀點不同的所謂「反對派」——提倡或做出任何有違京意的個人和法人——其要付出的代價便愈來愈大；更要命的是，這些付出的代價，很難甚至根本無法帶來任何「惠澤香港」的正面效果。

　　從歷史視角看，當前中國國力蒸蒸日上，不僅遠勝清末與解放後運動連年的歲月，其在國際政治舞台的地位，更脫胎換骨，幾乎有與美帝爭長論短而各擅勝場的氣焰；習近平治下五年，北京領導對中國全方位崛興的顧盼，國人的自由度雖然減少，引以為榮的卻數不在

雞鳴
日升

少。世局如此，中國南隅的蕞爾香港，伴隨脱殖而來的「兩制」設計，出現了風來帆未張、帆起風不來的情況，國是與港運掛不連氣、不掛鈎！

過去香港賴以安定繁榮的核心價值，無疑是比較接近西方社會的價值觀，回歸「一國」後，竟然成了港人落實「兩制」的精神包袱，收窄了港人從容上路、隨緣度日的空間。不符京意或是有異於京派代理人識見的港人聲音，通通被打成「反建制」的「反對派」。「反對派」的所作所為，不管多麼符合港人傳統的核心價值和權益，很難得到北京的包容（遑論接納），亦不可能得到西方政府真心誠意的聲援，沒有西方國家會因為北京在香港的「強行其是」而力加反對（經過這麼多年，靜觀世局的人都知道，西方政府偶然這樣做，最終目的不外是利用香港作為其與中國作商業交易的談判籌碼）……換句話説，香港「反對派」在國際層面是孤立無援；在香港的支持度也日漸退潮，一來是涉事者要付政治代價的隱憂，二來是大派「免費」午餐可以發揮蛇糭餅餌收買人心的作用，假以時日，支持建制的聲浪必佔上風……在筆者這樣的「老餅」看來，反對派若不改變策略，白白犧牲（最低限度是寶貴的歲月和心力），不但「有辱無榮」（有鬥爭無收穫），注定徒勞無功，與其有付出而無所得，不如採取主動，只要把爭取民主改為致力民生，扭轉在市民心中力爭多年卻「一事無成」的觀感，在往後的各級選舉中，民主派也許可獲更多選

民的支持！

　　林鄭月娥女士的首份《施政報告》，充份反映香港小裏小氣的小氣候，與十九大習大大張揚大國威儀相比，香港連作為中央直轄市的資格亦近乎不足，任何不聽京樂或認為京樂不動聽的人，肯定在香港非民生事務上難有作為。被定性為「反對派」的泛民或其他意識屬性的政治團體，他們所走的路線，連「前路多艱」也太樂觀，說「死路一條」才算貼切！

　　有人會說，「建制派」不也是打「民生牌」？「泛民」怎能亦步亦趨？此言看似甚是，其實不然，因為年來「建制派」是「黨忠」式的効命香港民生，聽「阿爺吹雞」與切實民生，終隔一層，這些年來，好心做壞事的情況，層出不窮，而籠絡、擺平，甚至近乎賄賂之類的所謂民生善事，實非着眼港人福祉的正事和政事，所以泛民認真面對民生事務的工作，必然得來一些政策上的變化，不再一味反對，作策略性的附和與包容，爭回不只是黨化港人的政治參與權和影響力，也是維持香港仍有不同「一制」的最後防線。事到如今，泛民實在應該審時度勢，總結成敗得失，承認在政治上已從擔當有力的反對派改走監督施政改善民生這條路。

二、

　　在香港各級學校落實「國民教育」，已事在必行且如箭上弦，而簡體中文「附體」，隨時出現。對於簡

雞鳴
日升

體字，筆者不能說深惡痛絕，卻也並不贊同強加於初學漢字的小學生身上，精通繁體字後學點簡體字，害處不大，在有自由的地方，自然會遭識字分子摒棄。繁體字與我國文化不可分離，心智成熟的人莫不瞭然於胸，這是何以內地出版的《二十四史全譯》是用繁體字編印的根本原因——這套大書獲時任國家主席江澤民題字寫書名，可知中共領導人亦不是不明簡體缺失。

按照「常理」，筆者應待「國民教育」課本以簡體字印行時，提出反對，並以《二十四史全譯》為例；可是，港人即使全然反對便能阻止其實行麼？當反對派應改變「鬥爭路線」的想法縈繞腦際，筆者連香港文化界最不願意見到的簡體字、宗教界最恐懼的愛國教會亦該「事不宜遲」搶主動權，好讓「反對派」在政治正確的路線上有個起步點，不致被排除在治港港人之外，遂有當前倡「簡體字事不宜遲」的提議。其實，筆者的說法並非未經思慮，亦無違背一向的「思想建構」，因為筆者是談論非「黨忠」派港人（包括所有泛民黨派和極大多數希望保留香港「獨特生態」的港人）該有一點理性考慮和變通，忽略「受眾」的對象——如在私下對「反對派」提出（可是，筆者不曾亦將不會這樣做），便不會令文化界朋友那麼的莫名其土地堂！

眾目共睹，經「雨傘運動」一役，北京對香港事務，已擺出「霸王硬上弓」（喜歡不喜歡、明白不明白都要服從）的姿態，看京官咄咄逼人的霸道「釋法」，

清楚展示其管治香港的手段，已從「佔中」前約二十年的「溫水煮蛙」，變為猛火炮製、加鹽加醋加辣的「一鑊快熟」！筆者看不出香港還有多少抗衡京意的空間，扛出打壓「外來勢力」的大纛，隨意地牢牢揑住港人要害，此地縱有人欲以轟轟烈烈的行動爭取在普世價值觀下港人應有的公民權利，恐怕亦難奏效。也許，有人會說筆者年事已高，看不到璀璨的前景，才會如此悲觀；對此筆者直認不諱。悲觀加上早在十多年前已在這裏剖白不做「道旁兒」的決心，才會惹來若干「識字分子」慷慨陳詞式的斥責！

香港人不應坐以待「斃」，在許多物事上，仍要主動出擊。不宜事事堅壁清野，換句話說，港人不是被迫而是主動地與內地保持一點距離的看齊，用上簡體字是其一；作為宗教界人士要主動組織所謂「愛國教會」是其二……這種種做法，看似窩囊沒出息，卻是保全在公共事務上仍有活動空間和渠道，是次佳做法。在筆者的簡單思考中，沒有對立抗衡（遑論上街抗爭），北京的取態才有可能留給港人一點自由呼息的空間，因為香港仍是中國通往世界的重要窗口，更是規劃中的「大灣區」的金融中心。雷厲風行落實簡體字，繁體字仍有保留為國學研究和學習的希望；由宗教人士主動催生愛國教會，看似「不戰而降」，看梵蒂岡若要與中國建交不得不接受港澳選市長式的內地主教委任，便知「不戰而降」遠勝「戰而不勝！」主動組成「愛國教會」，教會

雞鳴
日升

才有機會保留一點人事任免的話語權⋯⋯

2017年10月31日

審判德國戰犯　催生同步傳譯

■盟國戰後於1945年11月20日至1946年10月1日，在德國紐倫堡審德國戰犯的電影《劫後昇平》和《雄才偉略》，陣容鼎盛，「對白」精警，喜歡看戲、關心二戰的人很少沒看過；不過，知道紐倫堡審判催生了「同聲同步傳譯」這項專業的，相信不會太多。筆者是讀了蓋芭女士的專著《同聲同步傳譯的源起》（F. Gaiba—*The Origins of Simultaneous Interpretation*；下稱《源起》），才知有此副產品。這本書在1998年出版（渥太華大學），但是作者於1997年已因研究此問題有成而獲美國A.Schiavi基金會大獎。

■譯員在我國古稱「舌人」，據維基百科引《國語·周語中》：「……坐諸門外，而使舌人體委與之。」「舌人，能達異方之志，象胥之官也。」明·王志堅的《表異錄·地理》：「譯語人曰象胥，又曰舌人。」口譯人員稱「舌人」，不難理解，何以正式職稱為「象胥」？據《辭源·象胥》：「古通譯官員；掌蠻

雞
鳴
日
升

夷閩貉戎狄之國使，掌傳王之言，而諭説焉」。「象」
是通少數民族語言（夷狄之言）的人，「胥（吏）」是
職級低的事務官。

　　■據《源起》的考證，大約在二百年前，官方的專
（職）業口譯員並未出現，當時在非正式國際聚會，各
國代表各自以本國語言表述，「雞同鴨講」，他們的溝
通，全憑秘書、外交官、軍官，或其他通「雙語」的官
（職）員充當「舌人」，逐句在耳邊傳話。至於正式會
議如1814至1815年的「維也納會議」（The Congress of
Vienna），根據當時的「國際法」，官方語言是法語，
即與會者均説法語，毋須「舌人」作「中介」；1874年
在瑞士伯恩召開的「萬國郵政聯盟」（Universal Postal
Union）大會，亦如是。可知參加這些會議的「各色人
等」都通法語。法語自15世紀已是歐洲各國流行的語
言，至「太陽王」路易十四治下（1667-1714），法國
國力如日中天、法語遂取代拉丁文，成為「外交語言」
（The diplomatic language）。在此後大約一百五十年
期間，正式外交場合都以法語為官方語言。
　　到了第一次世界大戰期間（1914-1918），參戰國
尤其是英美兩個大國的不少代表，根本未有受過正規外
交訓練，不説法語，有關會議只有由粗通英法雙語的與
會者權充「解人」，逐句筆譯，費時失事，且不一定達
意，引起不少麻煩，不在話下。1919年為大戰善後工作

而召開的「巴黎和會」（Paris Peace Conference），英
國代表堅持並獲大會接納英文為官方語言，讓大會法、
英並用，開啟了法譯英及英譯法的先河。1919年「國
際勞工組織」（ILO）及翌年的「國（際）聯（盟）」
（League of Nations）大會，與會者多為只通法語或只
懂英語的勞工團體代表及非科班出身的外交人員，加上
談論的問題涉及許多非政治如經濟的術語，大會非僱用
專職「舌人」不可。不過，在這些會議上，「舌人」坐
於「受者」之旁，以「雞啄唔斷（喋喋不休）的口譯」
（Whispered Consecutively）把發言逐句口譯成「受
者」明白的語言。

　　■非常明顯，「會」到如今，由於與會者來自非
英、法國家的，愈來愈多，僱請專業的即時傳譯員大
有必要。然而，局部這種專長的人才難求，遲至1941
年，瑞士才於日內瓦開辦世界第一所「口譯員學校」
（School for Interpreters），正式培訓「即時傳譯」人
才；瑞士有此新猷，部份原因是「國聯」總部設於日內
瓦。

　　戰後英、法、蘇聯等國的經濟元氣大傷，國際事
務由美國主導；紐倫堡雖在德國，但「主家」是美國！
「主家」除要出力打點一切之餘，還要出錢，法庭僱請
的「即時傳譯員」，幾乎悉數由美國「包銷」。由於
「即時傳譯」當時尚是新鮮事，「舌人」能否準確且不

偏不倚地傳譯，令當事人頗感不安，《源起》扉頁印上
一段話，說被告戈林（H. Goring, 1893-1946；希特拉
指定接班人，以領導蓋世太保成為一般人心目中的混世
魔王）在獄中多次表示對於能否找到合格譯員的憂慮；
不難想像當年傳譯員是嚴重的供不應求，而要聘請合格
翻譯，控辯雙方都得支付高薪。

　　紐倫堡法庭譯員的安排是法國和蘇聯負責法文和
俄文翻譯，美國和英國兼顧把各種庭上用的語言譯為德
文。《源起》闢專章介紹譯員的薪津及住宿以至日常消
費供後人參考。蓋芭女士以美軍一等兵月薪的八十五美
元（專供德國佔領區使用）為基數，說明譯員年薪介
乎四、五千乃至與美國政府公務員頂級薪津看齊的一
萬二千元是有多高（他們還享有房屋〔當時是最稀有
的商品及在美軍商店購買如尼龍絲襪及鬚刨等「奢侈
品」〕）。譯員薪津不僅比軍人高出多倍，亦遠遠高於
市場翻譯員每日三、四十元日薪。法、蘇、英均出不起
這個價錢，最終俱由霸氣初現的「新發財」美國「承
包」！四種（英法俄德）語言並用的紐倫堡審判，證明
「即時傳譯」十分成功，其後的國際會議一直沿用。

　　■紐倫堡審判終審後，以法庭外還有許多未完即
「戰勝國和戰敗國」須要交涉、溝通的事，因此不少通
德語的英、法、俄傳譯，留在當地服務，而首席譯員杜
斯多特（Leon Dostert 1904-1971）則受聘前赴紐約創

設聯合國的傳譯組。「同聲同步傳譯」從單對單的「耳語」到一名譯員可為無限量「受眾」服務，有賴IBM致力於種種相關音響設備的開發（IBM製造這類設備，人所共知，但是否原創者，學界有不同看法。見《源起》頁三十），而把之貫徹到現實層次的重要人物，正是原籍法國的杜斯多特，母語之外，他尚精通德語英語。杜斯多特早歲移居美國，於華盛頓州佐治城大學考獲博士學位後，留校教授法文；1941年歸化美國並應國務院之邀，於戰時赴歐擔任軍方翻譯，1945年獲授上校銜並負責紐倫堡審判「通譯」……

20世紀50年代以還，「同聲同步傳譯」無處不在，所有國際及區域性會議均用，「有趣」的是，世界各國包括香港法院的「口譯」，仍用「口耳相傳」的傳統方法！

（閒讀偶拾〔翻譯雜談·二之一〕）

2017年11月2日

雞鳴日升

治港強橫禍延國歌
條文抽象隨意拉人

一、

11月4日，全國人大常委會全票通過把《中華人民共和國國歌法》作為附件三加入港澳《基本法》，有此一着的原因，與香港年來不時出現一些「侮辱國歌行為」，如在足球賽進行時「噓國歌」等有關。據《國歌法》，類似行為須承擔法律責任，而為懲處對國歌不敬的港人，香港便有需要引入此法。可是，和內地的政治性會議經常出現「全票通過」的國情不同，香港立法會很難眾口一聲（人人愛港愛國但做法不一），要立法會通過法案讓《國歌法》在港生效，須要進行諮詢……為了讓立法議事順利進行並盡早通過，動員鼓勵議員投贊成票，發放「溫馨提示」以釋眾疑，如人大常委范徐麗泰說《國歌法》展開本地立法程序時，應作公開討論，不過僅限於立法會上的討論，而非公眾諮詢，以引入全國性法律不屬「高度自治」範圍，港人並無各自表述的餘地，當然，港人的看法，可透過議員在立法會上表

達，但是立法會受建制派控制，《國歌法》從內地法變為香港法，其實已無懸念，只是要依香港的立法程序，不能一蹴即就，而是要「假以時日」……為掃除港人尤其是曾做出對國歌不敬言行者的疑懼，范徐麗泰和特區首長林鄭月娥均表示「本地立法不會有追溯期」。

無論如何，不追溯可能引起立法前香港出現更多對國歌不敬甚至侮辱的言行，以無後「懲」之憂而盡抒胸臆。這種行為不算不正常，問題是何以有人會對曲調昂揚、歌詞「勵志」（對「奴隸」而言）的國歌「有意見」，說白了，還不是不滿北京煞有介事、步步進迫的「治」港態度!?

對國歌的態度，真是因國而異，內地視國歌神聖不可侵犯，不少國家卻淡然處之。英國記者馬紹爾（A. Marshall）2008年開始駕車（當中有騎單車及乘船搭飛機）周遊列國，尋訪國歌誕生的故事，於2015年出版《共和或死亡》（*Republic or Death-Travels in Search of National Anthems*；譯名有待修正）。馬紹爾花那麼大氣力和時間寫有關國歌的來龍去脈，原因是國歌中，不動聽的多的是（如英國國歌和中華民國國歌），但何以無知的小學生以至酩酊半醉的球迷都琅琅上口隨時引吭歌之頌之？他的答案是，國歌的播唱次數，只有最最流行的「時代曲」可與之媲美，那即是說，在國家及民間喜慶活動以至學校上課前體育賽事後必播，國人很難不受「熏陶」，久而久之，便人人會哼；當然，在那些

雞鳴日升

視國歌代表民族自豪、體現立國精神的國家，人民把懂唱國歌視為應盡的國民義務，為免惹上麻煩甚至犯上官非，人人會唱，情理中事。然而，強扭的瓜不甜，強迫人民唱國歌不一定能夠收到正面效果，印度便是顯例。

1971年印度國會通過《防止侮辱國家榮譽法令》（Prevention of Insults to National Honour Act），規定國人對國旗國歌及憲法，必須畢恭畢敬，可是聽者邈邈，三四十年下來，不少印度人民已渾忘有此法令……今年2月印度高等法院裁決聽到電影院播國歌而不起立的觀眾「犯法」，等於政府重申此法令仍然有效且要強制執行。印度國歌全長只有五十二秒，但人種繁雜階級多樣且貧富極度懸殊，社會矛盾深植，印度要藉對國歌的尊敬以示團結，但反對之聲盈耳，至今仍聞爭吵！

二、

如今國有國歌，唯獨西班牙國歌（先名《御林軍〔近衛軍〕進行曲》後改名《皇家進行曲〔The Royal March〕》）只有曲調沒有詞，這首「應該」譜於1761年的歌曲，本為皇室閱兵而作，因此沒有歌詞，成不了一般正常意義的「歌」，在這數百年歷史中，曾先後兩度有詩人為之填詞，一次在阿芳素十三世（Alfonso XIII，1866至1931年在位）治下，一次是法朗哥（1939至1973年在位）當政，均不了了之。西班牙音樂世界知名，沒有可唱的國歌，小事一樁。因此當今之世，沒

有歌詞的國歌，只有西班牙一國。西班牙國歌沒有歌
詞，納米國列支敦士登的國歌則有詞無曲，只能朗誦不
能唱，未免失禮國體，於1850年國會通過議案，決定
配上英國國歌旋律。自此之後，列支敦士登便有與《割
死女皇》──God Save the Queen──同調但歌詞迥異
的國歌，真是世間一絕。「割死女皇」是英殖時代有創
意學生「音譯」的歌詞，雖對「包租婆」大大不敬，但
殖民地官員一笑置之。英國國歌成於1745年（作曲阿
恩〔Thomas Arne〕、作詞嘉利〔Henry Carey〕），
旋律死氣沉沉，毫無生氣，歌詞的封建意識甚濃，是
馬紹爾「最憎厭」的國歌，這名英國記者一聞《天佑
女（吾）皇》（隨君主性別而自動改正）便迷惑迷惘
（Discombobulating），無法不掉頭走避。

馬紹爾的反應也許有點誇張，但《割死女皇》的確
如喪禮之歌……60年代筆者在英時，戲院開映前必播，
配以女皇戎裝騎馬檢閱儀仗隊短片，但此時觀眾不是閉
目養神便是上廁所，不見有人起立（絕未有人因此被捉
將官裏）……由於觀眾反應不佳，於70年代初期取消。

筆者不敢月旦馬紹爾這本書，因為對此題材是門
外漢，不過，他談中華人民共和國國歌，蜻蜓點水，不
癢不痛，欲引一段「交差」，亦乏材料。馬紹爾顯然
未讀羅靚寫田漢和《義勇軍進行曲》的《前衛和大眾
化在現代中國》（*The Avant-Garde and the Popular in
Modern China*）一書，那顯然是羅教授那篇論文的「加

雞鳴日升

長版」。書中細說田漢與表演事業及政治交纏的關係，對《義勇軍進行曲》的問世說之最詳……馬紹爾肯定未讀此書，因而對此一片空白。

北京把「國歌」神聖化，無可厚非，俄羅斯及若干前蘇聯加盟共和國，以至非洲中東獨裁國亦如是，不過，如北京《國歌法》條文規定的具體和仔細的，似不多見。細閱「條文」，筆者以為第七條「奏唱國歌時，在場人員應當肅立，舉止莊重，不得有不尊重國歌行為」，籠統抽象，為執法人員發揮「酌情權」留下極大空間，即執法者可憑己意判定甚麼是「舉止不莊重」，以至「肅立」是否符合他心目中的標準；而第十五條「故意篡改國歌歌詞、曲譜，以歪曲、貶損方式奏唱國歌」均「構成犯罪的，依法追究刑事責任。」則令筆者想起法國電影《Marguerite》（《走音歌后》？）女主角（Catherine Frot）非常抑揚頓挫慷慨激昂地唱出法國國歌《馬賽進行曲》，雖然態度嚴肅，眾耳聽之，仍是荒腔走板，被所屬音樂俱樂部「開除會籍」……如未來香港有嚴肅歌手全神投入唱國歌卻「不達標」（執法者的標準），會否犯上「十五條」而惹官非？

2017年11月8日

不學有術說通事
依康老密是偽學

　　■中文大學翻譯系教授兼翻譯研究中心主任王宏志主編的《翻譯史研究》，2016年一輯收廣州大學外國語學院葉靄雲的〈廣東通事「老湯姆」及其寬和通學館考〉一文，記乾隆二十二年（1757年）開海禁後唐人如何與番人溝通種切。

　　未入正題，先說「老湯姆」之名的來由。原來「老湯姆」之外，還有「小湯姆」和「阿蘭仔」……兩個「湯姆」其實姓譚（Tan）姓董（Tung），老番搞不清楚，一律稱之為英美最常見的「湯姆」──年紀大的加「老」，年紀輕的稱「小」。據葉君考據，文中的「老湯姆」，真名葉懋，經營的「翻譯社」，叫「葉懋通事館」。

　　是年清廷頒〈一口通商〉諭令，指定西、荷、瑞、英、法、美等國商人，只能在廣州進行買賣，居於指定的廣州城西「十三行商館區」（此規定直至鴉片戰爭後〔1842年後〕才取消）。由於清廷拒絕與外商直接交

日升
雞鳴

往，遂委任一批粵人與外商打交道，當雙方傳譯的「通事」。

　　岔開一筆，廣州最早走向世界，與「西洋之國」通商（沿海潮閩地區人士則最早「過番」），華洋雜處、艣舳雲集，「舌人」需求殷切，儲有「通事」人才，不足為奇；1853年7月帶領美國艦隊（「黑船」）打開日本鎖國大禁的伯里船長（Captain M. C. Perry；伯里是日本官式譯名），便有廣府籍貫的翻譯羅森，極可能是艦隊於1853年4月在香港停泊十多天為伯里所物色的「香港仔」！筆者細閱陳雅晴的〈亦趨亦離—早期港英殖民政府的華人翻譯員（1843-1900）〉（收王宏志2015年《翻譯史研究》），並無所見。這也難怪，以陳文寫的主要是通中英雙語的「口譯員」，沒有通英日翻譯員的記載。

　　■「十三行」那些未受過正式訓練的「通事」如何完成繁重的翻譯工作，「構成中國翻譯史上一道獨特的風景線。」精彩紛呈，「通事」多屬無師自通，不少自創的「廣東英語」，烏龍百出；但是大體而言，18世紀廣州十三行商人與雜亂如聯合國的「番人」溝通，雖不圓滿卻相當成功，否則怎能順暢交易？換句話說，葉文指「廣東通事是群待遇不高的『出類拔萃』人物」，一點也不誇張。不過，經商貿易，只要雙方各有所得，不管譯員如何曲解誤譯，問題不大，政治交涉卻「茲事體

大」，錯譯便不得了！

2015年《翻譯史研究》所收王宏志教授〈1816年阿美士德使團的翻譯問題〉，大有可觀。比如，1793年英國的馬戛爾尼使團（Macartney Mission）和1816年的阿美士德使團（Amherst Mission）與清廷交涉後均無功而返，其中一個原因便是使團「沒有合格的譯員」，因此雙方無法「有效溝通」……事實上，馬戛爾尼成行前，曾派幹員到歐陸物色翻譯員，幾經尋覓，在意大利那不勒斯傳道會所辦的「華人書院」（College for Chinese）找到兩名願當譯員的中國傳教士，「但他們不懂英語，中文水平也頗成問題……」此事惹得通曉中文的使團「翻譯主任」、彙編《廣東省土話字彙》的馬禮遜大為不滿。合適譯員如此難求，結果馬戛爾尼副使斯當東（G.L. Staunton）的12歲兒子亦被聘為譯員……這樣的譯員陣容，又如何能夠增進中、英邦誼……

值得注意的是，二百多年前那不勒斯已有「華人書院」，可知意大利教會早已致力「開拓」中國「市場」！

■早年一些通外語的譯員，是不學無術的市井之徒，既不精通「雙語」，亦談不上職業道德，常有居中作弊假公濟私鼠假貓威的事情。讀台灣「第一饞人」唐魯孫的《說東道西》（台北大地出版社），意外發現兩處（頁一一八及一四七）提及「舌人」為非作歹的事，

日升雞鳴

不期然令人想起中港台的抗日小說和電影中那些日本人僱用似地瘔的中國「舌人」⋯⋯於〈我所認識的還珠樓主〉一文，作者說及這位以寫《蜀山劍俠傳》為國人所知、「風采雍穆」的小說大家，因版權問題與出版社有爭執，那位出版商竟然通過在日本憲兵隊當翻譯的親戚，在日本人面前亂說一通，大扣帽子，讓日本憲兵把還珠樓主捉將官裏；在〈張織雲的遭遇〉，唐氏亦有類似記述：「⋯⋯早年翻譯地位雖然不高，可是做了捕房的舌人，就能出賣風雲雷雨了；譯員的太太也借乃夫的『特殊地位』，胡作非為⋯⋯」。

■1963年31歲歸化美國、兩年後成為外交譯員、於1997年以「國務院語言服務部」總監（director）身份退休的奧斯特（Harry Obst），五六年前出版的《白宮通譯─翻譯的經驗》（*White House Interpreter: The Art of Interpretation*），述說其充當數位美國總統如詹森、尼克遜、福特、卡特、列根譯員的經驗，筆者懷着很大期盼購該書，以為奧斯特會「大爆內幕」，哪知讀來十分平淡，想來守秘是「白宮譯員」不可越雷池半步的最高指引，即使去職退休，亦不得說、寫一些未曾見諸新聞報道的「內幕」。

原籍德國的奧斯特，認為做個稱職的「舌人」，除精通有關語文、還須具備「萬事通」般的常識，因為領袖會談，不時逸出主題，尤其是那些「已建立私人友

誼」的，因此，譯員須不斷進修，天天讀報、博覽群籍和學習「潮語」……保密是另一項不可踰越的禁條；「政治審查」過關的「譯員」，接受和總統相同的「簡報」（Briefing），全屬「國家機密」，因此對其有份參與的會見和談判，絕不能告知非與會者，即所見所聞不得向外人透露；「譯員」有時會筆錄一些重要的內容，這些「筆記」，不能作為「私產」而須於會後交給國家檔案室（National Archives）保管……

在他服務過的政要中，他說詹森「不易服侍」而海格將軍（A. Haig；尼克遜的幕僚長、列根的國務卿）是語言天才，用上大量艱澀詞彙僻字、「常說些模棱兩可的話」，當他的「譯員」有如應試。

在一般人印象中，「譯員」常識豐富，口舌便給，寫起文章，必有可觀，事實卻並不如此，《白宮通譯》既欠文采，也沒有甚麼令人耳目一新的內容；最後一章寫通譯培訓，亦寫不出所以然，僅知美國至世紀初也只有一兩家大學設有譯員專科…….作者說美國不少人包括《華盛頓郵報》在內，是「譯員」與「通譯」不分（頁二五二），混淆了二者的工作性質。前者Translator、後者Interpreter，一為筆耕、一為舌人，用筆用口、大有分別，但一般人就是區分不來！

■本文主要談「口譯」（即時傳譯），但既是翻譯，便有直譯與意譯的考究。《翻譯史研究，2016》

雞鳴日升

收復旦大學歷史學系陶磊的日譯西書《解體新書》中的
「直譯」和「義譯」，對此兩種譯法，説之甚詳，所
涉雖為「醫書」，亦具參考價值。陶氏説日本翻譯家
大槻玄澤（Otsuki Gentaku，1757-1827）在所譯德國解
剖學《解體新書》中，提出「直譯」、「義譯」和「對
譯」三種譯法。「直譯」是指「用現成漢語詞彙替換原
文字句語素，想與今天兩種不同語文互換的直譯理解
相同；至於「對譯」，指的是「音譯」，而「義譯」
當然是「意譯」⋯⋯此事讓筆者記起多年前翻閱《甲
寅》曾見有關翻譯的文章，上下求索，果有所得。章士
釗（秋桐，1881-1973）在日本時編彙純文言文的《甲
寅》月刊（註明日本編行；英文名為The Tiger），第
一卷第六號（1915年1月）有以「致甲寅雜誌記者」
（外稿皆以此形式出之）的短文〈譯名〉，開篇便説
「從來譯名之道。不出於義。則出於音。義譯為常。音
譯例變⋯⋯」。作者張振民與編者秋桐討論「義譯」和
「音譯」的優劣，於今看來，平常至極，不去説它；
有趣的是，文內提出「依康老密」一詞，看「上文下
理」，估計為Economics的「音譯」（經濟學便是「義
譯」），張氏認為「依康老密」可譯為學，「使見之者
見一新字，即起一種義之觀念。」説的真不錯，因為
Economics的音譯（「依康怒密」似較恰可），對不通
英文者有如謎語，令人望之卻步，若譯為「學」，便令
人有一探究竟的興趣！

　　■　　9月30日是「法定」的「國際翻譯日」（International Translation Day）。9月30日是「聖哲羅米日」（St. Jerome〔340-420〕Day），此公意大利人，神學生、虔誠天主教徒，因把《聖經》從希伯萊文譯成拉丁文，大大有功於《聖經》的普及，他去世後約一千一百年獲教皇封聖。「國際譯員聯會」（FIT）1991年定此日為「國際翻譯日」，今年5月24日聯合國確認。

　　　　　　（閒讀偶拾〔即時傳譯雜談‧二之二〕）

2017年11月9日

雞
鳴
日
升

有償愛國美國第一！
多派糖國歌噓聲無？

一、

　　看美國體育賽事的觀眾——現場裏與熒幕前——莫不知道比賽特別是美式足球開賽前的升旗禮，或中場休息時加演的娛賓節目如唱奏美國國歌《星條旗之歌》時，在場大部份觀眾站立（當中以不符合「肅立」標準的人較多）、不少人右手按左胸，以示敬意與服從。這種肅穆敬禮的場景，有人以為自古（採納此曲為國歌的1931年）已然，其實大謬不然，以美國人受1791年通過的憲法第一修正案保障，享有數得出的各種（比如宗教、言論、新聞與集會等等）自由，換句話說，美國人聽到《星條旗》或看到升旗禮時可以隨意坐立蹲臥、飲食甚至打瞌睡的自由，運動員亦一樣，不過，如果他（她）們與體育會簽署僱傭合同中有聽聞《星條旗》或見到國旗上升便當肅立敬禮的條文，便須按合約規定辦事。

　　資料顯示，2009年之前，如果「班主」安排開賽

前或於中場奏唱《星條旗》舉行升旗禮的話,球員可以不理,以「班主」有安排意識的自由,球員亦有但憑己意作出反應的選擇,他們甚至可留在更衣室HEA,直至「行禮不如儀」之後才上場。為節省開支,當年「班主」多半由業餘人士負責「愛國環節」,結果觀眾大感乏味之餘,場面散漫無序。直至有人(昔日所稱的「衛道之士」或「道德大多數」)認為體育館萬頭攢動、喧嘩吵耳,有如潮流音樂會般七葷八素,是對國歌(及國旗)的褻瀆,為扭轉此一「不良習慣」,國防部(及稍後加入的國民警衛局〔National Guard Bureau〕)透過「游説」,決定「資助」(多以推廣及廣告合約形式出之)全美足球聯會(NFL)的成員,換取其聘請專業藝人於賽前或中場舉行升旗禮唱國歌!

美國共和黨眾議員、越戰「英雄」(特朗普認為他為越共擒獲不算英雄)麥肯(J. McCain)2015年聯同另一名共和黨議員,發表一份全長一百五十頁(95%以上是與各球會「交易」的紀錄)、題為《用金錢箍緊愛國主義——聯合監督報告》(Tackling Paid Patriotism)的報告(可於麥肯同名網站下載),這份「致納稅人書」,詳述聯署人如何與球隊班主達成「有償愛國協議」。報告開篇以傲人的語氣説,2013年的一場足球比賽開場前,由八十名國民警衛組成的「護旗隊」(Colour Guard),浩浩蕩蕩,在雄起起的軍樂伴奏下扛起國旗繞場,令民心振奮,全場歡聲、愛國情緒達到

雞鳴
日升

沸點的場面！球隊為此安排收取三十一萬五千元（美元‧下同），兩位議員認為絕對物有所值。以區區三十多萬元，換來場內數萬觀眾及受其感染的以千萬計的電視觀眾情緒高揚的愛國場面，令兩位議員對那份洋溢着民族自豪的良好感覺，齊向國人邀功！

　　為向納稅人清楚交代，《報告》詳列每宗「有償愛國」（有償敬禮〔Paid Patriotic Salutes〕）活動的代價，十四支全美足球隊在2012年至2014年的財政年度，一共收取了國防部六百八十萬……。

二、

　　雖然麥肯議員為以此戔戔之數便能掀起觀眾愛國情緒而欣然色喜，但是詳述以稅款（國防部經費）和球隊簽訂對國旗國歌「敬禮合同」的《報告》發表後，八方批評之聲不絕，認為球隊應做好份所應為的工作，不應收取納稅人的錢才參示意愛國……「足聯」在輿論壓力下，決定從經費中撥款。2016年「足聯」把相關項目剩餘的七十二萬四千元「回繳」國防部！此後球會撥了多少專款安排唱國歌（請紅星主唱開支不菲）和升旗禮，筆者未作進一步的「實證」，但從上舉事實，可見美國一切都是錢銀交易、利字當頭——以國為念的禮節亦未能幸免。公眾表忠的愛國活動受商業贊助（國防部當然不是企業，但做法等同出錢買愛國廣告）何止於美國，簡直可謂舉世皆然。本港很多支持建制的「群眾」集

會，不都是「有償」活動嗎？只因付款者毋須向納稅百姓交代，而收款者要避稅令具體數據從未公佈，因此而蒙上神秘的面紗而已；事實上，內地數額驚人的「維穩費」，當中落入媒體或在公眾場合表態維護中央的啦啦隊戶口的，數目可觀！

撇除這類「眾人之事」的表演，商業性活動如支持歌星藝員的搖旗吶喊，組織「粉絲」亦非金錢莫辦。60年代當紅樂隊歌星如「披頭四」來港，受到萬人空巷的擁蠆包圍，便是顯例。公關公司僱請一班「適齡」群眾扮歌迷，一見「偶像」到埗，便聲嘶力竭瘋瘋癲癲地叫陣唱好，令更多人受到感染而湧往爭購門券，場場爆滿，皆大歡喜。熱烈歡迎某位名人的場景肯定成為娛樂媒體的頭條，相關媒體亦可從中受惠，這是「天下沒有免費午餐」的另類解讀。美國體育活動要搞愛國氣氛，表面看來，球會只有無形回報，但只要有關活動搞得有聲有色，加倍「吸睛」，商業贊助（廣告）隨之而至，球會便有實際（有形）得益。商業性活動如音樂會和商品推介，同樣會帶來票房和廣告的實際利益。

香港是個典型的市儈社會，那是殖民地教育可作預期的後果，因此仿效美國和內地，花點錢在培育表忠愛國及令社會和諧的維穩開銷上，當有積極的效果。眾所周知，家有家規、黨有黨紀、國有國法，不過，有的國家有「國歌法」有的沒有立法，強調要全面管治香港的「一國」有《國歌法》，而且把之嵌入《基本法》，

雞鳴日升

香港人只能引頸就戮或甘之如飴了！雖然刻下反對特區政府為《國歌法》立法之聲鏗鏘有力，但是毋忘法律最終是為槍桿子服務的「實在法」，那意味着反對終歸無效……在當局不希望出刀動槍開「洗頭艇」強迫驚嚇人民乖乖聽話的情形下，於推廣《國歌法》上，除了密集的言文宣傳，附帶一點物質誘因，加上內地官員不再那麼盛氣凌人，在公眾場合作「噓國歌」的躁動，大概可以慢慢平靜下來！

2017年11月14日

氣候多變土地有限
貨櫃屋村適宜香港

一、

　　住宅供不應求，可說是發達經濟體的痼疾，本港情況尤其嚴重；香港地小人稠外，加上人謀不臧，令樓價升完再升，而人均住宅面積一減再縮。即使人均GDP屬國際高水平，港人住宅平均面積卻居世界最下層。據shrinkthatfootprint.com搜羅包括聯合國等國際性機構的數據，以購買力平價計，去年香港人均GDP五萬四千二百七十九元（美元·下同），人均住宅面積一百六十（平方）呎（公共屋邨一百三十呎），和香港經濟類比的地區和城市，不論人均GDP高下，人均住房面積均高於香港，比如新加坡（人均八萬一千四百四十三元）三百二十三呎、台灣（人均四萬七千五百元）三百七十呎、上海（人均九千零五十五元）一百九十四呎……注意，上述數字是指「人均」，若以住宅平均面積，香港是四百五十二呎、新加坡一千零四十四呎、台灣是一千一百一十九呎及上海五百六十

雞鳴
日升

呎。以任何角度看,香港人的居住空間是最為狹窄!

解決居住供應不足問題,是歷屆港府的「當務之急」,雖然非常努力,有的治標(把山邊木屋居民迫上「劏房」)有的治本(因土地有限而徒勞無功),卻做不出甚麼具體成績。現屆政府亦費了不少心力,然而,要助市民置業,在筆者看來,絕對是誤入歧途,以此舉不僅解決不了問題,且有好心做壞事的隱患。第一、市民缺乏的豈止是住房方面的慾望?政府是否準備一一加以滿足?第二、為讓無殼蝸牛有蝸居,政府竟然放出允許市民提前領回強積金置業的空氣,做法雖為物業發展商所樂見,但是萬一樓價下挫(遑論急瀉),負資產業主豈非連養老之資亦無着,這種情況出現時,社會不陷入混亂才是怪事……。

住屋問題的解決,根本之道在開源,然而,受地理環境的局限,真是説易行太難!不過,行難不等於不起步,不一點一滴地做,只要方向正確,問題即使不能完全解決,亦可讓民眾看到一點希望的曙光。

二、

收回哥爾夫球場部份土地、在貨櫃碼頭上建「半空之城」,這些可能大量增加住宅單位的提議,政府都興趣缺缺。這樣反應,不難理解,因為此中有技術困難(有關專家雖説已解決,但「驗證」需時)又有既得利益集團的反對壓力……;填海當然是造地良策,只是填

海需時且令新填地變成可在其上興建高樓大廈的土地，需時更長，因此，填海是為下一兩代籌謀而無濟急之功。換句話說，填海可以進行，但同時間也要推出一些可以濟燃眉困局的措施。

去年12月15日，作者專欄題為〈海上家園貨櫃村紓解屋荒此中求〉，顧題思意，內容就不必重複了。事實上，加勒比海的「海上家園」已搞得如火如荼，但受多颱風天氣的影響，此事香港無法「照辦煮碗」。至於貨櫃村，此間已有團體積極推動，卻未見成效。筆者認為，這種在英歐（特別荷蘭）以至美國已漸流行的住宅新概念，當局應主動「催生」，因為確是省快好的增加住宅單位、紓解住宅荒的治本好方法。

說來有點不可思議，亞馬遜（amazon.com）本月10日開始出售以貨櫃（Shipping Container）改裝而成的住宅，每「間」面積三百二十（平方）呎，以美國的住宅面積（按美國人均住宅面積八百三十呎、平均住宅二千四百七十六呎），屬納米型住宅，在香港則屬半豪宅，售價三萬六千元（美國本土四至六週內送達，標準運費三千七百五十四元四角九仙；如此精確，未知用甚麼公式計算）的貨櫃屋，硬軟體設備齊全，包括睡房、淋浴、廁所、廚房、洗滌盆及起坐間（living space），圖像所見，絕對是「可以居」！

香港政府大可與貨櫃屋製造商（位於威斯康辛州的MODS International公司）合作或索性「第二次創

雞鳴日升

作」，值此海運低迷空置貨櫃以百萬計之際（據英國 budgetshippingcontainers.co.uk的估計，海運全盛時期全球有一億七千多萬個二十呎〔TEU〕貨櫃），當局或企業可以大批購入作「廢物利用」，打造適合香港氣候的貨櫃屋，只要劃出土地，做好「三通一平」兼疊起框架的基建工程，便可讓花得起約三四十萬港元的人把貨櫃屋「遷入」（貨櫃屋主可向政府租地置屋或向多層「屋架」的業主買空間）。這可是不錯的主意——起碼會比有人建議倫敦興建「樓上屋」更佳。物業經紀代理商萊坊（Knight Frank，網上找其中文名，竟見歡迎客戶「拜訪我們」之句。妙），利用地形製圖掃描軟件Skyward，拍攝、分析倫敦的物業，結果發現有二萬三千多幢樓宇的天台適宜建「樓上屋」，當局若認為可行而讓發展商進行這項「工程」，便可解倫敦日趨嚴重的住宅供應不足。

不過，此法恐怕難在香港實行，根據物業條例，天台多為大廈業主共同擁有的「走火通道」，若要興建「樓上屋」，便得大修法例，而這不是易事。

反覆思量，還是由政府劃地——現成「棕地」建貨櫃村，最實惠可行。香港受薪階級為居住問題折磨這麼多年，現在是政府當機立斷做點實事（立法會議員則應組團赴歐美考察）的時候了！

2017年11月16日

塔外語言精準貼地
北韓雕塑面臨寒冬

雜談近事三則。

甲、

　　不久前，象牙塔大學者說了一句「塔外話」，內地「叫雞」（嫖妓）可用支付寶付款，引起半城風雨。其實，撇開價值判斷，這句話的確精準反映內地科技應用走在潮流前線，雖然惹來不少批評和謾罵，但是生動切實易明，就傳遞信息而言，有力可取。

　　妓女稱「雞」，一般說法是妓為廣州話「音譯」，然而，普通話還未「南侵」前，廣東地區妓女別稱甚多，當時是否已有「雞」稱？操皮肉生涯的女性，北方人叫婊子，那從其意自明的俗話「既想當婊子又想立貞節牌坊」可見。那麼，婊子又從何而來？許暉《這個詞，原來是這個意思！》（台灣漫遊者文化）的〈「婊子」的稱謂是怎麼來的？〉，說之甚詳。據許氏考證，「婊子」初稱「表子」，表字代表外衣，禮服稱「褕

雞鳴
日升

衣」，一內一外稱「表裏」，成語「表裏如一」（當然不是指外衣和禮服同款同色，而是說「外表與內心」一致）及「表壯不如裏壯」（「表」指丈夫，「裏」是妻子，意為丈夫有才幹但妻子是賢內助更能幹）。至於古時有「外婦」一詞，指的是非妻非妾但可供男士狎玩的婊子。許暉引宋・無名氏的戲劇《錯立身》：「被父母禁持，投東摸西，將一個表子依隨。」此處的「表子」是妓女；他又引明・周祈的《名義考》，指「俗稱倡曰表子……，表對裏之稱，表子・猶言外婦」。正如倡因指賣淫女性，慢慢寫成娼，表子亦然。

《金瓶梅》與《儒林外史》分別有以下兩段描述：「老身又不曾怠慢了姐夫，如何一向不進來看看姐姐兒，想必別處另敍了新婊子來。」及「廚房裏一個人在那裏洗手，看見這兩個婊子進來……」其實，在日常用語中，比較斯文的妓女在「操守」上似勝婊子一籌，幾乎所有的字典都說「婊子」是對妓女的蔑稱，可知北方人罵人「婊子養的」的歹毒！

乙、

李安納度・達文西（或達芬奇；Leonardo da Vinci, 1452-1519）那幅曾失蹤逾百年的名畫《救世主》（Salvator Mundi），11月15日經佳士得拍賣行（Christie's）以四億五千零三十一萬二千五百美元賣

出，17日報上記之甚詳，不贅。可以一談的是畫家的名字。

據教會的出生紀錄，達文西原名李安納度，是私生子，惟其父罕有地把姓氏賜給這兒子，因此全名是 Leonardo di ser Piero；李安納度是那位花花公子的第一個兒子，母親是女傭Caterina；李安納度之父其後結過四次婚，一共生了九子二女。由於李安納度出生於小城「文西」（Vinci）附近的納米小村Anchiano，ser Piero，家族是這一帶的土皇帝，所以家人姓名之後加上da Vinci（來自「文西」）以示家世顯赫。李安納度初出道時，稱Tuscan Leonardo the Florence，不久後他略有所成，乃父正式承認其身份，於是改名Leonardo da Vince。今之名人如名歌星「麥當娜」，便以名字行世，其姓氏Ciccone恐怕連她自己亦不復記。李安納度亦如是，有誰會記起他的姓氏？事實上，和數以百計生於「文西」的人都稱da Vinci一樣，只因李安納度名滿寰宇，提起達文西便知道是名滿天下的李安納度。可是，達文西不是李安納度的名字，因此，當2003年丹‧布朗那本迄今銷售近九千萬冊的小說《達文西密碼》出版時，引起不少學者的「異議」，以主角蘭登教授叫李安納度為達文西！學者認為這會誤導廣大讀者（和電影觀眾），長此下去，人們只知有畫家達文西而不知其人原有的名字。

《救世主》成功拍賣後，17日christies.com貼出以

〈最後的達文西〉（The last da Vinci）為題的新聞稿，筆者頗不以為然，因為以佳士得的角色和對畫家的了解，應稱李安納度而非從俗才適當。

以地名或官職為名，我國古已有之，如唐代文學大家柳宗元，生於河東永洛縣，後人稱他為「河東先生」；唐代大詩人杜甫，生於長安近郊少陵，他自號「少陵野老」，因而有「杜少陵」別稱；清初大儒顧炎武，昆山亭林鎮人，其詩集遂名《亭林詩集》。不以地名而以官職為號的，亦不乏人，南朝謝朓官至宣城太守，遂名其文集《謝宣城集》；更早的賈誼更妙，號「長沙」，非地非官而是其主上的官銜為長沙王，他身為太傅，感到無上光榮，因名其詞賦集《賈長沙集》……

我國識字分子大都知道上舉諸名由來，因此，提及杜甫和柳宗元時，不會不冠姓而只稱少陵、河東……準此，稱達文西而不冠姓，聽起來便莫名其由，稍嫌突兀。

丙、

在位三十七年（七年總理、三十年總統），津巴布韋獨夫穆加貝（R. Mugabe, 1924-）在週三「兵變」後六天，終於在國會動議彈劾前宣佈辭職、鞠躬下台，統治一個國家近四十年，穆加貝集所有獨裁者的惡行於一身，不過，其管治權謀（Statecraft）確有過人之處，

也屬顯然,在軍頭逼宮反抗無效之後,他尚能「安全着陸」,可見了得。不過,津巴布韋將陷亂局,似不可免,以數十年的裙帶貪腐,穆加貝尤其是其權力慾旺盛的夫人的追隨者能否與新君和平共處,實為未知之數。穆加貝夫人葛莉絲揮霍成性,那從她有Gucci Grace的綽號可見。

談津巴布韋政經前途,筆者力有未逮,今天談談兩宗小事,也許有點「讀趣」。

一、若干年前,因對羅德西亞「念念不忘」(60年代後期,搞片面〔宗主國英國不同意〕獨立的新聞天天充塞英媒),遂與近十友人相約遊津巴布韋。令一行人下機便錯愕的是,過關時要在護照中夾上十元美鈔(來自導遊的忠告),而眾目所見的是一張亮麗碩大的「偉大領袖」穆加貝肖像;海關掛領導人相片,何奇之有?奇的是相片下面有一行大字,「只收美元不收本國貨幣」!這也難怪,其時該國通脹率過千,要印有穆加貝肖像的鈔票來幹甚麼?!說來不可思議,官匯一美元兌九點一二的津巴布韋元(Z$),至2006年7月,一美元可兌五十五萬,翌年4月1日更達二百萬(非愚人價)……津巴布韋在穆加貝治下,雖沒有甚麼足以稱道的建樹,但能在通脹史上留名,則可肯定。在首都哈拉雷的洲際酒店,見後院擺着數十件石雕,多為人物鳥獸,尊尊眼前小景、座座天外奇觀,雕工樸拙不失精微,加上石材色澤悅目,遊伴愛不釋手,結果我們一共購了二噸多重

雞鳴日升

的石雕……石雕主人為一蘇格蘭中年人,大約在我們回港後二三個月,收到來信謝我們惠顧並說他已結束生意打道回蘇格蘭……在那個通脹沖天的年頭,他以美元賣出那些出自土著雕塑家之手的石雕,不在當地做億萬富翁而回老家頤養天年,如今看來,確是明智的選擇。

二、穆加貝「和平退位」,但看哈拉雷上街群眾歡天喜地送他一程,可知他已失卻民心,那意味津巴布韋在他去世以後,不會為他豎碑立像──據說,國家貨倉存有兩座他的巨型雕像,看情形被敲碎的機會很高。

這令筆者想起北韓的禍不單行,連雕塑業亦面臨不景氣!北韓於1959年創辦、現有約四千名工匠的 Mansudae Art Studio,在過去這數十年來,因為為金氏父子塑造巨像及五花八門歌頌金氏皇朝豐功偉業的雕塑群而舉世聞名,成為世上出口雕像最多的國家。為拍領袖馬屁,許多國家都向這家「藝術工作室」訂購領導人的巨雕,如安哥拉、乍得、貝寧、剛果、赤道畿內亞、埃塞俄比亞及多哥等非洲國家,都是大主顧;當然,她們訂購的除了領袖像外,還有不少名目令人瞠目結舌如豎立於塞內加爾首都達卡近郊、高近五十公尺的超巨型「非洲文藝復興運動」石雕群……

俄羅斯和中國早已不做這門生意,北韓因此一枝獨秀,據說其收入主要供金氏王族購買外國奢侈品,當卡斯特羅和李光耀去世後古巴和新加坡遵遺囑不為她們的國父設紀念雕像供萬民瞻仰時,北韓等於失去兩宗大

生意;如今穆加貝灰溜溜落台,存倉的雕像固無安身之所,自然更不會在全國各地立像⋯⋯北韓的雕塑業已進入寒冬!

2017年11月23日

雞鳴
日升

國歌起句似曾相識
三民主義未被消失

與國歌有關雜事數則。

■田漢填詞的《義勇軍進行曲》（國歌）的起句「起來，不願做奴隸的人們！」近於無人不曉，以此歌早於40年代為美國黑人歌王羅伯遜「唱紅」，令歌聲響遍寰宇（見9月6日作者專欄），作為電影主題曲、抗日勵志，深入國人心坎；而這首歌因為中國在奧運賽事上奪標無數，頻頻升旗奏樂播國歌，世人知之更眾，不在話下。

可是，田漢於1934年寫此歌詞時，以中譯《國際歌》已在我國流行，因此，此一鏗鏘有力激盪人心的起句，便有抄襲之嫌、模仿之實！中共元老瞿秋白1923年據法文原稿譯《國際歌》的起句是「起來，受污辱咒罵的！起來，天下饑寒的奴隸！」時人認為「直譯」不大妥當，中共紅人蕭三（毛主席小中學同學、詩人）於1926年改之為「起來，饑寒交迫的奴隸！」田漢顯然受

此「啟發」而寫下那句如今膾炙人口的歌詞。

《國際歌》的歌詞出自法國詩人鮑狄埃（Eugene Pottier）（寫於1871年），1888年配樂，作曲家是狄蓋特（Pierre De Geyter），為巴黎公社而寫的這首《國際歌》，歌詞富有革命色彩，曲調雄渾，適足以顯示當年共產國際有向資本主義宣戰並把「崇高共產主義思想」向全球輸出的壯志雄心。

1931年中華蘇維埃共和國成立時，決定以《國際歌》為國歌；後改為中國共產黨黨歌，雖然未寫入黨章，但是有一度的中共全國代表大會閉幕禮，都是奏起《國際歌》；2005年9月3日北京舉行「紀念中國人民抗日戰爭暨世界反法西斯戰爭勝利六十週年大會」、2006年10月22日的「中國工農紅軍長征勝利七十週年大會」結束時，也是奏《國際歌》！

《國際歌》歌詞中「從來就沒甚麼救世主，也不靠神仙皇帝；要創造人類的幸福，全靠我們自己！」現在聽起來，仍然那麼政治正確且具感染力！

值得一說的是，《國際歌》近結束時那句「英特納雄耐爾（就一定要實現）」，原來是法文Internationale的音譯（初譯「英特爾納雄納爾」或「因呆爾那西奧那爾」），在那個把靈感寫為「煙士披里純」的年代，有此可顯時髦（前衛）且帶洋氣的音譯，還可嚇唬不識之無（解放後大掃盲加創簡體字）的工農兵。

雞鳴日升

　■　11月8日作者專欄不確定Republic or Death應否譯為「共和或死亡」，寫該文時不及翻書，見報後查閱，方知此為巴拉圭國歌的別名〈Paraguayans, Republic or Death〉，維基百科譯為〈巴拉圭人，無共和毋寧死〉，是少見的佳例；然而，改動一字也許更妙：「巴拉圭人，不共和毋寧死」。

　　看《國歌百科全書》（下稱《全書》）所附樂（五線）譜，巴拉圭國歌長四整頁，應為世上最長氣的國歌！據馬紹爾那本書的簡介，1846年5月20日巴拉圭已有國歌，此後政局多變，當權者為遂己意，多次請南美才子重寫歌詞及譜曲，至1933年在Eusebio Ayala總統任內，採納烏拉圭國歌作曲者Francisco Jose Debali的旋律，配樂出自本土名家Remberto Gimenez之手。寫旋律與總譜的作曲家各有其人且不同國籍，倒與日本和我國的國歌相同——前者為德國軍樂隊指揮、後者為在上海唱片公司任職音樂總監的俄羅斯作曲家。

　　巴拉圭國歌所以有「不共和毋寧死」之名，皆因該國數百年來戰亂頻仍，人民渴望「共和」。16世紀先後被葡萄牙人和西班牙人「征服」，19世紀初葉脫離西班牙獨立，伴隨大變動的，均為連年戰爭；至19世紀中，巴拉圭與阿根廷、巴西和烏拉圭三國聯軍，打了一場拉丁美洲史上最慘烈的五年戰爭，巴拉圭幾乎死掉三分之二的男丁……。踏入20世紀不久，便與玻利維亞爆發戰爭，雖然獲勝，卻元氣大傷。人民對一人一票選總統的

共和國的和平訴求，溢於言表，而國歌也來此別稱！

巴拉圭的母語是西班牙文，但土話瓜拉尼語（Guarani）十分流行，為第二官方語言，其國歌因此雙語並列（當然還有英譯），加上長達四頁的曲譜，所佔篇幅之長，與「小國寡民」（人口不足七百萬）絕不相稱。

■上引作者專欄又指世上「只有西班牙國歌沒有歌詞」，見報當天，小輩告以「沒歌詞的國歌不只西班牙」，查《全書》，沒歌詞的國歌，果然有四，除西班牙外，尚有聖馬力諾（San Marino）、科索沃（Kosovo）及波斯尼亞和黑塞哥維那（Bosnia & Herzegovina）。這幾個歐洲小國的國歌沒歌詞，主要是有太多詩人詞家自告奮勇，作了多首，令議會不知如何「落手」，結果不了了之；不過，波斯尼亞國歌詞曲同出一人之手，只是曲調人人喜歡，但為「國歌小組」通過的歌詞卻受阻於成員來自不同政黨、種族，以至宗教背景人士所組成的國會部長會議……

筆者要趁機作一「鄭重更正」。過去提及《全書》，指其第二版把「中華民國國歌」剔除，原來是筆者粗心大意之過（甚且說來電郵指正的讀友有錯，真是太失禮了）！此次查科索沃國歌，遍找不獲（從以字母序列的目錄），心想豈有此理，再翻書，果於「非聯合國成員」（Non-United Nations Entities）項下見之，

雞鳴
日升

且赫然發現有China, Republic條，收「中華民國國歌」
（頁九〇一）！其説明云，此歌詞作者孫逸仙（1866-
1925）、作曲程懋筠（Cheng Maoyun, 1900-1957；江
西新建人，留日音樂家），1937年定為中華民國國歌！

　■有點意外的是，原來成立於1967年、總部設於雅
加達的「東南亞國家聯盟」（ASEAN，東協或東盟；
有十個成員國，人口共約六億）竟有「盟歌」。2008
年，「東盟」領袖突然發覺開會前不奏「盟歌」，有失
莊嚴，遂於同年11月20日宣佈以二萬美元獎金，廣徵
會員國優才撰寫「盟歌」，大概是此消息一早外洩，不
然不可能於八天後的11月月底便收到一共九十九首競
逐「盟歌」的曲譜。結果，由十個成員國代表，加上中
國、澳洲和日本派出的專家，選中泰國作曲家、曼谷交
響樂團創辦人、大提琴家Sampow Triudom譜曲的《東
盟路》（The Asean Way），而詞作者為泰國《曼谷郵
報》編輯Payom女士。2009年2月27日的十四屆「東盟
峰會」通過定此為「盟歌」。同樣有點意外的是，傳
媒從不錯過對「東盟峰會」的報道，但此間有人聽過
「東盟」這首「盟歌」嗎？答案恐怕是沒有（「東盟」
開會時若奏「盟歌」，與會者需要「肅立」嗎？）。
無獨有偶，地區性組織有「盟歌」的，還有「非洲
聯盟」（African Union，前身為「非洲統一組織」
〔Organization of African Unity〕），其「盟歌」出自

萊索托（Lesotho）大音樂家 J. P. Mohapeloa博士之手，不過，此亦為「非洲統一組織之歌」，「盟歌」用其舊調套入新詞而已。非洲以外曾聽過此「盟歌」者，相信少之又少⋯⋯

　　順便一提，「聯合國」沒有「國歌」，不成體統，曾長期為《信報》撰寫「商思話」專欄的程逸（梁寶耳），資深音樂人，曾有意為「聯合國」譜「國歌」，但聯合國秘書處指無此需要而再無下文⋯⋯其實，「聯合國之歌」由誰作曲，肯定要公開「競投」，但其歌詞，採用我國國故的「天下為公、天下大同，四海之內皆兄弟也」，或「普天同慶、天下太平」之類有普世價值的名句，相信不難獲全票通過！

2017年11月30日

雞
鳴
日
升

成文不文無關宏旨
一帶一路「殺手」先行

甲、

　　12月4日是中國的「國家憲法日」，內地駐港機構主辦一個「基本法國家憲法座談會」，中聯辦主任王志民及中聯辦法律部長王振民就此主題的言文，《信報》已有報道，不贅；此事令筆者記起二十多年的一篇舊文，讀之仍有「不失時效」之感，遂作「偶記」材料。

　　1990年1月下旬，筆者應邀出席劍橋大學「馬歇爾會」（The〔Alfred〕Marshall Society）主辦的「成文憲法是保護人權和經濟自由的根本」辯論會，正方是美國劍橋（哈佛大學），反方是英國劍橋⋯⋯。辯論十分激烈、精彩，筆者為此在《信月》寫了〈劍大聽辯外記〉（收《經濟家學》），指出這場辯論吸引筆者之處固然是與「寫得十全十美的《基本法》是否管用有關」，但正方主力是大名鼎鼎的美國通俗經濟學家、哈佛教授葛爾布萊斯（J. K. Galbraith），更令多次在《信月》和《信報》評介其著作的筆者有見「偶像」的興奮⋯⋯。

　　閒話（辯論過程）略去，下述為該文的結論：「英國學者攻擊成文法，指出它徒具虛文，有法等於無法，據其中一位講者的說法，阿爾巴尼亞的成文憲法最具體而微，連孕婦產前產後的假期和權利都有詳盡規定，但這又如何？阿爾巴尼亞憲法從未落實過……；蘇聯和中國的憲法，就詳盡程度而言，亦算得上十全十美，但中蘇人民究竟享有多少憲法賦予的權利？英國學者固舉例甚詳，香港讀者知之更多！歸根到柢，一國人民之能否享有民主自由，以至私有產權是否受到充份保障，主要還看法治是否貫徹、執法人員是否公正不阿。此兩條件若能確立，則憲法之成文或不成文，均屬次要。

　　「在舉手表決時，與會者絕大多數支持英國政客（按：有數部長級當任官員參加辯論）和學者不贊成成文憲法的主張；有趣的是，如今的英國學者和政客卻贊成中國替完全缺乏權力基礎的九七年後香港特區政府制訂一本成文（基本）法。明知沒用而仍努力鼓吹進行，或許正是英國人偽善面目的體現。」

乙、

　　特區前高官何志平番邦蒙難（也許一如王岸然的剖析，他被罰款後會平安歸來），筆者十多年前在這裏評介美國經濟學家柏堅斯的「報道文學」《一個經濟殺手的懺悔》（J. Perkins: *Confessions of an Economic*

雞鳴
日升

Hit Man），寫於2005年3月間的拙文，不久後（大概在
2006年初）被內地譯出的《一個經濟殺手的自白》收為
「導讀」（徵得筆者同意）。

　　筆者不是說何前局長扮演類似「經濟殺手」的角
色，而是要指出政治體制雖然不同，但為攫取「國家利
益」，合法途徑之外，大多數政府還會非法出術，誘對
手以財（通常是美元）色（男女皆有）以達目的。

　　說來有點不可思議，世界銀行的功能在貸款給新興
（過去稱「發展中」或第三世界）國家，然而，這類相
對窮困的國家，根本無法消受這些大工程（多數成為大
而無當純屬經濟資源浪費的「大白象」），以她們既缺
乏經營管理人才、復沒有足夠的市場需求，那意味「受
惠國」通常都不願接受這類基本沒有經濟效益的「厚
禮」。可是，世銀無法貸出款項，多方「受害」——
「先進國家」無法輸出過剩資金及財貨（比如建水壩修
橋樑的鋼材和其他原料），而「經手」的機構和個人亦
因此不沾油水、兩手空空。在這種情形下，柏堅斯筆下
的「經濟殺手」（縮稱EHM）便空群而出，發揮撮合
國際性機構與後進國政府做成信貸交易的作用。2005年
3月18日作者專欄有這段話：「柏堅斯開宗明義指出，
他們（「經濟殺手」）是高薪的職業騙子，欺騙對象
是有資格接受世銀、美國國際開發署（USAID），及
其他先進國家援外機構援助及貸款的國家，這即是說，
EHMs游說這些『受惠國』政府，鼓如簧之舌，提出種

種大計劃，規劃出明天發展藍圖，務使這些國家向世銀等組織『申請』貸款或資助；而在游說過程中，手法無所不用其極，包括造假賬、賄賂、色情交易、謀殺（如巴拿馬總統Torrijos和厄瓜多爾總統Roldos），甚至操控大選（如厄瓜多爾和哥倫比亞），以達大興土木而由美國大企業接入工程的目的……

「非常明顯，美國跨國企業間接通過『經濟殺手』（他們大都受僱於顧問公司）接獲很多由世銀貸款、工程費以億美元計的落後國家工程，世銀行長因此與這些企業賺錢與否有直接關係……」。根據1944年的《布烈頓森林協議》，於翌年成立的國際貨幣基金會（IMF）領導人由歐洲人出任，而世界銀行總裁則由美國人「世襲」。

「一帶一路」所經六十四國，大部份是「兩無」——無管理人才無市場需求——之國，中國要和她們做成交易，恐怕得派出不少類「經濟殺手」作先頭部隊才有成效！

丙、

《信報》新晉作者軒熙爸昨天的〈淺談熊彼德〉，對熊彼德學說，作了扼要的介紹，還談及「熊學」和香港的關係。讀此文，令筆者想起約三十五年前（！）以〈熊彼德的城市〉為題的「社論」（「政經短評」）。一句話，筆者認為與凱恩斯同年出生的熊彼德（1883-

1950），其學說特別是其倡導的企業家精神，與「香港經濟從無到有，蓬勃興盛」，完全吻合。筆者這樣寫道：「香港的客觀環境，比如少政府干預、稅率低稅制簡單，與企業家的創新活動起了相輔相成、相得益彰的作用，而這些條件，正是熊彼德心目中培養企業家的溫床。」

筆者說：「熊彼德認為，企業家提供了技術革新和創新（Innovation），有效率地生產，終於為企業家賺取大量金錢，人類的物質生活亦因而改善。這看法強力反駁了馬克思認定利潤是剝削工人『剩餘價值』的論斷。依據熊彼德的理論，創新可能是技術性的，亦可能是現有資源的重新安排，前者如電腦業，後者如麥當勞漢堡包。以香港來說，由於條件的局限，技術性創新的例子不多，但現有資源重新安排的事例則數不勝數，香港工業家能適應千變萬化的出口市場的消費需求，就是非常明顯的例子。」

熊彼德對「資本家」和「企業家」的不同看法，很有見地：「根據熊彼德的解釋，資本家的含義和我們現在的通俗看法有原則性分別——顯而易見，這個名詞，是被我們誤用和濫用了——資本家只是擁有資本的人而已，他們對經濟發展沒有直接貢獻。不過，資本家的資本，卻是企業家所需的資金來源，資本家將錢存入銀行，後者將之借給企業家；利息是資本家之所得，它分薄了企業家的利潤，但這是企業家繳納的部份利得稅，

另一部份則以納稅形式為政府所抽取。

　　「不過，企業家並不易為，資本家很少同時是企業家，因為未來難測，創新計劃沒有先例遵循，很易出錯；另一方面，社會上必有一股保守勢力，反對破舊立新的新事。惟其因為如此，所以企業家必須是高瞻遠矚的領袖人物，不但洞燭機先，提出新辦法，生產或提供未來市場需要的商品或勞務，還要有將之成功地付諸實現的能力與魄力。」

　　此後筆者還多次評介熊彼德的學說，對「創造性破壞」說之尤詳……不過，現在回想，香港經濟走上熊彼德之路，完全是無端轉入此中來，説香港是「熊彼德的城市」，也許正是半醉經濟學家所說的「燈柱效應」（Lamppost/Streetlight Effect）。

　　三段短文，俱「偶拾」舊作，這非筆者偷懶（找舊文的時候遠多於作新文），而是見新聞便想起「好像曾寫過」，結果真是一一找出。只此一回，望讀者不嫌棄。

2017年12月7日

反性騷擾全球發酵
政治化劍指特朗普

一、

　　起來，不甘於被性騷擾的人們！不寫女性而寫中性的人們，皆因性騷擾者（Sexual harasser）有男有女。

　　自從《紐約時報》揭露電影界性騷擾是「常態」後，始於2006年、目的在於鼓勵女性及有色人種站出來控訴被不公平對待的#MeToo（我也是〔被欺凌的對象〕）便如燎原之火，蔚成社會運動（Movement），而且迅速感染大部份西方世界，被指控曾性騷擾下屬、同工的「淫蟲」，遍佈各界（識字分子也許有興趣知道，著名的「高眉」刊物《巴黎評論》〔季刊〕的總編輯因被作者投訴性騷擾而自動請辭，諾獎的文學評議會亦有相關傳言），而事實顯示性騷擾不僅不限界別、不限性別，且情況甚為普遍。皮尤（Pew）研究中心11月29日至12月4日對一千五百多名成年人的調查，顯示71%女性及60%男性相信（知道）有性騷擾事件，顯而易見，這已是「社會問題」，與企業文明或政治屬性無

關。換句話說，性騷擾是「普世現象」，如何杜絕根除，費煞思量。

雖然性騷擾男女平等，但現實是男性性騷擾者遠遠多於女性，麥健時環球研究所（Mckinsey Global Institute）去月6日的一項報告，指出僅在美國，性侵（Sexual assault）引致因「生產力下降、盈利損失及額外醫療費用」的有形無形開支，美國企業一年的損失便達四十九億美元；此數字看似驚人，且為企業的沉重負擔，然而，由於有「資格」騷擾異性的人，大都身居要津的男性，是有關機構的「高端分子」，10月30日《紐約》的〈超級經濟令騷擾者高高在上〉（In a Superstar Economy, a Bull Market in Superstar Harassers），指出幾乎沒有例外，性騷擾者都是企業的「生財明星」，因此，即使「東窗事發」，企業多半會「甘詞厚幣」給予一些合約未及的「甜頭」，把被騷擾者遣走，因為留下曾侵犯她（他）們的那些有高超賺錢能力的所謂「有毒（Toxic）員工」，對以謀利為最高標的的公司較有利。這種企業文化，解釋了何以「性騷擾上癮」的優步創辦總裁卡蘭尼克（T. Kalanick）醜聞頻傳，但仍坐穩高位多時（今年6月才被辭退），而該公司女性員工則從2015年11月約佔員工總數四分之一跌至2017年初只佔6%的原因！

有「財能」的男性上司憑高超賺錢手段可隨意「鹹豬手」女性下屬，這種常象，長期「噤聲」，至

雞鳴
日升

#MeToo蔚成社會運動後，有民意為後盾，姊姊妹妹才紛紛站出來，哭訴被性騷擾的陳年舊事；而看中此一潮流，有論者遂趁機提出「他也是」（#HimToo），針對男性上司，希望有更多受害者「起來」揭發男性當權者的醜行！

二、

　　反性騷擾事件已令若干政客「落馬」，英國便有兩三名部長級官員因有關指控而在「人言可畏」的氣氛下「被辭職」；美國則有民選議員為選民唾棄。肯薩斯州民主黨眾議員競逐人、商界翹楚藍絲（Andrea Ramsey）女士，因有男性舊下屬聲稱十二年前不為她色誘所動而被「炒魷」，此新聞一出，雖當事人矢口否認，說是彌天大謊，惟民主黨忙不迭與她劃清界線，表示不再支持；藍絲女士只有自動退選！「小鮮肉」是柳下惠（？），斷送了強人上司的政途！美國司法界要角摩爾（R. Moore）代表阿拉巴馬州共和黨出戰眾議員，因有早年性騷擾下屬的報道，摩爾在多名共和黨猛人（包括「前國師」班農）支持下，仍以極少數票敗於民主黨參選人之手，喪失數十年來為共和黨囊中物的席位……這類事件真是不勝枚舉，以當前的「民意」，「被性騷擾者」的威力真是所向披靡，只要肯站出來「憶述」被性侵的往事，被指控者鞠躬下台，已是最佳退路。

354

　　不過，筆者以為這場性風暴的政治化，可能是美國政黨政治的一齣「陽謀」戲。事實顯示，正在不斷發酵的反性騷擾運動，矛頭直指即使當上總統後仍對「性感」女性色迷迷的總統特朗普；作為一名涉足賭業的物業炒家，特朗普的幾段「戀愛史」都是性慾錢財糾結（見刊於1990年5月號《信報月刊》的拙文〈家不和不傷心　業不興最傷神〉，收台北《閒讀閒筆》），指他沒有性騷擾女性的傾向，説了亦沒人相信。迄今為止，已有數名女性對他提出指控，和他結怨的主流傳媒均有報道卻未見「深入追蹤」，筆者揣度這也許是民主黨在幕後操盤，靜待明年兩院換屆議員選舉，甚且延至稍後特朗普宣佈角逐連任時才「大做文章」、全面「抹黑」。特朗普去年底當選，女性選民居功厥偉（56%女選民投他一票），如今這位已有「grab them by the p**sy」（他2015年曾如是説〔有錄音帶為證〕，這句話筆者不知怎麼譯）綽號的特朗普，若確有不可抵賴的性騷擾「前科」，女選民掉轉槍頭，他的政治生涯便岌岌可危⋯⋯

　　　　　　　　　（性騷擾與資本主義並存・二之一）

　　　　　　　　　　　　　　　　　　2017年12月27日

雞鳴
日升

揭露性侵有錢途
忍辱控訴皆理性

三、

　　引起當前這場性騷擾風暴的，是10月5日《紐約時報》一篇特稿，撰稿人為該報兩名女記者康陀和屠赫（J. Kantor和M. Twohey），一篇報道令荷里活「超級大亨」溫斯汀身敗名裂，她們一文便名揚天下。這些日子來報道她們如何搜集資料撰文及如何說服編者刊登此極可能遭當事人法律反擊控告誹謗的特稿，多有所見，而讀者反應也很熱烈；有見市場需求殷切，她們月初決定寫書，交代採訪「被性騷擾者」的「親身經歷」，企鵝已和她們簽了版權費優厚的出版合約……。

　　此事令筆者想起2009年中被判有期徒刑一百五十年（不准保釋）的當代「龐茲騙局」主事人馬道夫（B. Madoff）的情人兼客戶（真是巧合，她亦姓Weinstein）著書寫她與這名天下第一騙子「上床」的「逸」事，為了促銷，她真是「畫公仔畫出腸」，連他那話兒的尺碼及形狀都和盤托出（筆者為此作了一文：〈情婦輸精光

出書畫出腸〉，收《股旺樓熱》），此書果然大賣，但是除了這點露骨卻不入流甚且可說下賤的描述，無甚「新意」，並未「再刷」，與筆者「預測」吻合。《紐時》記者有關溫斯汀的書，料會繪聲繪影具體而微，若「藝術加工」交代他的「淫技」，及「被性騷擾者」的心理特別是生理反應，色香味全，洛陽紙貴，一書風行，當可預卜。

四、

#MeToo運動火紅，被指控者均為「社會名流」。人們不禁要問，為甚麼會有這樣多具社會地位的「大人物」捲入性騷擾醜聞？答案很簡單，那是因為這些涉事人物缺乏自制力有以致之，便如伊甸園中亞當和夏娃禁不住誘惑吃了一口果實「闖下大禍」一樣！

有關自制力的研究，多如牛毛，不過，「隔行如隔山」，筆者只讀過哥倫比亞大學榮休講座教授、著名心理學家米歇爾《棉花糖實驗——養成自制力》（W. Mischel: *The Marshmallow Test-Mastering Self-Control*；下稱《棉花糖》）一書的「簡介」。《棉花糖》所做的「實驗」，如今已成為測試小孩自制力的範例（類似的實驗不計其數）。60年代期中，米歇爾在一幼稚園中闢「驚喜室」（Surprise Room），桌上放置糖果，試測一眾四五歲稚童的「耐性」——那些在十五分鐘內不為所動、不吃掉眼前糖果的，會給予二至三顆糖果作獎

雞鳴
日升

勵；那些見糖便送進口的，當然甚麼都沒有（糖果已被他吞進肚裏）；經過多年「追蹤」（跟進），作者「證實」那些有「延後享受」意識的稚童，無論在學業、職業和事業上的成就，均優於那些見糖便吃的同輩。……。可是，自制力強的人，雖然社會成就較高，但他們的「理性行為」不能一以貫之，因為其行為受環境（context）的影響而「失常」。換句話說，在不同環境下，他們的行為迥異，於某些場合會自制自律，處於另一種氛圍之中，則毫無控制慾望的自制……。米歇爾以美前總統克林頓為例，指出他有過人的自制力，因此才能不受外力影響，專注於學業，在耶魯畢業於牛津深造尋且爬上世界最高權力之位；可是，在垃圾食物及「有吸引力的女性」面前，克林頓的自制力消於無形。米歇爾指出，人的行為所以會隨境而變，皆因人腦有「冷、熱」兩個系統（Cool and Hot Systems），前者有梳理經驗、深思熟慮（Reflective and Slower）等功能；後者則具衝動、本能反應及神志不清的特質。如今已被揭發的性騷擾者，可說均為自制力很高的人，不然不可能攀登事業高峰，成為成功人士；可是，落入不同環境，比如在密室為「美色」包圍，他（她）們的自制力便失效、走樣，馬上變成另外一個人，做下許多不見得光的事，成為與公開形象完全不同的人！用心理學術語，自制力是經常變形的（Self-control is fluid）。

五、

　　反性騷擾運動雖為燎原之火，愈來愈旺，且「民意」和法律均站在受騷擾者一邊；然而，筆者看不出有杜絕騷擾行為的可能。歸根究柢，任何社群、機構都存在所謂「結構誘導均衡」（structure induced equilibrium），意味職級愈高回報愈大，令對職業前景有所憧憬亦即希望更上層樓的人，有時不得不忍氣吞聲作出讓步，以掃除前進途上的人為障礙……。

　　對異性或同性作出性騷擾或性侵的權位中人，被稱為衣冠禽獸是套用老話，其實他們的作為既可能是不顧後果的非理性衝動（投資學的「獸性衝動」），但是更多似是精確計算後的理性行為，絕非「禽獸」所能為。以溫斯汀為例，在無法「說服」對手投懷送抱之後，他便讓其離去，難道這不是理性決定？而受害者所以提不起即時報警、投訴的勇氣，應該亦有理性考慮成份，因為含淚緘默雖有縱容色魔繼續淫行的惡果，對身受者的職業事業卻有一定幫助……。事實上，被性騷擾者從「忍辱偷生」到公諸於世，都是經過盤算的理性行為。《棉花糖》說得對，環境（內在、外觀）之變，主導了人的行為。若干年前，主流社會可能對被性欺凌者冷嘲熱諷且投以「活該」的眼光，令受害人羞憤難受，遂秘而不宣；如今社會風氣已變，揭露被性侵的陳年舊事，被視為是揚眉女子宣揚女性主義、捍衛平權站在道德高

雞鳴
日升

地的鬥士⋯⋯。

　這種錯綜複雜的情緒反應的關係，令筆者認為即使如今「天眼」無處不在及法律對性騷擾者嚴厲懲處，只要建制中存在結構性誘因，這類不見容於文明世界的欺凌事件，其在社會壓力下，也許只會稍為收斂但不可能根絕！

　便如空洞的政治標語一樣，「起來，不甘於被性騷擾的人們」，只是一句鏗鏘有力卻難竟全功的口號！

　　　　　　　　（性騷擾與資本主義並存・二之二）

　　　　　　　　　　　　　　　　2017年12月28日